U0331167

六點
評論
VI HORAE

黄金和诗意

茅盾长篇小说研究四题

李国华　著

华东师范大学出版社
· 上海 ·

华东师范大学出版社六点分社　策划

关注中国问题
重铸中国故事

缘　　起

　　在思想史上,"犹太人"一直作为一个"问题"横贯在我们的面前,成为人们众多问题的思考线索。在当下三千年未有之大变局中,最突显的是"中国人"也已成为一个"问题",摆在世界面前,成为众说纷纭的对象。随着中国的崛起强盛,这个问题将日趋突出、尖锐。无论你是什么立场,这是未来几代人必须承受且重负的。究其因,简言之:中国人站起来了!

　　百年来,中国人"落后挨打"的切肤经验,使我们许多人确信一个"普世神话":中国"东亚病夫"的身子骨只能从西方的"药铺"抓药,方可自信长大成人。于是,我们在技术进步中选择了"被奴役",我们在绝对的娱乐化中接受"民主",我们在大众的唾沫中享受"自由"。今日乃是技术图景之世界,我们所拥有的东西比任何一个时代要多,但我们丢失的东西也不会比任何一个时代少。我们站起来的身子结实了,但我们的头颅依旧无法昂起。

中国有个神话,叫《西游记》。说的是师徒四人,历尽劫波,赴西天"取经"之事。这个神话的"微言大义":取经不易,一路上,妖魔鬼怪,层出不穷;取真经更难,征途中,真真假假,迷惑不绝。当下之中国实乃在"取经"之途,正所谓"敢问路在何方"?

取"经"自然为了念"经",念经当然为了修成"正果"。问题是:我们渴望修成的"正果"是什么?我们需要什么"经"?从哪里"取经"?取什么"经"?念什么"经"?这自然攸关我们这个国家崛起之旅、我们这个民族复兴之路。

清理、辨析我们的思想食谱,在纷繁的思想光谱中,寻找中国人的"底色",重铸中国的"故事",关注中国的"问题",这是我们所期待的,也是"六点评论"旨趣所在。

点　点

2011.8.10

序　远景问题的历史光影

——《黄金和诗意——茅盾长篇小说研究四题》

吴晓东

2002 年,我曾与友人薛毅教授有过一个对谈,当谈到茅盾的《子夜》时,我说《子夜》中有很多细腻的感受,值得重新从细部的意义上来加以肯定,但是《子夜》的问题可能在于它的总体格局和视野是观念化的。薛毅当即表示不赞同,认为《子夜》是用文学的方式参与了关于中国社会性质的大讨论,也是以文学的方式构筑了一个 1930 年代的图景,获取了一个大视野,而且《子夜》里面包含了很多种文学的方式。薛毅由此给与了《子夜》非常高的评价,称之为一部"典范性的著作"(参见《文学性的命运》,《上海文学》2003 年第 5 期)。

薛毅对茅盾的评价当时给我带来了不小的触动,我开始反思在 80 年代重写文学史热潮中不假思索地接受下来的一些判断和结论,也开始在文学史授课过程中对 80 年代开始受到贬抑的茅盾、郭沫若、丁玲等作家重拾一种尽量历史化的审慎态度,也和学生们一起在读书会上选择了茅盾的《霜叶红似二月花》、《腐蚀》、《锻炼》、《第一阶段的故事》等 1940 年代的长篇小说逐一进行研读,而在燕园开设的现代小说经典选读的课程中,也几度细读《子夜》。我对茅盾的看法也发生了改变,认为就中国现代长篇小说成就而言,茅盾是有资格坐上第一把交椅的。

而直接促成我想法转变的,就有李国华对茅盾的研究。国华读博士期间,曾一度集中关注茅盾的长篇小说,思考过茅盾创作中的"旧小说"因素,茅盾长篇小说中的时间意识,以及茅盾笔下的都市视景和上海想象等议题,也曾一度想以"中国现代长篇小说与时间意识"为题做博士论文。尽管国华最终的博士论文选题是赵树理小说研究,但关于茅盾的上述几个议题也都化为文字,最终结集为这本别开生面的小册子:《黄金和诗意——茅盾长篇小说研究四题》。

一

书名中的"黄金和诗意"出自《子夜》中自认为"革命家"兼"诗人"的范博文对小说人物韩孟翔的品评:

他是一个怪东西呢！韩孟翔是他的名字，他做交易所的经纪人，可是他也会做诗，——很好的诗！咳，黄金和诗意，在他身上，就发生了古怪的联络！

一般读者或许从"黄金和诗意"这一有些悖谬的判断中读出的是茅盾的戏谑姿态，而李国华却独具慧眼，从这一"古怪的联络"中生发出一个堪称重大的诗学问题，认为"黄金和诗意"的离奇混搭却"很可能是理解《子夜》文学性的关键所在"，多半由于"黄金和诗意"中体现着茅盾对上海的混杂和悖谬的现代性图景的既反讽又严肃的概括，把现代商业都市的审美（"诗意"）与大上海特有的金融内景（"黄金"）别致地关联在一起，在凸显特异的上海性和都市现代性的同时，也透露出作者书写《子夜》的某种诗学方法，而国华对"黄金和诗意"的提炼正是力图从文学性的角度把握茅盾小说诗学的独异性，洞察的是都市上海别具一格的现代诗意问题。这种上海特有的"诗意"是茅盾为刚刚诞生不久的现代文学审美图谱所增设的新的向度，而小说主人公吴荪甫的夫人身上也同时折射着上海的诗意光谱：

在叙事者看来，吴少奶奶生活在二十世纪机械工业时代，却憧憬着中世纪的"诗意"，无疑荒诞的：她丝毫未曾意识到其所谓"诗意"的虚构性，也未曾意识到"诗意"是会随着生产方式的变迁而变化的。叙事者既然认为

"诗意"会随着生产方式的变迁而变化，就不难勘破范博文所谓"诗意"的虚构性，因此必然不可能与其完全一致。在黄金(现代经济)与诗意之间，叙事者觉察到了一种有意味的张力。

因此，茅盾从大上海捕捉到的现代诗意必然是混杂的，充满了张力的。用国华的说法，即"在整个《子夜》文本中，诗意、诗，显然都是复数的"。而其中否定精神，则为现代诗意携上了一抹批判的锋芒："正如范博文的诗诞生于现代经济影响下的都市生活一样，另一种意义上的诗意也随同作者/叙事者对现代经济影响下的都市生活的叙述而产生。这是一种充满否定和批判精神的诗意，是普遍散播在现代中国文学文本中的一种诗意。"

而当国华把"黄金和诗意"提炼为自己著作的题目时，这一"普遍散播"的判断背后就蕴涵了一种诗学的总体性，进而上升到一种关于茅盾的小说以及都会上海的总体性概括和表达。

这种诗学意义上的总体性把握，无疑受到了卢卡契的小说理论的影响。从卢卡契早期的《小说理论》到后来的名文《叙述与描写》以及《关于文学中的远景问题》，都显示出这一马克思主义理论家整合宏观远景以及微观诗学的卓绝的理论驾驭能力，即往往从小说的细部解读出发，体悟和提炼具体诗学结构，进而上升到总体性的判断。国华也试图借鉴这种诗学总体性去把握茅盾的《子夜》。而当茅盾产生了气魄宏大的"大规模地描写中国社会现象的企图"的时候,究竟如何在小说中大规模地进行"具体"描写和操作,就成为茅盾最需要考虑的小说学问题。而他其实也就给自己的《子夜》写作预设了一个难题,即外部社会历史的总体性究竟如何化为长篇小说内在的肌理和细部的微观结构?社会现象的宏大性毕竟要一笔笔地落实于小说的具体情节和细节之中,观念的总体性也需要在小说微观结构中进行诗学转化,才能"文学性"地实现宏大目标,才能避免使小说成为观念的图解。《子夜》的这一小说诗学难题,茅盾是怎么克服的?国华重新回到茅盾的理论文本,捕捉到了茅盾在《小说研究 ABC》一书中所发明的一个虽不怎么高明,但运用起来却意外地得心应手的"助手"的概念,也就比较有效地发现了《子夜》总体结构和细部描写(或者说微观结构)之间的中介,即茅盾的长篇小说结构是通过一个个次要人物所承担的叙事辅助功能实现的。

茅盾在《小说研究 ABC》中这样讨论小说结构问题:

> 不仅记述一个人物的发展,却往往有两个以上人物的事实纠结在一起,造成了曲折兀突的情节的,叫做复式的结构。大多数的小说是复式的结构。自然那许多人物中间不过一二个(或竟只一个)是主要人物,其余的都是陪客,或者是动作发展时所必要的助手,并且那错综万状的情节亦只有一根主线,其余的都是助成这主线的波澜,

可是这样的结构便是复式的。

应该说，《子夜》的结构可能比茅盾自己概括出的"复式的结构"远为复杂，这种小说结构的复杂性当然根源自茅盾企图"大规模地"描写的中国社会现象的复杂性。而在具体叙事层面，国华认为其中关键正在于茅盾找到了组织小说复式结构的助手："至少在理论上，助手有下列功能：一是帮助动作的发展，即推动情节向前移动；二是防止叙事者所可能流露出来的'第三者的叙述口吻'，使'结构的进展'了无人为的痕迹。"也因此，《子夜》中的诸多助手"扮演了勾连和润滑各个结构以形成'整体性'的最为重要的角色"，"助手"的设置蕴涵了总体性同时也具有创造性的诗学意义：

> 《子夜》因此得以在全景式的场景描写、局部的场景描写和细部的心理描写之间自由切换。的确，《子夜》既不单纯遵循中国古典小说叙事技巧，也不盲从福楼拜小说所开启的现代小说传统，而是根据《子夜》的故事量体裁衣，融汇了各种小说形式以构建自己的形式。不管《子夜》的形式是否成熟，其创造性是值得注意的。

不过，当"助手"作为小说叙事功能项进入小说操作层面的时候，可能其内在的问题性就超出了茅盾的预期。国华发现，当助手更多地承担勾连和润滑各个结构的功能性角色的时候，就与茅盾对人物形象的塑造和刻画之间发生了一定意义上的龃龉，而使不少人物形象身陷模糊和尴尬境地，也使《子夜》中混杂着太多的不确定性，也使小说成为一个"含义混杂的文本"。而"这种不确定性正是《子夜》接受史上意见分歧的关键性原因之一"。

作家的创作意图与其成品之间的歧途总令研究者深感兴趣，总有一部分作品似乎难以实现创作初衷。否则就不会有读者戏谑中国作家，称其创作自述都是大作家级别的，但就是无法在具体作品中获得印证。不过也有一些作家，作品呈现的诗学丰富性恰恰是其创作谈无法预期和穷尽的。国华对《子夜》的分析得出的一个结论是："茅盾作为作者预设给《子夜》的小说愿景，与《子夜》本身所展现出来的小说视景，是有着极为明显的区别的。这样一来，茅盾的小说实践所提供的可能性也就远比其文学理想丰富。"这也许正是真正具有丰富性的"典范性的著作"永远有无法被除尽的剩余物的表征吧。

二

与薛毅对谈时，我对茅盾表现出的轻慢，还由于当时没有怎么看到研究者对《子夜》的诗学的总体性尤其是微观诗学结构给出真正小说诗学意义上的具体研究。国华的这本小书恰好有所弥补，在诗学的总体性和具体性之间努力保持平衡，既有对文本肌理的独到解剖,同时又有着更为超越的诗学诉求。

这种超越的追求,恐怕就表现在国华的茅盾研究中,也暗含着探究中国现代长篇小说起源问题的野心。

当初读伊恩·P·瓦特的《小说的兴起》以及晚近读迈克尔·麦基恩的《英国小说的起源(1600—1740)》,总不免要联想到本土现代小说的起源问题。起源问题之所以让研究者孜孜以求,正是因为一件事物如果搞不清是从哪里来的,总令人如鲠在喉,无法释怀。因此,本雅明关于小说的诞生的说法一度令我着迷:"小说的诞生地是孤独的个人。"(《讲故事的人》)杰姆逊在《马克思主义与形式》中曾经对本雅明的这句话加以发挥:"故事产生于集体生活,小说产生于中产阶级的孤独。""小说主人公的原型因而是狂人或者罪犯;而作品则是他的传记,是他在世界的虚空中为'验证自己的灵魂'而陈述的故事。"中国现代小说的起源似乎也同样印证了这个说法。现代小说创生期的两部最重要的作品——《狂人日记》和《沉沦》都印证着孤独个人的主题,也都堪称是"在世界的虚空中为'验证自己的灵魂'而陈述的故事"。但是,这种孤独个人的主题似乎仅对中国现代短篇小说的诞生更有适用度,自然细究起来也太过笼统。而中国现代短篇小说的起源问题前有陈平原教授的《中国小说叙事模式的转变》提供着更具本土性的阐释框架,后有张丽华的专著《现代中国"短篇小说"的兴起——以文类形构为视角》有突破性的思考,已然突破了本雅明的定义。

但另一方面,中国现代的长篇小说与短篇小说的起源似乎有着不尽相同的原点。相对于容易上手的短篇小说,长篇小说既实绩难出,又相对后起。短篇小说早在1918年的《狂人日记》就开始发轫,而到了1922年,中国现代文学史上第一部长篇小说《冲积期化石》才出版,不过尚有文学史家们认为这一体裁到了1928年叶圣陶的《倪焕之》问世才稍稍有了值得一书的成绩。而茅盾长篇小说的起点正是与《倪焕之》同时期的《蚀》三部曲。李国华对茅盾长篇小说起点的追溯,背后瞄着的也是现代长篇小说的发生问题。这本《黄金与诗意》在不到十万字的篇幅里自然无法彻底解决起源的大问题,但是对现代长篇小说的兴起仍旧提供了某种探幽寻微的启示。在后记中,国华说道:

> 伊恩·瓦特写了一本《小说的兴起》,将英国现代社会的兴起和小说的关系说了一遍,我很是赞佩,颇想学范写一本中国现代社会的兴起与小说的关系。其中核心的线索自然是不一样的,在英国是个人主义,在中国,则无论维多利亚时代的英国对中国有何影响,无论老舍和张爱玲的写作汲取多少了英国的营养,似乎还是集体主义更成线索。……在英国,克鲁索可以征服一座岛,在中国,祥子征服不了一辆车。我想说清楚这些问题,为什么受英国影响、奉康拉德为圭臬的老舍要反思个人主义?

为什么具有中国现代长篇小说起源意义的《倪焕之》和茅盾的《蚀》三部曲都将个人主义的人处理为需要克服的对象？

国华所聚焦的，正是茅盾在《读〈倪焕之〉》一文中概括的"从个人主义英雄主义唯心主义转变到集团主义唯物主义"的历史趋向，进而把"集团主义"视为中国现代长篇小说之起源的重要意识形态支援。当茅盾的《蚀》三部曲处理了个人主义及其末路的同时，似乎也在呼唤顺应集体主义意识形态的中国式长篇小说的诞生，从而与本雅明和瓦特意义上的西方小说起源论判然有别。当然，无论瓦特在《小说的兴起》中断定笛福的小说"提供了各种形式的个人主义与小说的兴起之间相互联系的独特的证明"，还是国华从"集团主义"的角度为长篇小说溯源，背后都体现的是一个时代所内涵的历史观和价值观。法国人勒内·基拉尔在《浪漫的谎言与小说的真实》一书中有个判断："小说并不带来新的价值观，小说艰难获得的只是过去的小说已经包含的价值观。"但是茅盾的具有划时代意义的《子夜》难道不是在处理新的价值观，进而表现出某种时间性的远景吗？

国华这本小书也同样表现出对时间意识和远景问题的迷恋。

与起源同样令人着迷的议题正是时间问题，但更像一个黑洞般的谜题。我当初之所以劝说国华的博士论文放弃"时间与中国现代长篇小说"这一选题，多少担心的正是时间议题过于抽象，难以具体化，有一种玄学性，正像宇宙起源问题最终只能诉诸玄学一样。国华对导师的劝说也许不无腹诽，但最后从善如流，改攻赵树理小说，并以《农民说理的世界：赵树理小说的形式与政治》为题问世，但其中依然渗透着对长篇小说之"形式的意识形态"的思考向度，也从赵树理的角度继续思考长篇小说的形式乃至起源问题。而当年国华从萧子升 1916 年创作的《时间经济法》一书中摄取"个人时间"和"群众时间"两相对照的范畴，对于思考中国现代长篇小说中的时间意识和时间主题，其实是有相当的阐释力的。假以时日，相信国华会以茅盾的长篇小说的研究为起点，把时间谜题继续探讨下去。

三

国华对鲁迅、赵树理、左翼文学，对旧体诗和新诗，对当代先锋文学都有涉猎，而从这本《黄金和诗意》中也能看出小说文体学和小说诗学研究的可能性前景。而在我看来，小说是最有魅力的文体，小说最容易与生活世界同构，尽管源于生活的小说从理论上说不太可能大于世界，但可能高于世界。国华讨论的《子夜》中的上海图景或许多少印证了这一点，其丰富性、远景性、杂糅性乃至含混性会溢出作者原本的初衷和设想，的确实现了以小说"大规模地描写中国社会现象"的初衷。而在一些理论家那里，小说还擅长处理更深难的哲学问题和伦理学难题。且不必说学界耳熟能详的安德森的《想象的共同体》中把小说阅读上升到了事关民族国家起源的高度，也不必引用赫胥黎的名言"在很大的程度上，民族是由它们的诗人和小说家创造的"，我主要是想引出杰姆逊在《马克思主义与形式》中的一个说法："小说具备伦理意义。人类生活最终的伦理目的是乌托邦，亦即意义与生活再次不可分割，人与世界相一致的世界。不过这样的语言是抽象的，乌托邦不是一种观念而是一种幻象。因此不是抽象的思维而是具体的叙事本身，才是一切乌托邦活动的检验场。伟大的小说家以自己的文体和情节本身的组织形式，对乌托邦的问题提供一种具体展示。"而国华对《子夜》中"远景"范畴的体认和阐释，或许印证的即是小说的这种乌托邦性。

> 这意味着《子夜》意图暗示，只有在全景式地呈现了各个阶级的状况，标识各个阶级的末路之后，才能从资本主义制度中解放出来；而解放的路径，就是集团主义运动，只有集团主义能构建远景。大都市上海因此被压缩成阶层分明的客体，小说形式的完整性在碎片中拼合出来。

这个"远景"的概念如同"总体性"，同样出自卢卡契。而茅盾的上海书写所呈现出的"总体性"，也似乎正可以借助于"远景"的概念进行解读。"集团主义"之所以是一种意识形态,正是因为它有远景性,同时又有总体性。这种总体性一方面是上海的外在的社会历史生活的总体性,同时也是小说内部视景的总体性。国华因此得出了如下的结论:

> 茅盾在《子夜》中以"集团主义"意识形态将大上海的碎片拼合成了一个总体。在此总体中,"集团主义"的个人/集体获得了小说远景,而其他各类意识形态,诸如五四式的个人主义、传统的封建个人主义、洋务运动式的经济个人主义……无论能否妥贴安置个人/集体,是否具有集体的维度,都被封闭在"子夜",无从看见"黎明"。

这其中是否也蕴含了对远景性乃至总体性的一种历史反思向度?当总体性是由碎片拼合而成,那种碎片固有的马赛克般的历史光影是否还能在黎明时分重现?总体性是否会以具体性和历史性的丧失为必然代价?

由此大概可以明了前引杰姆逊关于"乌托邦不是一种观念而是一种幻象"的说法,这种说法或许也可以证诸国华关于虚构上海的论说。国华借助于对上海镜像(虚像)的体认,最终把视野引向了都市学,进而表现出把小说叙事、诗学(理论)分析、历史观照与都市想象进行统合的努力,从而展示出令人期待的学术潜质和研究视野。

2021 年 3 月 3 日于京北上地以东

引　言

茅盾长篇小说创作始于 1927 年,此时新文学关于长篇小说创作的理论和实践都是相当稀少和浅薄的。理论方面比较值得重视的大概只有茅盾的《自然主义与中国现代小说》(1922)和《人物的研究——〈小说研究〉之一》(1925)。而实践方面,即使以张资平《冲积期化石》(1922)为新文学长篇小说创作之开端,比茅盾《幻灭》(1927)更早的也不过再添上王统照《一叶》(1922)、老舍《老张的哲学》(1926)等而已。① 1927 年以后至茅盾创作《子夜》(1931)前,新文学

---

① 　据陈思广的整理,中国现代长篇小说发表的情形要比本书梳理的更为乐观一些。在张资平《冲积期化石》与茅盾《幻灭》之间,有下列作家作品:王统照《一叶》(1922)、秦心丁《洄浪》(1924)、张闻天《旅途》(1925)、张资平《飞絮》(1926)、张资平《苔莉》、《最后的幸福》(1927)、孙梦雷《英兰的一生》(1927)、叶小凤《前辈先生》。参见陈思广:《中国现代长篇小说编年(一)》,《现代中国文化与文学》(2008 年第 1 期,第 248—252 页)。

长篇小说陆续面世,作家作品也还是屈指可数,不过老舍、茅盾、巴金数人。之所以有此情形,并非如鲁迅 1929 年所说,是因现代社会节奏快,不存在读者大量消费对长篇小说的需要。① 早在 1922 年,就有读者写信到《小说月报》抱怨"近年出的小说全是短篇"②。对此,时任主编的茅盾解释道:"近来多短篇,很有人不满,然而这恐怕也是时机未成熟的缘故,不见得是自要'自设一个专做短篇的桎梏'。再者,做长篇小说也须得相当的闲暇时间;据我个人所知,现在的创作者大都忙于生活问题,并不能专心去做长篇。先生说他们自要新镣铐,太冤屈他们了。"③此后茅盾和《小说月报》都竭力呼吁长篇小说的创作。迟至 1926 年第 17 卷第 7 号的《小说月报》上,主编郑振铎因为中国长篇小说太少还在呼吁:"我们的作家,我们的新进作家,你们应该如何的努力! 中国的文坛真是一片绝大的荒原,土地肥沃,而绝少开垦者。"④正是在这一期的《小说月报》上,署名舒庆春的长篇小说《老张的哲学》开始连载,接下来一期改署老舍;《老张的哲学》连载

---

　　① 鲁迅在《〈近代世界短篇小说集〉小引》中说:"在现在的环境中,人们忙于生活,无暇来看长篇,自然也是短篇小说的繁生的很大原因之一。"见鲁迅:《鲁迅全集》第 4 卷(北京:人民文学出版社,2005),第 134 页。

　　② 汪敬熙:《为什么中国今日没有好小说出现?》,见茅盾《茅盾全集》第 18 卷(北京:人民文学出版社,1989),第 171 页。

　　③ 茅盾:《为什么中国今日没有好小说出现——复汪敬熙》,《茅盾全集》第 18 卷,第 169 页。

　　④ 西谛:《卷头语》,《小说月报》第 17 卷第 7 号(1926)。

完后,老舍《赵子曰》也开始连载。然而赓续者相当寥落,一年后才在《小说月报》第18卷第9号上出现新面孔,即茅盾《幻灭》;其篇幅、结构则远不如老舍之作。茅盾开始长篇小说创作时,文坛大局的"时机未成熟"十分明显。即使具体到茅盾自身,因为他是随着国际国内形势的变化和自身社会角色的重新设定进入长篇小说实践,所以尽管他此前有关于如何创作长篇小说的一些思考,如《自然主义与中国现代小说》和《人物的研究——〈小说研究〉之一》,创作长篇小说《蚀》的过程中还写下了中国最早的系统探讨长篇小说理论及历史的《小说研究ABC》(1928),时机恐怕也尚未成熟。《蚀》甫出世,即毁誉参半。此后的《虹》、《子夜》、《霜叶红似二月花》等,亦各有褒贬。然而,尽管如此,作为新文学长篇小说理论和实践的寥寥可数的几个拓荒者之一,茅盾及其作品还是一直受到研究者高度关注和肯定;其间评价虽有升沉,但只要讨论中国现代长篇小说的问题,似乎都很难回避茅盾。在中国现代小说史上,茅盾及其作品已经是一个巨大的存在。如何言说茅盾长篇小说及其与中国现代长篇小说建设之关系,始终是一个相当诱人甚至有待于继续深入的话题。陈晓兰《文学中的巴黎与上海——以左拉和茅盾为例》(2006)和陈建华《革命与形式——茅盾早期小说的现代性展开,1927—1930》(2007)可谓近年来其中翘楚。如果说前者在比较文学的意义上拓展了解读茅盾长篇小说的疆域,后者则使理解茅盾长篇小说如何获得现代性有了更为深刻的可能。但有必要指出的是,理解茅盾长篇小说的生成,似乎尚需对其中的旧小说因素、时间意识问题、结构问题和虚构上海问题做更为细致的分梳,方能更为全面和准确。

一 "旧小说"因素

从茅盾第一篇小说《幻灭》问世起,就有众多处于历史现场当中的评论家和研究者注意到茅盾长篇小说中的"旧小说"色彩,这对讨论"旧小说"与茅盾长篇小说的生成而言,是非常重要的前理解。

不过,这一论题还是有其危险性的,首先是因为茅盾的自我认识很多时候都无法成为有效的证据,其次是因为作为一个概念而言,"旧小说"是什么,难以厘定。本书将以茅盾关于"旧小说"的习惯用法为准,进行厘定。谈到"旧小说"时,茅盾基本上都是以《红楼梦》、《水浒传》、《儒林外史》、《西游记》等为例证的,如:

> 章回体的旧小说里头,原也有好几部杰作,如《石头记》、《水浒》之类。①

---

① 茅盾:《自然主义与中国现代小说》,《茅盾全集》第18卷,第225页。

　　本国的旧小说中，我喜欢《水浒》和《儒林外史》。①

　　你说是他们年纪还小，不懂得旧小说里的人情世故的描写，所以听不懂么？不然！你把《封神演义》，《西游记》之类讲给他们听，他们听得简直不想吃东西！②

本书因此将"旧小说"厘定为《红楼梦》、《水浒传》、《儒林外史》、《西游记》等所代表的中国古代章回小说。但值得注意的是，在本书中，"中国古代章回小说"并不能取代"旧小说"，因为"旧小说"一词无论是在茅盾的使用还在本书所要涉及的有关评论家的评论中，都有着特殊的感情色彩和价值立场。这在本书的论述过程中将得到呈现。

1. 发　露

　　在发表于 1936 年 1 月号的《中学生》上的《谈我的研究》一文中，茅盾说道："本国的旧小说中，我喜欢《水浒》和《儒林外史》。这也是最近的事。以前有一个时期，我相信旧小说对于我们完全无用。但是我们仍旧怀疑于这些旧小说对于我们的写作技术究竟有多少帮助。"③这一表述基本符合茅盾对"旧

----

　　① 茅盾：《谈我的研究》，《茅盾全集》第 21 卷（北京：人民文学出版社，1991），第 63 页。

　　② 茅盾：《问题中的大众文艺》，见《茅盾全集》第 19 卷（北京：人民文学出版社，1991），第 321 页。

　　③ 茅盾：《谈我的研究》，《茅盾全集》第 21 卷，第 63 页。

小说"理解的实情,既表明他曾较彻底地否定"旧小说"的借鉴意义,又表明他1930年代确曾考虑"旧小说"为其长篇小说创作所提供的可能。1927年以前,他在谈到中国"旧小说"有否借鉴意义时,几乎毫无正面之辞。在其代表性论文《自然主义与中国现代小说》中,茅盾将中国现代的小说分作新旧两派,旧派又分为第一种"旧式章回体的长篇小说"、第二种("不分章回的旧式小说"、"中西混合的旧式小说")和"勉强可当'小说'两字"、"短篇居多,文言白话都有"的"第三种"。这三种旧派小说都是由"旧小说"因循变化而来,其中亦不乏撷拾西洋小说绪余者。在文章中,茅盾固然承认章回体旧小说有杰作,如《石头记》、《水浒》之类,却认为章回体格式呆板,天才以下的人创作章回体小说,只能白白糟蹋了好材料好思想;非章回体旧式小说更不如章回体,"称之为小说,其实亦是勉强得很";旧式小说中的短篇也不过是"记账式"的报告。总之,旧派小说不重描写,不知客观的观察,以游戏的消遣的金钱主义的文学观念为导引。茅盾认为旧派小说当时在读者方面和作者方面都养成了一股极大的势力,要从根本上铲除"这股黑暗势力","须得提倡文学上的自然主义"。① 茅盾对"旧小说"的评价,与周作人1918年的论述可谓一脉相承。周作人以《水浒》为"强盗书"、以《西游记》为"迷信的鬼神书",等等,认为它

---

　① 茅盾:《自然主义与中国现代小说》,《茅盾全集》第18卷,第225—233页。

们全都"妨碍人性的生长,破坏人类的平和的东西",虽有民族心理研究之价值,"在文艺批评上,也有几种可以容许","但在主义上,一切都该排斥"。① 因此很难想象,一个将由"旧小说"因循变化而来的中国现代旧派小说视为"黑暗势力"的茅盾,当其日后开始长篇小说创作时竟会受到"旧小说"的影响。但结果恰恰是有点反讽意味的。茅盾创作的第一部长篇小说《蚀》三部曲一发表,就被眼光挑剔的批评家钱杏邨指出:《动摇》"第二章陆三爹钱学究的叙述,旧小说的风味就太浓厚。……全书脱不尽旧小说的风味,虽然在形式上完全是新的格式,旧小说的风味是特殊的浓重,不是我们所需要的";②《幻灭》中类似"姓强名猛,表字惟力"的文字就是随笔书写的"旧小说化"的残留,"足以影响全书"。③ 茅盾同时期的《野蔷薇》及稍后的《路》等非长篇小说作品,也得到类似的评价。如署名"克"的评论者即认为,《野蔷薇》"作者的文笔也未脱尽章回体的意味,毫不曾获到新的技巧"④。《路》的一个未署名评

---

① 周作人:《人的文学》,见钟叔河编《周作人文类编·本色》(长沙:湖南文艺出版社,1998),第35—36页。

② 钱杏邨:《〈动摇〉(评论)》,见太阳社编《太阳》月刊,1928年7月号,第17页。据赵璕《〈从牯岭到东京〉的发表及钱杏邨态度的变化——〈《幻灭》(书评)〉、〈《动摇》(评论)〉和〈茅盾与现实〉对勘》(《中国现代文学研究丛刊》2005年第6期)一文的疏证,〈《幻灭》(书评)〉、〈《动摇》(评论)〉两文与《茅盾与现实》一文,文字颇有异同,作者钱杏邨的意图亦颇有改换。

③ 钱杏邨:《〈幻灭〉(书评)》,见太阳社编《太阳》月刊,1928年3月号,第8页。

④ 克:《〈野蔷薇〉》,见庄钟庆编《茅盾研究论集》,第272页。

论者判断:"在文体上,《路》也有极大的进展;作者似乎是可以从此和俗流的写法永诀了。《路》里面不复有写男女关系而至于电影化(肉麻)的地方,对话里夹着无数伦理和抒情的成分的地方,以及主观的内心描写,现成的风景叙述,呆板的每个人物的脸谱……等等。从《路》开始,作者将更向自然主义走近了一步。"①这近于承认钱杏邨和克对茅盾小说的批评,不过认为《路》有进步罢了。贺玉波1931年发表的《茅盾创作的考察》仔细地分析了当时茅盾已经发表的所有小说,其中指出《幻灭》"使我们失望的就是他每每参加些主观的语句,不免损伤客观描写的真实",如"我们的小姐愕然了"、"我们看见他们三人坐在一排椅上"、"但是你也不能说静女士不美……你终于受了包围,只好'缴械处分'了""深深嘘了口气——你几乎以为就是叹息"。② 这些例句也许不仅"不免损伤客观描写的真实",而且透露出旧小说中常见的说书人的声口,像是说书人在说:"列位看官,我们的小姐愕然了。……"当然,这些历史现场中的评论家对茅盾小说的解读难免有批评者吹毛求疵甚至见木不见林的问题,难免或多或少误读了作品,他们所使用的"旧小说"、"章回体"等概念,都是顺手拈来,且未作任何解释,未必与本书的使用一致。

从《蚀》三部曲文本的实际构成来看,其与"旧小说"之关

① 《〈路〉》,见庄钟庆编《茅盾研究论集》,第120页。

② 贺玉波:《茅盾创作的考察》,见唐金海等编《茅盾专集》第二卷上册(福州:福建人民出版社,1985),第92页。

系也许比钱杏邨等人论证的更为复杂。钱杏邨认为《幻灭》
中类似"姓强名猛,表字惟力"的"旧小说化"残留"足以影响
全书",《动摇》"虽然在形式上完全是新的格式,旧小说的风
味是特殊的浓重",这些论断未免证据不足。除了他已举证
的例子,《幻灭》、《动摇》并无其他类似的文字可为佐证,可谓
孤证;而且其所举证之例子,在文本中所占分量太小,也不足
以影响整个文本的面貌。钱杏邨的艺术感觉不失敏锐,但其
论断也许更应视为1920年代末革命文学家的必然取径:因为
骛新,所以容易识旧,并持批判态度。其实抛开钱杏邨锐利的
思路不管,直接进入《蚀》三部曲的文本内部,从叙事结构和
技巧的角度进行观察,将发现《蚀》三部曲与"旧小说"关系密
切的丰富证据。

首先,《蚀》三部曲叙述人物前史有时与"旧小说"表现出
惊人的相似,即都通过"回叙"交代人物在出场以前的经历。
"旧小说"在人物出场时,多立即"回叙"前史,几成惯技;
《蚀》三部曲亦时现此。《动摇》第一节快结束时交代:"静今
年只有二十一岁,父亲早故,母亲只生她一个,爱怜到一万分,
自小就少见人,所以一向过的是静美的生活。……"①这段关
于静在《动摇》的故事时间之前经历的交代,既简单干脆,也
有助于读者理解静的性格和行为。不过这与"旧小说"的亲

---

① 茅盾:《茅盾全集》第1卷(北京:人民文学出版社,1984),第
10页。

缘关系还不是非常明显;相比之下,《动摇》第一节在胡国光出场伊始即"回叙"其前史,简直就是"旧小说"的复制了。小说写道:"这胡国光,原是本县的一个绅士;两个月前,他还在县前街的清风阁茶馆里高谈吴大帅怎样,刘玉帅怎样,虽然那时县公署已经换了青天白日旗。他是个积年的老狐狸。辛亥那年……"①这一"回叙"甚至有"旧小说"中存留的说书人声口之气味了。《动摇》第三节关于陆府前史及方罗兰前史的"回叙",也是类似的,不过相对于胡国光前史的"回叙"而言,"旧小说"的影子减淡不少。《追求》中几乎未曾使用"回叙",然而第二节助理编辑李胖子向仲昭说项时的自我介绍,也可算是间接的"回叙"。李胖子说:"王先生,您是全知道啦,我是北方人,是啦,我是北方人,到上海来混一口饭吃。前清时代,我还是个贡生啦,不骗您,王先生,我真是贡生啦,可是,民国世界,翰林进士全都不中用,我这贡生,也就不用说啦。可怜我只在这儿混一口苦饭。王先生,您是全知道的啦,我家里人口多而又多,咳,……"②当然,这"回叙"出现在人物的对话里,与"旧小说"的距离就更远了,甚至不妨忽略不计。

其次,《蚀》三部曲结构章节,有时也与"旧小说"表现出可疑的相似性,即都有"欲知后事如何,且听下回分解"的意味。"旧小说"每于一章结束时另翻新奇以诱读者,这是最常

① 茅盾:《茅盾全集》第1卷,第106页。
② 茅盾:《茅盾全集》第1卷,第299页。

见的套路了；其间虽有高下之分，但却无一例外。《幻灭》最近此境；它总共有十四节，几乎节节有重点，几乎节节结束时都留下悬念。如第一节结尾：

> 她冲动地想探索慧的话里的秘密，但又羞怯，不便启齿，她只呆呆地咀嚼那几句话。
>
> 慧临走时说，她正计划着找事做，如果找到了职业，也许留在上海领略知识界的风味。①

这两段话置换成"旧小说"的套语就是：毕竟静女士探索到慧女士的秘密没有，且听下回分解。毕竟慧女士找到职业没有，且听下回分解。其后各节几乎都可作类似置换，兹从略。《动摇》亦未必稍逊风骚；它总共十二节，也几乎节节有重点，几乎节节结束时都悬念横生。如前面三节的结尾：

> 胡国光当然没有什么不愿意。对于这件事，他业已成竹在胸。②
>
> 陆慕游虽然自己得意，却尚忘不了分朋友之忧。③
>
> 胡国光这样吩咐了金凤姐。④

---

① 茅盾：《茅盾全集》第 1 卷，第 10 页。
② 茅盾：《茅盾全集》第 1 卷，第 112 页。
③ 茅盾：《茅盾全集》第 1 卷，第 121 页。
④ 茅盾：《茅盾全集》第 1 卷，第 136 页。

这些话后面都不妨添上"旧小说"常见的套语:毕竟国光如何助荣昌渡过难关,且听下回分解。毕竟慕游如何替国光分忧,且听下回分解。毕竟国光如何问得纠察队情形,且听下回分解。其后各节几乎都可作类似增添,兹从略。

《追求》结构章节的方式与《幻灭》《动摇》差异较大,另备一格。《追求》共八节,首节曼青、仲昭、秋柳、史循、诗陶、龙飞等主要人物带着各自的"追求"纷纷出场,仿佛是小说的楔子,接下来六节"花开六朵,各表一枝",要而言之,第二节述仲昭追求报纸改革之失败,第三节述史循追求自杀之失败,第四节述龙飞追求神圣恋爱之失败,第五节述曼青追求教育救国之失败,第六节述诗陶追求复仇之失败,第七节述秋柳追求拯救史循之失败,最后一节总述所有追求之失败,似乎是一种反讽式的"大团圆"。从结构上来看,有楔子,有大结局(反讽式的"大团圆"),且使用了"旧小说"常用的"花开两朵,各表一枝"式的叙事技巧,则《追求》与旧小说的亲缘关系,也是不言而喻的。

第三,《蚀》三部曲的叙事声音有时候露出"旧小说"中所特有的说书人声口。"旧小说"叙事推进的过程往往必须借助叙事者的直接介入,以说书人的语气表现出来,使用"列位看官"、"看官有所不知"等提示性的字眼。这在《蚀》三部曲中亦偶有表露,如前引贺玉波所指摘的《幻灭》中"每每参加些主观的语句",即可视为说书人声口混入了《蚀》三部曲的叙事声音的具体表现。《动摇》和《追求》亦有零星类似语句,兹不具引。

关于"回叙",茅盾曾在 1940 年做出如下评价:

> 以"回叙"而论,书中人物在出场以前的经历,是可
> 以用"回叙"的,不过不宜太长,而且要放在适当的地位,
> 以免阻碍了故事的联系性。旧章回小说每将一个人的
> "回叙"放在一章之首。其实"回叙"这手法,本属迁就理
> 解力较低的读者的一种方法,而且也是小说技术发展尚
> 在初阶段时一种简便的手法。①

这未必是创作《蚀》三部曲时茅盾对"回叙"的理解,但似乎总
暗示着某种前因。即使茅盾其时并未自觉意识到"旧小说"
中的"回叙"技巧是可资借鉴的,似乎亦不妨碍他在实践中不
自觉地运用它。

不过需要指出的是,尽管《蚀》三部曲渗入了"旧小说"中
常见的"回叙"、"欲知后事如何,且听下回分解"、"花开两朵,
各表一枝"、"看官"等各类结构和技巧因素,它主要还是作为
茅盾学习西方长篇小说写作的初次实践而存在的。无论是从
形式还是从内容上分析,《蚀》三部曲都是自觉学习西方的产
物。即使是其中渗入的"旧小说"因素,与这些因素在"旧小

---

① 茅盾:《关于〈新水浒〉——一部利用旧形式的长篇小说》,见
《茅盾全集》第 22 卷(北京:人民文学出版社,1993),第 115 页。

说"中的本质和意义也是有区别的;至多可谓"旧小说"在茅盾长篇小说中曲折生存和变异。因此,钱杏邨认为《幻灭》、《动摇》"旧小说的风味是特殊的浓重",无疑要引起茅盾强烈的反驳。他专门写下了《从牯岭到东京》(1928)一文回应钱杏邨等人的批评,解释自己创作《蚀》三部曲的心路历程,最后反驳了当时的"革命文艺"论,并强调自己为"小资产阶级"写作的革命及历史的合理性和必要性:

> 如果说小资产阶级都是不革命,所以对他们说话是徒劳,那便是很大的武断。中国革命是否竟可抛开小资产阶级,也还是一个费人研究的问题。我就觉得中国革命的前途还不能完全抛开小资产阶级。说这是落伍的思想,我也不愿多辩;将来的历史会有公道的证明。①

> 曾有什么作品描写小商人,中小农,破落的书香人家……所受到的痛苦么?没有呢,绝对没有!几乎全国十分之六,是属于小资产阶级的中国,然而它的文坛上没有表现小资产阶级的作品,这不能不说是怪现象罢!②

> 现在的"革命文艺"则地盘更小,只成为一部分青

---

① 茅盾:《从牯岭到东京》,见《茅盾全集》第19卷,第190页。
② 茅盾:《从牯岭到东京》,见《茅盾全集》第19卷,第190页。

年学生的读物,离群众更远。所以然的缘故,即在新
文艺忘记了描写它的天然的读者对象。你所描写的
都和他们(小资产阶级)的实际生活相隔太远,你的用
语也不是他们的用语,他们不能懂得你,而你却怪他
们为什么专看《施公案》、《双珠凤》等等无聊东西,硬
说他们是思想太旧,没有办法;你这主观的错误,不也
太厉害了一点儿?……所以现在为'新文艺'——
或是勇敢点说,'革命文艺'的前途计,第一要务在使
它从青年学生中间出来走入小资产阶级群众,在这小
资产阶级群众中植立了脚跟。而要达到此点,应该先
把题材转移到小商人、中小农等等的生活。不要太多
的新名词,不要欧化的句法,不要新思想的说教似的
宣传,只要质朴有力的抓住了小资产阶级生活的核心
的描写!①

茅盾选择"小资产阶级"作为表现对象和读者,是基于他所认
定的"小资产阶级"在中国革命中不可或缺的地位。他尤其
注意到,"小资产阶级"占全国十分之六,却没有表现他们的
作品。"小资产阶级"占全国十分之六,这一数据有悖常情,
是因为茅盾将"小商人,中小农,破落的书香人家……"都视
为"小资产阶级"。据赵璕研究,这一数据与其时陈独秀、毛

① 茅盾:《从牯岭到东京》,见《茅盾全集》第19卷,第191页。

泽东等人的阶级分析结果是相去不远的,①有其权威性。茅盾所以亟亟乎情见于辞地表达对"小资产阶级"的偏爱,自然是因为与"革命文艺"论者战,采取了不无夸张的策略。但背后思路与其一贯的文学功能论是相表里的。茅盾对自身的创作有两个基本的自信:"一,未尝敢'粗制滥造';二,未尝为要创作而创作,——换言之,未尝敢忘记了文学的社会的意义。"②一个作家"未尝敢忘记了文学的社会的意义",至少意味着要为自己的文学作品争取读者。而茅盾不仅要争取读者,而且希望争取尽可能多的读者。茅盾意图为中国最大的读者群体写作,将"文学的社会的意义"延伸至最广大的范围。这里的重点当然是"小资产阶级",但似乎也不可忽视"最广大的范围"。当然,正如其弟沈泽民所言:"文学作品的

———————

① 赵璕论证道:"李初梨当年曾质问茅盾,小资产阶级占'全国十分之六'人口的'统计'从何而来。茅盾也从未做出回答。然而,这是否意味着茅盾将小资产阶级作为中国社会主体的看法,就真的是无中生有呢? 回顾'阶级理论'在中国的实践,最早对中国社会进行阶级分析的陈独秀,即已在《中国国民革命与社会各阶级》中得出过'小资产阶级的中国'的结论。而毛泽东在其《中国社会各阶级分析》的重要文献中,则明确把'自耕农、小商人、手工业主、小知识阶级(小员司、小事务员、中学生及中小学教员、小律师)'归入'小资产阶级'。其'半无产阶级'('半自耕农、半益农、贫农、手工业工人、店员、小贩')除'贫农'外,也大都可以归入茅盾的'小资产阶级'范畴——毛泽东说,'一切小资产阶级半无产阶级无产阶级乃是我们的朋友,乃是我们真正的朋友。'而小资产阶级的人数(2.9亿)——'小资产阶级'('一万万五千万')、'半无产阶级'('约二万万',其中贫农'六千万')——在总人口('四万万')中的比例(70%),亦与茅盾的结论相去不远。"参见赵璕:《"小资产阶级文学"的政治——作为"中国社会性质论战序幕"的〈从牯岭到东京〉》,《中国现代文学丛刊》2006 年第 2 期,第 14 页。

② 茅盾:《我的回顾》,见《茅盾全集》第 19 卷,第 406 页。

读者在中国的文化条件下只能是广大的小资产阶级的知识分子群众。"①要真正实现把"全国十分之六"的人都变成自己作品的读者,显然是绝不可能的;茅盾作品真正能涵盖的读者群也"只能是广大的小资产阶级的知识分子群众"。但以"小资产阶级"为表现对象和读者的意图和立场,也许会在许多细微的层面上影响茅盾的长篇小说创作。茅盾不仅要求写他们的生活("应该先把题材转移到小商人、中小农等等的生活"),而且要求迁就他们的语言、思想能力,"不要太多的新名词,不要欧化的句法,不要新思想的说教似的宣传",这就意味着从内容(题材、思想)到形式(名词,句法)两方面都要自我约束并为那些他们能够理解的内容和形式进入文学创作,主动敞开。而据茅盾的观察,恰恰《施公案》、《双珠凤》等"旧小说"才是他们热爱的读物。因此,尽管茅盾认为《蚀》三部曲还是太欧化,太多新术语,太多象征色彩,说教似的宣传新思想,"不用说只有知识分子看看",②但还是不能忽略其中透露出来的微妙信息,即茅盾自觉不自觉地为自己的读者意识所影响,让"旧小说"因素趁机渗入了他的长篇小说创作。陈建华视此为茅盾"对于他先前'全盘西化'式的认同欧洲长篇小说"的"某种修正,或某种传统的回归",并认为:"这固然是出自革命宣传的要求,也考虑到文学市场与他的作品的受

---

① 罗美:《关于〈幻灭〉——茅盾收到的一封信》,见庄钟庆编《茅盾研究论集》,第77页。
② 茅盾:《从牯岭到东京》,见《茅盾全集》第19卷,第193页。

众问题。"①这是有一定道理的。

1927 年政治上的失意让茅盾颠沛流离,最终选择隐居上海。茅盾回忆道:"我隐居下来后,马上面临一个实际问题,如何维持生活? 找职业是不可能的,只好重新拿起笔来,卖文为生。"②茅盾自然不至于沦为他自己所批判的"小说匠",仅将小说视为商品,③但似乎也不能不考虑当时文学生产和消费的基本状况,以期达到"卖文"能够"为生"的目的。旷新年谈论 1928 年的文学生产时认为:"30 年代,文学杂志的商业性质明显地取代了同人性质,这从《语丝》的蜕变中可以看出。"④《小说月报》可以算是文学研究会的会刊,但因其一定程度上受制于商务印书馆这一文化性质的商业机构,商业性在 1930 年代以前就已经是比较明显的了。曾经主编过《小说月报》的茅盾,对于上海文学杂志的商业性,应该是了然于心的。他当年从主编的位置上离开,可以说是商业文化与新文化的一次较量。商务印书馆馆方不满茅盾越来越激进的编辑主张,另行出刊《小说世

---

① 陈建华:《革命与形式——茅盾早期小说的现代性展开,1927—1930》,第 45 页。

② 茅盾:《创作生涯的开始》,见《茅盾全集》第 34 卷(北京:人民文学出版社,1997),第 384 页。

③ 茅盾早年习惯性地讥评旧小说作者为"小说匠",徒有商品观念,毫无艺术忠诚。可参见其《自然主义与中国现代小说》(《茅盾全集》第 18 卷,第 232 页)和《评〈小说汇刊〉创作集二》(《茅盾全集》第 18 卷,第 244—245 页)等文。

④ 旷新年:《1928:革命文学》(济南:山东教育出版社,2002),第 31 页。

界》以发表茅盾当年压下的林译小说和鸳蝴派作品,满足
读者市场的需要。馆方出刊《小说世界》前以另办一种通
俗的进步文艺期刊为饵,试图拉拢茅盾等新文学作家,结
果第一期发行后即意图败露,引起读者责问茅盾等人的立
场问题。茅盾遂愤而辞职。① 他将小说选择在《小说月报》
发表,也许的确是因为"只有《小说月报》还愿意发表"②,
却不可否认他有商业方面的考虑。《小说月报》提供的相
对可观的稿费能够让他较好地达成"卖文为生"的目的。
但他选择《小说月报》,也就意味着一定程度上必须迁就
《小说月报》读者的阅读趣味。当然,《小说月报》读者的阅
读趣味到底如何,难以厘定。因此,即使假定茅盾为迁就
其读者做出了努力,也很难论证"旧小说"因素是否趁机渗
入茅盾的长篇小说创作;如其渗入,其渗入程度之深浅,则
更加难以论证清楚了。本书仅提出一种谨慎的怀疑,即商
业因素可能制约着茅盾长篇小说最初的生成,使之与旧小
说发生微妙的联系。

从宏观上说,茅盾长篇小说生成与"旧小说"发生联系,
也许在于茅盾眼中的现代旧派小说为其提供了一些可能。陈
建华就特别强调:"'鸳蝴'派的言情小说,尤其在女性的心理

---

① 关于离职事件,茅盾晚年回忆时做了很好的说明。参见茅盾:
《茅盾全集》第 34 卷,第 207—216 页。
② 茅盾:《写在〈蚀〉的新版的后面》,《茅盾全集》第 1 卷,第 424
页。

描写方面大大突破了传统文学的表现手段,这对于长篇小说的形成来说,当然给长篇发展提供温床。"①这意味着现代旧派小说的存在是茅盾长篇小说生成的一个重要基础。而它们恰由"旧小说"因循变化而来,如果它们影响了茅盾长篇小说的生成,就自然会为"旧小说"因素渗入茅盾长篇小说提供契机。当然,这一契机究竟如何,也许比商业因素对茅盾的影响更加难以进行微观论证。本书亦暂时仅止于提出问题,谨慎地怀疑茅盾最初生成长篇小说时,能够完全壁立千仞,与"旧小说"、现代旧派小说不生干系。

当然,无论是鸳蝴派小说发展形成的牵引力,商业因素的制衡,还是更为关键的,茅盾自身读者意识的影响,还都无从使茅盾自觉地将"旧小说"因素消化吸纳进入其最初的长篇小说生成中去。即任茅盾少年时代即曾以写出伟大小说自期②,有天才意气,且在前引《自然主义与中国现代小说》一文中肯定章回体格式不能限制天才,他如何消化吸纳旧小说的有关因素,在《蚀》三部曲中还不能说是很明显的,更不能说"旧小说的风味是特殊的浓重",但从《子夜》的创作开始,茅盾就开始自觉地进入角色了。

---

① 陈建华:《革命与形式——茅盾早期小说的现代性展开,1927—1930》(上海:复旦大学出版社,2007),第44页。
② 茅盾少年时期的朋友回忆茅盾就读于乌青镇公立植材高等小学校时曾以异日之文豪自期:"我能著作一种伟大的小说,成一名家于愿足矣!"参见志坚:《怀茅盾》,见唐金海等编《茅盾专集》第一卷上册(福州:福建人民出版社,1983),第47页。

2. 自　觉

　　张恨水先生在 1945 年给茅盾祝寿的文章中回忆了 1931 年从郑振铎口中所听闻的话,认为:"大概茅盾对章回小说的改良写法,并不反对。在通俗教育方面,也还不失为一个利用工具。"①这应该是基本合乎当时茅盾对"旧小说"的理解的。《子夜》的创作时间是 1931 年 10 月至 1932 年 12 月 5 日。时人在这期间评价茅盾刚出版的集子《春蚕》时即曾言:"茅盾自己说,要把新小说里尽力容纳旧小说的技巧,以便容易接近大众……"②茅盾自己在这期间参加关于"文艺大众化"的讨论时亦曾在发表于 1932 年 7 月 10 日的《文学月报》第 1 卷第 2 期上的《问题中的大众文艺》一文提出:

---

　　①　恨水:《一段旅途回忆——追记在茅盾先生五十寿辰之日》,见唐金海等编《茅盾专集》第一卷上册,第 61 页。
　　②　罗浮:《评〈春蚕〉》,见庄钟庆编《茅盾研究论集》,第 280 页。后文如次:

　　　　这里,虽然看到了一些,例如:
　　　　"突然从他背后跳出一个人来,正是那路福庆,一手推开了阿四,哈哈笑着大叫道;"(页六二)
　　　　"林大娘摇摇摆摆走过去磕头,谢菩萨的保佑,还要请菩萨一发慈悲,保佑林先生的生意永远那么好,保佑林小姐易长易大,明年就得个好女婿。"(页一二六)
　　　　但这样的句法,在全册里仍是不多见的。本来新小说要容纳旧小说法这件事,虽系应当,然而的确是很不易的。

旧小说之所以更能接近大众,不在"文字本身"——
就是读得出听得懂,而在那种只用很少很扼要的几句写
一个动作,又连接许多动作来衬托出人物的悲欢愤怒的
境遇,刻画出人物的性格,等等描写法。至于分章回,平
铺直叙,都是形式上之形式,不足轻重。如果我们要从形
式方面取决于旧小说,我们就要取法此种优点,仅仅抄袭
了分章回与平铺直叙的门面法儿,是不够的,并且不必
要!再若仅仅学取了那种半文半白的句调,是无用的,并
且也不必要!①

这样的见解无疑表明茅盾当时已对如何消化吸纳"旧小
说"的因素进行了极为全面和深入的思考,其中思路亦与
茅盾进行长篇小说创作的初衷如出一辙,即争取尽可能
多的读者,使"文学的社会的意义"最大化。茅盾自觉地
考虑"旧小说"的问题,不仅与其自身及当时左翼文坛如
何发挥和利用文学的社会功能的思考接榫,与其刚开始
创作小说时对读者的想象接续上了,而且在细节上松动
了其早年论文《自然主义与中国现代文学》对"旧小说"
的否定。他在这里表现出的对"旧小说"笔法的欣赏
("只用很少很扼要的几句写一个动作,又连接许多动作
来衬托人物"),自然并未与其"旧小说"甚至不算小说

---

① 茅盾:《问题中的大众文艺》,见《茅盾全集》第19卷,第323页。

（因其所谓小说乃Novel①）之观念矛盾，却也使其不仅在实践上、而且在理论上，开始了如何消化吸纳"旧小说"的自觉，从而与其1920年提出的"所谓新旧在性质，不在形式"②建立关系，形成艺术自觉上的延续性。而更为关键的是，这里所表露出来的读者意识，与1928年在《从牯岭到东京》一文中对于"小资产阶级"的想象相比，无疑更加确切地落实到了"大众化"的层面上。

茅盾的自觉仿佛一个缺口，其长篇小说现代性的"千里之堤"虽并不因此"溃于蚁穴"，却也出现了极为驳杂的面貌。

在《虹》（1929）这部未完之作中，茅盾的自觉似乎尚未成形，虽然小商小贩的生活、思想和语言就都以极为精彩的表现登台了，与"旧小说"还是相距辽遥；开卷即从故事中间写起的倒叙手法，更令人难以联系起以历时的方式结构故事时间的"旧小说"。但其中依然偶有"回叙"、"欲知后事如何，且听下回分解"及"旧小说"声口的痕迹，不过与《蚀》三部曲相比较，作者的艺术手腕已经更加婉转自然了。关于梅女士的"回叙"出现在第一节三分之一处："在过去四年中，她骤然成为惹人注意的'名的暴发户'，……"③已经不太引人注意。而

---

① 茅盾认为："Novel（小说，或近代小说）是散文的文艺作品，主要是描写现实人生，必须有精密的结构，活泼有灵魂的人物，并且要有合于书中时代与人物身分的背景或环境。"（《小说研究 ABC》，见《茅盾全集》第 19 卷，第 13 页。）

② 茅盾：《新旧文学平议之评议》，见《茅盾全集》第 18 卷，第 19 页。

③ 茅盾：《茅盾全集》第 2 卷（北京：人民文学出版社，1984），第 6 页。

关于柳遇春的"回叙"则出现在人物痛彻心扉的自白中："我，十三岁就进宏源当学徒，穿也不暖，吃也不饱，扫地，打水，倒便壶，挨打，挨骂，我是什么苦都吃过来了！……"①更使人感动之余②，可能忘其为"回叙"了。"欲知后事如何，且听下回分解"式的结构方式出现在第七节结尾："她此时万不料还要在这崎岖的蜀道上磕撞至两三年之久；也料不到她在家庭教师的职务上要分受戎马仓皇的辛苦，并且当惠师长做了成都的主人翁时，她这家庭教师又成为钻营者的一个门径；尤其料不到现在拉她去做家庭教师的好朋友杨小姐将来会拿手枪对她，这才仓皇离开四川完成了多年的宿愿！"③这与"旧小说"每一章结尾都故布疑阵当然有本质上的区别，但一节结束时才陡然布置如此众多的悬念，难免让人感觉其中有旧小说的影子。而第三节开头描摹完徐绮君的外貌后来一句"这个女士就是梅女士的好友徐绮君"④，就难免"旧小说"声口的气味了："看官，这个女士就是……"另外，正如苏敏逸的研究所表明的那样，《虹》（包括《蚀》）具有"时间满格"的特点，"随着小说的发展，作者不断提醒读者时间的进行"，"显示出中国

---

① 茅盾:《茅盾全集》第 2 卷，第 70—71 页。
② 夏志清先生几乎照样引了柳遇春自述身世的全文，评价为"相当感人有力"，柳遇春的处境"还带有点悲剧意味"。参见夏志清著、刘绍铭等译:《中国现代小说史》（香港：中文大学出版社，2001）第 128—129 页。其中夏氏认为《蚀》三部曲"文字稍嫌秾艳，趣味有时流于低级"（第 126 页），颇堪玩味。
③ 茅盾:《茅盾全集》第 2 卷，第 187 页。
④ 茅盾:《茅盾全集》第 2 卷，第 37 页。

古典小说和史传传统/历史写作高度的关系"。① 这一关系事实上存在于茅盾的整个长篇小说创作当中。不过无论如何，《虹》与《蚀》三部曲相比，"旧小说"的色彩更加淡化了。茅盾似乎有意在创作中回应钱杏邨等人认为其作品"旧小说的风味是特殊的浓重"的批评，极力从形式上抹去了《虹》可能要绽露出来的"旧小说"色彩。陈建华通过精密的考察之后认为《虹》在茅盾长篇小说获得现代性的旅程中有着特殊的价值，"意味着某种自我救赎，即摆脱梦魇而走向光明，其实通过'时代女性'的表现作者已建构了一套表现'时代性'的象征系统"，②本书也无意否定这一价值，但仍然认为在茅盾长篇小说生成的过程中，《虹》是一种过渡，而非完成。《虹》似乎是茅盾为了在长篇小说创作中更好地消化吸纳"旧小说"因素，而对"旧小说"有意的远离；《子夜》则是茅盾从不自觉走向自觉的进一步发展。只有在开始创作《子夜》时，茅盾才全面自觉地考虑如何利用"旧小说"的因素，以期其作品能够为想象中的读者所接受。茅盾这一自觉当年是人所共睹的，如吴组缃即曾言："我听朱自清先生谈，他亲自听作者和他说，作者写这本小说有意模仿旧小说的文字，务使他能为大众所接受。这一点作者有点失败；固然文字上也没有除尽为

① 参见苏敏逸：《"个人"作为"革命历史"的象征——论茅盾的〈虹〉》，《华文文学》2006 年 6 月号，第 26—27 页。
② 陈建华：《革命与形式——茅盾早期小说的现代性展开，1927—1930》，第 31 页。

大众所不懂的词汇,便是内容本身,没有相当知识的人也是不能懂得的。作者的文字明快,有力,是其长处;短处是用力过火,时有勉强不自然的毛病。"①吴组缃了解茅盾创作的动机,也作出了适当的评价,与茅盾同时期接受增田涉的采访时的说法基本一致。茅盾说:"现在我不是以作者的身份,而是以批评家的身份来看《子夜》。这部书着眼于通俗有趣,但有不少地方还是由于刻意追求而显得生硬。这是《子夜》失败之处。"②茅盾为了使《子夜》"通俗有趣","能为大众所接受",于是"有意模仿旧小说的文字"。他觉得可惜的是"由于刻意追求而显得生硬",《子夜》有不少地方是失败的。这是茅盾第一次承认和评价自己"有意模仿旧小说的文字",非常值得注意。这里表现出了茅盾的读者意识对其长篇小说创作极为明显而具体的制约。

再次机械地去《子夜》文本中寻找"回叙"、"欲知后事如何,且听下回分解"、"看官"、"时间满格","楔子"等因素,当然还是必有所得。不过这已经不能说明《子夜》与"旧小说"之间的复杂关系了。《子夜》作为茅盾"有意模仿旧小说的文字"之作,其实真正的关系已非表面的"文字"上的了。③《子

---

① 吴组缃:《〈子夜〉》,见庄钟庆编《茅盾研究论集》,第178页。

② [日]增田涉:《茅盾印象记》,见庄钟庆编《茅盾研究论集》,第509页。

③ 当然,无论是吴组缃,还是茅盾,他们说到"文字"时,并不仅仅是"词汇"问题,而是文章写作的问题。因此模仿文字本身就意味着从叙事结构、描写技巧等诸层面对旧小说进行模仿。

夜》甚至可以说是对《儒林外史》和《红楼梦》的戏仿。《儒林外史》楔子塑造理想人格王冕,正文塑造周进、范进、马二先生等一系列残缺人格,两两对照,可谓"一蟹不如一蟹"。《子夜》第一章写吴老太爷之死,与整个小说关系不大,只是其丧仪充当了小说各色人物登场的舞台,可谓楔子;其余十八章写民族资本家吴荪甫之"死"(他变成买办资本家了)。吴老太爷是残缺人格,吴荪甫是理想人格,两两对照,结局都不过是一死。以上是《子夜》戏仿《儒林外史》的第一个层面。第二个层面更为明显,即茅盾自言本欲在《子夜》中写"一九三〇年的'新儒林外史'"。① 李玉亭的蝇营狗苟、范博文的附庸风雅、杜新箨的虚无放荡、杜学诗徒作大言……都可以在《儒林外史》中找到对应的人物。至于《子夜》与《红楼梦》之间的戏仿关系,最明显的莫过于《红楼梦》中的四大家族"一荣俱荣,一损俱损"与《子夜》中吴荪甫、唐云山、王和甫、孙吉人四人的"同舟共济",其次则是姨表亲之间发生恋爱,家长从中阻挠,再次是吴蕙芳独守《太上感应篇》、后复离家出走与妙玉幽居枕雪庵、后被贼劫。另外,曾家驹入吴府与林黛玉进贾府,吴老太爷到上海与刘姥姥进贾府,也有着绝妙的对应性。上述戏仿关系,还可以寻找到更为丰富的例证,兹从略。需要指出的是,如果说写"新儒林外史"还可以指为茅盾本有的创

① 茅盾:《后记》,《茅盾全集》第 3 卷(北京:人民文学出版社,1984),第 553 页。

作命意,其他各类戏仿关系的存在,可能都是因为茅盾"有意模仿旧小说的文字"之时,不自觉地让非"文字"层面的"旧小说"因素也渗入了《子夜》当中。

事实上,正如后来的研究者们所普遍地注意到的那样,《子夜》的确呈现出了与"旧小说"之间广泛的亲缘关系。《子夜》初发表时,有人即认为:"《子夜》成功是受了《红楼梦》的影响,也有人研究过证明过;(一)在人物的连属上,(二)人格的描写上,(三)故事的穿插上,很容易看出《红楼》与《子夜》的关系。"①这种意见在后来学者的研究中得到了修正、拓展和深化。如有论者认为:"茅盾喜用速写笔法,把人物的心理活动勾勒成图,构成画面诉诸于人们视觉,使读者一望而知,不需作者再作什么冗长的静态剖析。这些画面多是人物变态心理所构成的一些怪异的幻觉、幻象(也有不是的),是现实在人们心理上一种化了装的反映。曹雪芹在描写林黛玉这个被封建旧礼教摧残又不甘心屈服,极力抗争的弱女子的变态心理时,曾为我们勾勒了不少动人心弦的各种幻梦画面。茅盾深谙此法,在他笔下,尽管有些幻象画面表现有些怪诞,但它和人物性格、处境有密切联系,和人物在特定时期的认识、情感、意志有密切联系。"②有论者认为:"《子夜》的结构是宏

① 郭云浦:《〈子夜〉与〈红楼梦〉》,见庄钟庆编《茅盾研究论集》,第 233 页。

② 张辅麟:《〈子夜〉心理描写琐谈》,见唐金海等编《茅盾专集》第二卷下册,第 1092 页。

伟的,然而局部各自又有独立性。如第十三、十四等章完全可以独立成章。这种结构特色,似乎是受到我们古典小说如《红楼梦》的影响。茅盾曾经对古典小说的艺术结构特点做过这样的概括:'可分可合,疏密相间,似断实联。'《子夜》的人物描写继承了中国古典小说的传统,如吸收《水浒》善于借助一连串事故表现人物的手法,师法《红楼梦》以精细的笔触描绘人物的声音笑貌的长处,融汇《儒林外史》婉而多讽的笔法。茅盾还善于吸收古典文学中情景交融的描写手法,然而他又有自己的创造。比如古典文学作品往往在某个片断做到情景交融,而《子夜》经常把情景交融的手法运用到整个章节中。这是很有创造性的。"①更有论者认为:"在《子夜》的单章布局上,作家也吸取了中国古典长篇小说,尤其是《水浒传》里的布局方法,每章各有重点,有高峰,自成格局。"②类似观点尚多,本书无意综述。从上述所有论者的观点看来,茅盾创作《子夜》时至少应该做了以下努力:一是借鉴章回体旧小说的分章模式;二是借鉴章回体旧小说的笔法,以一连串的事故表现人物,以精细的笔触描绘人物的音容笑貌,以婉而多讽的笔法表现人物,以勾勒变态心理之幻象表现人物;三是借鉴

---

① 庄钟庆:《〈子夜〉的艺术风格》,见唐金海等编《茅盾专集》第二卷下册,第1115—1116页。

② 许志安:《取精用宏 推陈出新——试论茅盾长篇小说对中外小说结构艺术的继承与革新》,见全国茅盾学会编《茅盾研究论文选集(下册)》(长沙:湖南人民出版社,1983),第400页。

章回体旧小说结构人物关系的模式。这些倒未必都是茅盾自觉的行为,论者的观察亦未必全都合乎事实,但不妨明确说出的是,与此前的长篇小说相比,《子夜》与"旧小说"的关系是大大地变得深刻和复杂了。也许正因为如此,茅盾对于"旧小说"的理解,在创作《子夜》前后,已经与 1920 年代有相当大的不同了。对于"旧小说"笔法的理论自觉促进了茅盾创作《子夜》时消化吸纳"旧小说"因素的信心,而对于"旧小说"笔法的实践自觉反过来加强了茅盾的理论信心。

从当时人的评价来看,茅盾为《子夜》所作的努力不仅为人所共见,而且总体上是得到肯定的。前引吴组缃的意见固然尖锐,但不乏肯定之词。后有论者拓进他的意见,认为"《子夜》的语言虽然还不曾达到作者所希望的'为大众所接受'的程度,但欧化的句法词汇大量减少了,整个行文也较《蚀》更为明快清晰"①。"欧化的句法词汇大量减少"和行文"更为明快清晰"本来可能与"旧小说"无关,但茅盾既"有意模仿旧小说的文字",则其必与"旧小说"因素的介入有涉了。因此尽管历史现场中有论者或强调《子夜》"充满了罗曼蒂克的气氛"②,或指摘《子夜》有"国产影片的超等镜头"式的没劲描写③,更

---

① 乐黛云:《〈蚀〉和〈子夜〉的比较分析》,见唐金海等编《茅盾专集》第二卷下册(福州:福建人民出版社,1985),第 1073 页。
② 韩侍桁:《〈子夜〉的艺术,思想及人物》,见庄钟庆编《茅盾研究论集》,第 201 页。
③ 林海:《〈子夜〉与〈战争与和平〉》,见庄钟庆编《茅盾研究论集》,第 238 页。

多的论者还是体会到了茅盾融汇中西的良苦用心,并做出了积极评价。例如有一论者即说道:"久居中国的巴克夫人,曾断言中国新小说的收获,将是中国旧小说与西洋小说的结晶品。在我们不同场合上,这说话也可以说是对的。而茅盾的作品,便是走在这条路上的东西。"①论者虽未必认为《子夜》就是"中国旧小说与西洋小说的结晶品",但肯定之意已溢于言表。更有意思的是学衡派学人吴宓当年比较了《子夜》与茅盾此前的小说创作之后说:"此书则较之大见进步,而表现时代动摇之力,尤为深刻。不时穿插激射,其见曲而能直,复而能简之匠心,甚至每章字数皆几乎相等(每章总在三十页左右),此固小事,然亦可见作者措置之不苟。"②茅盾对此大兴知己之感,晚年回忆犹谓:"吴宓还是吴宓,他评小说只从技巧着眼,他评《子夜》亦复如此。但在出版后半年内,评者极多,虽有亦及技巧者,都不如吴宓之能体会作者的匠心,……"③所谓"穿插激射"其实正是"旧小说"最为出色的叙事技巧之一。吴宓这一仔细而彻底的观察一方面显示了其自身的艺术趣味,另一方面也暗示了《子夜》与"旧小说"之间的联系。更有必要指出的是,良好的读者反映应该也有助于

---

① 朱明:《读〈子夜〉》,见庄钟庆编《茅盾研究论集》,第 160 页。

② 云:《茅盾著长篇小说〈子夜〉》,见庄钟庆编《茅盾研究论集》,第 158 页。

③ 茅盾:《〈子夜〉写作的前前后后》,见《茅盾全集》第 34 卷,第 516 页。

进一步加强茅盾消化吸纳"旧小说"的用心。茅盾晚年回忆《子夜》出版后一时洛阳纸贵的情形,借大江书铺的主持者陈望道之口说向来不看新文学作品的资本家的少奶奶、大小姐都争着看《子夜》,是因为其中描写到她们了。① 仅仅描写到她们,似乎是不足以使她们争着看的,还需要描写的方法是她们能够理解和接受的,方才可能。这是一次文学生产与文学消费之间成功的互动;至于其后效,则未必尽是正面的。

3. 中国化与现代化

茅盾是否因此信心十足地继续其消化吸纳"旧小说"因素以成就其长篇小说,当然也还不是绝对的。正如他自己1931 年在《〈宿莽〉弁言》中所写的那样:"一个从事于文艺创作的人,假使他是曾经受了过去的社会遗产的艺术的教养的,那么他的主要努力便是怎样消化了旧艺术品的精髓而创造出新的手法。同样地,一个已经发表过若干作品的作家的困难问题也就是怎样使自己不至于粘滞在自己所铸成的既定的模型中;他的苦心不得不是继续地探求着更合于时代节奏的新的表现方法。"②一个作家的文艺创作并不完全是艺术自律或其自身艺术自觉的结果,在继承与创新所构成的场域中,作家

---

① 参见茅盾:《〈子夜〉写作的前前后后》,见《茅盾全集》第 34 卷,第 516—517 页。

② 茅盾:《〈宿莽〉弁言》,见《茅盾全集》第 19 卷,第 226 页。

往往感到两难。对于茅盾来说,如何在自觉《子夜》因刻意追求"通俗有趣"而失败及读者反映良好之间抉择,即为此两难中的具体问题。是从失败处退走还是重新站起来? 从其此后所创作的长篇小说《霜叶红似二月花》及《第一阶段的故事》来观察,茅盾选择了从失败处重新站起来。且不说《霜叶红似二月花》扑面而来的《红楼梦》气息,即从当年的读者反映而论,也可知茅盾使小说"通俗有趣"的努力取得了多大的成功。《霜叶红似二月花》1943 年 5 月刚由桂林华华书店出版单行本,10 月田汉即在关于这部小说的座谈会中指出:"这本小说看出中国化的痕迹,在老小说中常见的用语,这些为广泛的读者群众所熟悉的传说(按:疑为"传统"之误)的好处,这本小说很好的运用过来。"①缪灵珠也认为:"把章回小说的方法改变,丝毫不受西洋小说的影响。中国小说很多读起来象翻译,这本小说里没有这毛病。中国小说向这一方面走去,比较更有希望。茅盾先生将中国小说发展向中国化的路。"②一年后,有论者几乎重复了前引田汉先生的观点:"就创作的技术来说,从这本小说里,可以看出中国化的痕迹,在中国旧小说中常见的词,一些为广大的读者群所熟悉的传统的好处,在这本小说里已经有很好的运用。"③在这里,茅盾的匠心和努

---

① 王由、政之:《〈霜叶红似二月花〉第一部座谈纪录》,见唐金海等编《茅盾专集》第二卷下册,第 1325 页。

② 同上注,第 1327 页。

③ 田玉:《茅盾新作:〈霜叶红似二月花〉》,见庄钟庆编《茅盾研究论集》,第 359 页。

力所得到的肯定极其明显,后来的研究者甚至给出了更高的评价。① 而且这似乎形成了一种茅盾长篇小说接受的惯例,1940 年代的批评意见往往都从中国化的向度上生发出来。当时有的论者在评价《第一阶段的故事》时提到:"我读茅盾先生的小说,常感觉到它很可能是现代小说之向中国旧式章回小说吸收融化的一个合理的雏形,现代文学的水准无条件是要保持的,但为了适应在中国土壤上的中国读者的习惯和接受力,同时也吸收中国小说中长期传统形成的历史的优点,现代小说中必定应该有一支伸向这方面来努力。"②这意味着释读和评价茅盾长篇小说中的"旧小说"因素,一度成为一种经典化的模式,即中国化与现代化的问题。当然,有必要警惕的是,无论是中国化,还是现代化,或者两者交缠在一起形成的问题视野,都是抗战军兴以后的 1940 年代中国人对民族文化传统兴趣复苏的一种表征,以及将从战争中习得的经验推衍至文学领域的一种曲折反映。从以当下(2009 年)为基点的后设语境回窥 1940 年代论者高度评价茅盾其时长篇小说创作中国化的言辞,不免觉得失实。如果说茅盾长篇小说创作真正为其后的小说创

---

　　① 如丁尔纲先生即认为茅盾有意识地在《霜叶红似二月花》中实践其民族化理论,使小说成为"《红楼梦》般的大手笔",且有过之而无不及。参见丁尔纲:《论〈霜叶红似二月花〉及其续书手稿》,《山东社会科学》1994 年第 6 期,第 89—90 页。

　　② 钳耳:《评〈第一阶段的故事〉》,见庄钟庆编《茅盾研究论集》,第 312 页。

作开拓出了方向,那也应该是《虹》所建立的"成长小说"模式和《子夜》所建立的"社会剖析小说"模式,或所有茅盾长篇小说共同建立的"史诗小说"模式。茅盾关于中国化的努力,实在几乎并无任何嗣响。当然,这种后设语境并不能证明茅盾消化吸纳"旧小说"因素以完成其长篇小说生成的努力是无效的;它依然作为一种可能存活在历史和当下的某些创作实践中。

缪灵珠先生认为《霜叶红似二月花》"丝毫不受西洋小说的影响"固然有欠稳妥,但凭这一小说而考察经过《子夜》中刻意追求"通俗有趣"失败后的茅盾长篇小说生成,不难得出一种猜想,即《霜叶红似二月花》恰好是从《子夜》失败处生长出来的作品。如果说前文《子夜》与《红楼梦》之间的关系还难免牵强附会之嫌,那么,分析《霜叶红似二月花》与《红楼梦》之间的关系则可谓再显豁不过的论题了。孙中田先生甚至据《霜叶红似二月花》认为茅盾小说中是存在着"红楼"情结的。[①] 这些肯定性的评价对于茅盾而言,也许有着比当年《子夜》所得到的评价更为有力的作用,促使茅盾在消化吸纳"旧小说"因素方面走得更深更远。就在 1946年评价《吕梁英雄传》的时候,茅盾说:"在近三十年来,运用

---

① 可参考其论文《茅盾小说与"红楼"情结》(见《沈阳师范学院学报(社会科学版)》2002 年第 1 期,第 1—5 页),其中简单地梳理了茅盾与《红楼梦》结缘的来龙去脉,并分析了《霜叶红似二月花》生于然异于《红楼梦》的关系。

'章回体'而能善为扬弃,使'章回体'延续了新生命的,应当首推张恨水先生。"①这样的意见与其1933年将张恨水《啼笑因缘》视为"半封建的形式"虽然并不截然冲突,但前者显然更多的是出于肯定和理解。茅盾态度的变迁,固然有极为复杂的世易时移的因素,八年抗战以后文坛人事关系重新组合,张恨水自身也发生变化②,但理应与茅盾自身长篇小说创作实践受到肯定有关。这一肯定不仅意味着茅盾对"旧小说"的理解及将其纳入自身长篇小说生成是有其合理性的,而且意味着是合乎茅盾一贯追求之时代性的。茅盾从创作长篇小说始,即有明确的读者想象,且不时以读者的实际反应调整自我的创作,以成其既从自我的意义上合乎"时代节奏"又从社会大众的意义上合乎"时代节奏"之艺术追求。在这两个层面上,对于茅盾而言,应该都是获得成功的,否则将很难理解茅盾晚年续写《霜叶红似二月花》的行为。茅盾一生的长篇小说创作几乎都是未完成之作,而他独对1942年的《霜叶红似二月花》难以释怀,在时隔32年之后的1974年不管衰年,毅然续写,实在应该有一种艺术上的自觉和珍惜,方才有解。

---

① 茅盾:《关于〈吕梁英雄传〉》,《中华论丛》第2卷第1期,1946年8月22日。

② 范伯群先生认为:"如果说'五四'时期张恨水有点辜负时代赐予的机缘,如果说,他撰写《啼笑因缘》虽有了'赶上时代'的雄心,而又未能获得理想的成绩,那么在抗日怒潮中张恨水可算是切实接受了'时代的召唤'。"见范伯群:《论张恨水的几部代表作——兼论张恨水是否归属鸳鸯蝴蝶派问题》,《文学评论》1983年第1期,第93页。

不过因续稿尚未成形,只是梗概、大纲和片断,很难从艺术上作出全面和确切的评价。可以稍作推测的是,尚未获得小说形式的草稿也许更能暗示茅盾晚年的艺术趣味和理解。续稿语多成句,言每及典,徜徉辞赋之意境,拣择风骚之绪余,令人掩卷有不知今夕何夕之感。其中"医戒行房期满翌晨夫妻戏谑",更令人有烩《金瓶梅》与《红楼梦》于一锅之思。① 这未必是茅盾衰年变法,更可能是某种不自觉的因素在起作用。这种不自觉的因素曾在茅盾最初的长篇小说《蚀》中留下让钱杏邨诟病的痕迹,现在不过在其晚年《霜叶红似二月花》续稿中全面发作,充分展现其巨大的潜能罢了。当然,必须肯定的是,续稿文字之精致,有非《霜叶红似二月花》所能比拟者,遑论其少作。

不过,从《霜叶红似二月花》到其续稿,间隔着三十年变换无已的时代风雨,更间隔着作者从壮年而衰年的生理、心理流程,这之间到底有哪些因素在搅动着茅盾的艺术神经,使其续写《霜叶红似二月花》并成如此面目,是本书所难以考证的。本书只试图对茅盾从《子夜》走向《霜叶红似二月花》的过程,在前文的基础上,再做出一点力所能及的生发。

前文提到了艺术自律及读者因素所起的作用,然而必须强调的是,这些因素固然在具体的环节上起着举足轻重的作

---

① 参见茅盾:《〈霜叶红似二月花〉续稿》,《茅盾全集·补遗(上)》(北京:人民文学出版社,2006),第 240—243 页。

用,但考虑到茅盾一向关注时代性及文学的社会功能,从《子夜》部分发表的 1932 年和初版的 1933 年到《霜叶红似二月花》发表的 1942 年,这 10 年对于茅盾长篇小说创作来说,实在意味着太多的内容。举其荦荦大端而言,则有"文艺大众化"讨论,抗日战争,"民族形式"讨论及毛泽东《在延安文艺座谈会上的讲话》对茅盾创作的影响。前文曾论涉过"文艺大众化"讨论和抗日战争对茅盾的影响。茅盾秉其一贯之左翼立场及文学功利论态度,曾循"文艺大众化"之需要而努力使《子夜》"通俗有趣";不管这一努力是否失败,在创作《霜叶红似二月花》、《第一阶段的故事》及《锻炼》时,茅盾是一以贯之的。早在抗日战争全面爆发前一年,茅盾即曾创作过通俗易懂的短篇小说《大鼻子的故事》以鼓舞民气,此后更以通俗自律,提出:"'通俗'云者,应当是形式则'妇孺能解',内容则为大众的情绪与思想,——和新术语'大众化'应该没有什么本质上的差别;自然,'大众化'的意义要广博深湛的多。"①至于如何"通俗"呢? 茅盾介入当时关于如何利用旧形式以建立新的"民族形式"的讨论,1938 年曾提出"翻旧出新"和"牵新合旧",认为二者汇流的结果,"将是民族的新的文艺形式",是"'利用旧形式'的最高的目标"。具体到长篇小说的创作中,茅盾认为:

不必死心眼去袭用章回体的形式之形式(如回目一

---

① 茅盾:《质的提高与通俗》,见《茅盾全集》第 21 卷,第 411 页。

定是一副对子,每回收场一定是要知后事如何,且听下回
分解),但须学取它的叙述简洁,动作紧凑,故事发展必
前后呼应钩锁,描写心理不用间接方法(叙述)而用直接
方法(从人物的动作与说话)。①

这些意见与前引茅盾1932年《问题中的大众文艺》一文是一
脉相承的。值得注意的是,如果1932年的意见还只不过是一
种商讨和探索的话,1938年的主张则已升格为一种经验的总
结和方向的确立。茅盾结合创作《子夜》的实践、当时抗战的
需要及关于建立新的"民族形式"的讨论,在如何消化吸纳
"旧小说"方面,做出了理论上的总结,并以其指导了自我日
后的长篇小说创作;从《霜叶红似二月花》等小说的语体面貌
和文体特征来看,这一点是可以证实的。而且,有三个细节是
值得记忆的:其一是1924年曹慕管因"性欲小说《红楼梦》,
盗贼小说《水浒》,科举小说《儒林外史》"等语,被茅盾大加非
斥。② 其二是1935年茅盾缩编《红楼梦》(洁本),撰写"导
言"时高度评价了《红楼梦》"写实的精神"、创始"把女子作
为独立的个人来描写"及写人物个性的"技巧"。③ 它们表明,

----

① 茅盾:《利用旧形式的两个意义》,见《茅盾全集》第21卷,第
413—414页。
② 参见茅盾《〈红楼梦〉〈水浒〉〈儒林外史〉的奇辱!》及《读〈智
识〉一二期后所感——并答曹君慕管》二文,分别见《茅盾全集》第18卷
第421—422页及第427—435页。
③ 参见茅盾:《〈红楼梦〉(洁本)导言》,《茅盾全集》第20卷,第
512—521页。

茅盾不仅对《红楼梦》的文学价值是肯定的,而且深谙其写人物个性之"技巧"。深谙"技巧"对于一个作家之重要性不言而喻,《霜叶红似二月花》中也的确袭用了相同的"技巧",如以描写王熙凤的笔法描写张婉卿。① 其三是茅盾曾多次以不同形式肯定《水浒》之写作技巧。1940 年 6 月借评价"一部利用旧形式的长篇小说"《新水浒》之便,认为《水浒》"回叙"和"心理描写"的技巧值得借鉴,②同年 9 月又在《谈〈水浒〉》一文中极力分析其人物描写及结构之优长③。解放后,茅盾还著文《谈〈水浒〉的人物和结构》,论析《水浒》如何呈现人物性格的问题。④ 这在茅盾考虑自我长篇小说创作及批评当时文坛风气时⑤,究竟是如何发生作用的,还难以估量,但可以确定的是,在《霜叶红似二月花》甚至《子夜》中发现《水浒》式的描写技巧,并不会令人感到惊讶。

至于毛泽东《在延安文艺座谈会的讲话》(1942 年 5 月 2

① 李长之谓:"在所写的人物中,我觉得最成功的,要算是王熙凤型的女性婉姑,那末干练。"见吴组缃、李长之《〈霜叶红似二月花〉》,唐金海等编《茅盾专集》第二卷下册,第 1333 页。

② 茅盾:《关于〈新水浒〉——一部利用旧形式的长篇小说》,见《茅盾全集》第 22 卷(北京:人民文学出版社,1993),第 115—116 页。

③ 茅盾:《谈〈水浒〉》,见《茅盾全集》第 22 卷,第 136—144 页。

④ 茅盾:《谈〈水浒〉的人物和结构》,见《茅盾全集》第 24 卷(北京:人民文学出版社,1996),第 137—142 页。

⑤ 针对抗战末期商业氛围和政治因素造成的长篇小说粗制滥造和避重就轻的现状,茅盾曾在发表于 1945 年 2 月 25 日《青年文艺》第 1 卷第 6 期的《对于文坛的一种风气的看法——谈长篇小说需要之多及及其写作》一文中特别强调选题和技巧的重要性。见《茅盾全集》第 23 卷(北京:人民文学出版社,1996),第 88—95 页。

日始)如何介入到茅盾的长篇小说创作当中,因茅盾其时活动于国统区(广西桂林)而非延安解放区,是难以确定的。但从田汉等人当年评价《霜叶红似二月花》所使用的词汇"中国化"来看,似乎与"中国作风""中国气派"有着根本上的血缘关系,则大致可以推测,至少茅盾小说的诠释是受到了制约的。不过,尽管茅盾小说表现出明显的"中国化"的面貌,还是有必要分析作者意图与接受效果之间的裂隙。据茅盾《桂渝札记》1943 年四五月份的记载,他对当时勃兴的民族自信怀有强烈的疑虑,认为胡先骕、张其昀、钱穆、冯友兰、陶希圣等人的乐观言论皆不当令,最后还指出:"'中学为体,西学为用'主义之抬头,配合着封建的伦理(政制)与工业化的呼声。"①这里所透露出的异质性的思考,其实是很熟悉的五四新文化的逻辑。这也就意味着,对于茅盾而言,"中国化"的解读模式并没有真正投契其心,"丝毫不受西洋小说的影响"更是南辕北辙。当然,必须警惕的是,茅盾并不反对"中国化",只是别有解释。在 1940 年发表的《通俗化、大众化与中国化》一文中,茅盾沿着毛泽东提出的"中国化"、"中国作风和中国气派"等话题往前生发,认为:"所谓'中国化的文化',是中国的民族形式的,同时亦是国际主义的。"②他没有"中学

---

① 参见茅盾:《桂渝札记》,《茅盾全集·补遗(上)》,第 82—85 页。

② 茅盾:《通俗化、大众化与中国化》,《茅盾全集》第 22 卷,第 92 页。

为体,西学为用"的意思,不但不可能拒绝"西洋小说的影响",而且有一种"国际主义"的立场,必然全身心欢迎"西洋小说的影响"。"旧小说"因素在茅盾设计的长篇小说生成的过程中,几乎始终扮演的只是一个补充性的、工具性的角色。也许只有在《霜叶红似二月花》续稿中,"旧小说"才发挥出茅盾始料未及的威力。但是,理论立场和思想分野的壁垒森严,未必能够阻止创作实践之中的互通有无。一旦茅盾主动切开了"旧小说"因素进入其长篇小说生成的口子,结果就并不总是能在其控制范围之内了。从这一意义上言之,无论是坐实《子夜》与《红楼梦》的关系(难免显得牵强附会),还是论证《霜叶红似二月花》与《红楼梦》的关系(未必能达作者本旨),都不能说是空穴来风的隔膜之论。

二 时间意识问题

面对时人的质疑和劝慰，茅盾在写于 1928 年 7 月 16 日的《从牯岭到东京》中解释《追求》的写作时，用了如下动人的说辞："我很抱歉，我竟做了这样颓唐的小说，我是越说越不成话了。但是请恕我，我实在排遣不开。我只能让它这样写下来，作一个纪念；我决计改换一下环境，把我的精神苏醒过来。"[1]这意味着，对于茅盾来说，小说是排遣的形式：通过将排遣不开的情绪封存在小说《追求》中，作家排遣开来，进入不同的情绪状态。然而，排遣非易，进入亦难，尽管自称有了北欧勇敢的运命女神作为精神上的前导[2]，茅盾还是在此后的文章中发露其未见出路何在的苦闷[3]。而且，即使

---

[1] 茅盾:《从牯岭到东京》,《小说月报》第 19 卷第 10 号,1928 年 9 月 10 日。

[2] 茅盾:《从牯岭到东京》。

[3] M D:《雾》,《小说月报》第 20 卷第 2 号,1929 年 2 月 10 日。

是看见希望在前了,他也不敢决然走去。在随笔《虹》中,他歌颂道:"呵,你虹! 古代希腊人说你是渡了麦丘立到冥国内索回春之女神,你是美丽的希望的象征!"笔锋一转,他说:"但虹一样的希望也太使人伤心。"他恍惚看见虹桥上站着狐假虎威的"鹰骑士"。① 且不管"鹰骑士"喻指何方,茅盾自己的确需要更为深刻的形式,才能真正彻底地实现排遣和进入。

　　叶圣陶《倪焕之》的发表,提供给茅盾一个相当好的平台。借着解读和评价这部长篇小说的机会,茅盾一点一点底撕扯开论战对手郭沫若、成仿吾的"旧创痕",最后得出结论,"从个人主义英雄主义唯心主义转变到集团主义唯物主义,原来不是一翻身之易"。② 虽然这种撕扯未免有一点以老革命、以"五卅"运动的制造者之一自居的遮掩,但本质上也是对自己转变为难、却必须转变的解剖。茅盾发现,从"五四"到"五卅",时代推动着个人从自由主义向集团主义转变,个人没有理由拒绝这一历史进程,否则即被碾碎。同时,他感觉到《倪焕之》是个值得赞美的实例:"把一篇小说的时代安放在近十年的历史过程中的,不能不说这是第一部;而有意地要表示一个人——一个富有革命性的小资产阶级知识分子,怎样地受十年来时代的壮潮所激荡,怎样地从乡村到都市,从埋

---

　　① M D:《虹》,《小说月报》第 20 卷第 3 号,1929 年 3 月 10 日。
　　② 茅盾:《读〈倪焕之〉》,《文学周报》第 8 卷,第 599 页,上海:远东图书公司,1929 年。

头教育到群众运动,从自由主义到集团主义,这《倪焕之》也
不能不说是第一部。"①

在与对手的鏖战、对同气的品评中,茅盾认识到从自由主
义到集团主义发展的历史必然。但要内化到自身,茅盾需要
付出更为深刻的努力;这一努力的形式之一就是长篇小说
《虹》的写作。

1.女性与时间

有意思的是,《虹》的写作时间是 1929 年 4 月—7 月,《读
〈倪焕之〉》的写作时间是 1929 年 5 月 4 日,茅盾似乎是通过
《虹》的写作才发现《倪焕之》蕴涵着"从自由主义到集团主
义"的深度模式。但茅盾对《倪焕之》一个细节的解读表明,
他不是通过《虹》发现了《倪焕之》,而极有可能是受《倪焕
之》启发写《虹》。② 茅盾认为《倪焕之》"最后一章些倪焕之
死后的倪夫人金佩璋突然勇敢起来""稍稍突兀",但"从二十
四章到最后一章,中间相隔一年多,而又是极变幻的一年多,
所以金佩璋思想的转变是可能的"。③ 由此可见,茅盾很在意

---

① 茅盾:《读〈倪焕之〉》,《文学周报》第 8 卷,第 602 页。
② 长篇小说《虹》的写作当然离不开秦德君,此是另话。参见秦德
君口述、刘淮整理:《我与茅盾的一段情缘》,《百年潮》1997 年第 4 期。
秦德君的回忆有所偏差,如玉《谈论人物应坚持求实态度——写在读〈我
与茅盾的一段情缘〉后》有辩驳,见《百年潮》1998 年第 3 期。
③ 茅盾:《读〈倪焕之〉》,《文学周报》第 8 卷,第 603—604 页。

叙述一个女性转变故事所可能包含的巨大思想能量。《虹》叙述的恰恰是梅行素作为一个女性从自由主义到集团主义的转变,这自然另有机缘,但不能不令人感觉,茅盾有意从《倪焕之》不足之处着手。当然,在 1928 年 2 月 23 日完成的短篇小说《创造》中,茅盾已经写了一个被启蒙之后反而将启蒙者远远甩在后面的女性形象娴娴。① 不过,娴娴转变的时代性并不明显,无论就思想还是就形式而言,茅盾可能都尚未及《倪焕之》的境界。作为一个自觉"继续地探求着更合于时代节奏的新的表现方法"②的小说家,茅盾会极力避免自我重复,更会极力避免重复他人的小说形式。因此,尽管同样是叙述一个小资产阶级知识分子从自由主义到集团主义转变的过程,茅盾却不仅选择了一个女性作为主人公,而且别开生面地使用了倒叙;使用倒叙,这就又与孙梦雷《英兰的一生》构成了形式上的区别。

孙梦雷《英兰的一生》出版不久,钱杏邨即曾给出积极评价,认为它技巧不错,写英兰在工厂的生活颇值得肯定,但从根本上说,不能算是成功的长篇小说,因为"作者太忽略了文学的时代色彩"导致它不能表现"时代精神"。③ 茅盾立即作出回应,认为钱杏邨写出了一篇很不多见的、好的批评文,④

---

① 茅盾:《创造》,《东方杂志》第 25 卷第 8 号,第 99—114 页,1928 年 4 月 25 日。

② M. D.:《宿莽·弁言》,第 1 页,上海:大江书铺,1931 年。

③ 钱杏邨:《〈英兰的一生〉》,《太阳月刊》1 月号,1928 年 1 月 1 日。

④ 方璧:《欢迎〈太阳〉!》,《文学周报》第 5 卷,第 722 页,上海:远东图书公司,1928 年。

令人不禁联想茅盾是在"时代色彩"、"时代精神"等关节上发生共鸣。而更为微妙的是,已经在《幻灭》、《动摇》、《追求》中塑造两个序列的"时代女性"的茅盾,此时也许食指大动,意图叙述"时代女性"的一生,将"英兰的一生"切实地纳入中国现代历史动荡不安的过程。此后的《虹》以梅行素一而再、再而三的逃离来展开"从自由主义到集团主义"的过程,不能说与《英兰的一生》毫无关系。当然,为了将人物更紧密与时代贴合在一起,茅盾没有叙述梅行素完整的一生,只是截取了从1919 年至1925 年这最能呈现"时代精神"的七年。

如何叙述梅行素七年间的故事,茅盾可谓煞费苦心。首先,他选择了一个寓言式的倒叙开头。陈建华认为:"小说一开头采用倒叙手法本身是寓言化的。那道梅女士穿越而过的巫峡的'鬼门关'将叙事时间分割成过去和现在,不仅意味着她从内地到都市,在文化上也象征着从传统到现代。"[1]《虹》的开头的确与《倪焕之》、《二马》大相径庭。三部小说不乏共同之处,一是都以船行来比喻/隐喻未来,二是都使用了倒叙;这意味着三位作者分享着一些类似的时间意识和美学设想。《倪焕之》当然不能算是严格意义上的倒叙,因为小说第2、3 两节在叙事时间上虽然早于第1 节,但展开得并不充分,只能算是回叙。《二马》则是一个很有用心的倒叙文本,老舍1935 年

---

[1]　陈建华:《革命与形式:茅盾早期小说的现代性展开(1927—1930)》,第200 页。

还念念不忘其"形式之美"："先有了结局，自然是对故事的全盘设计已有了个大概，不能再信口开河。可是这还不十分正确；我不仅打算细写，而且要非常的细，要象康拉德那样把故事看成一个球，从任何地方起始它总会滚动的。"①但美则美矣，厚重之感远不如《虹》。《二马》开头通过马威的眼睛写礼拜下半天玉石牌楼的热闹，工人在喊"打倒资本阶级"，守旧党在喊"打倒社会党"、"打倒不爱国的奸细"，救世军在"没结没完的唱圣诗"……拉拉杂杂，铺垫出很宏阔的时代背景，②可惜徒然成为背景，并不是马威故事展开的切要因素。卢卡奇曾经批评左拉《娜娜》中关于赛马的描写"在小说本身中只是一种'穿插'"，而"在《安娜·卡列尼娜》中，赛马却是一篇宏伟戏剧的关节"，认为"左拉笔下的赛马是从旁观者的角度来描写的，而托尔斯泰笔下的赛马却是从参与者的角度来叙述的"。③ 在相同的意义上，老舍是从旁观者的角度来描写玉石牌楼，茅盾是从参与者的角度来叙述巫峡，而且描写与叙述分别维持到两部小说的结束。北伐对于《二马》不过是马则仁"名片上印上了'广州人'三个字"，欧战也只是偶然提到，④五四运动对于

①　老舍：《老牛破车（三）我怎样写二马》，《宇宙风》第 3 期，1935年 10 月 16 日。

②　老舍：《二马》，《小说月报》第 20 卷第 5 号，1929 年 5 月 10 日。

③　卢卡契：《叙述与描写——为讨论自然主义和形式主义而作》，见中国社会科学院外国文学研究所外国文学研究资料丛刊编辑委员会编《卢卡契文学论文集（一）》，第 39 页，北京：中国社会科学出版社，1981 年。

④　老舍：《二马》，《小说月报》第 20 卷第 5 号。

《虹》却是梅行素自由意志的唤醒和"往前冲"性格的形成。茅盾的第二点苦心于焉张目,他将时代的符码直接戳记在梅行素身上,构建起女性与时间的关系。

当五四运动影响及于成都、发展为排斥东洋货的爱国运动之时,18 岁的梅行素正为父亲将自己许配给柳遇春而烦恼。"她'有'什么方法去反抗呢!"①她私心所爱的韦玉身患肺病,奉行托尔斯泰的哲学,不能帮她解决问题。此时爱国运动渐渐变出新的花样,喊出个全新的名词:"男女社交公开!"②这给了梅行素希望,于是带着切身的问题去看"新"字排行的杂志,认识了徐绮君,后来参加演出《娜拉》时悟到了解决问题的办法。梅行素认为娜拉所有的"不过是几千年来女子的心","林敦夫人却截然不同",为了别人能毫不困难地以"性"作为交换条件,"是忘记了自己是'女性'的女人"。她因此轻看"终身大事",决心"要进牢笼里去看一下,然后再打出来"。③ 时代的发展推动梅行素向前,使她暂时找到了安置个人的方法。然而,待进入牢笼之后,她发现自己还是过于脆弱,陷入"理智与情欲的矛盾",几欲不再挣扎。而且,她还发现毕竟是个女子,"有数千年来传统的女性的缺点:易为感情所动"。④ 梅行

---

① 茅盾:《虹》,第 17 页,上海:开明书店,1930 年。
② 茅盾:《虹》,第 26 页。
③ 茅盾:《虹》,第 42—46 页。
④ 茅盾:《虹》,第 55—76 页。

素负载着沉重的历史包袱,这个包袱就是传统男性社会所培植和定义的"女性"特点。① 在邻居黄教员、黄夫人、黄因明混乱的三角恋刺激下,梅行素感觉生活不过从污秽痛苦中滚到坟墓,于是决心"要我自己的享乐而生活"。但在黄因明的一席自我解剖的启发下,她发现世人分为"兽性的"和"人性的"两种,她自己陷在热情的泥淖里,是后者,是脆弱。② 思来想去,她虽然不明白自己到底想要什么,但是决心克除脆弱,逃出牢笼,在徐绮君的帮助下,在重庆躲了起来,发现世界广阔,而可以信托的只有自己。一时间,梅行素,连同其好友徐绮君都对五四安置个人/集体的方法深感怀疑:"人们是被觉醒了,是被叫出来了,是在往前走了,却不是到光明,而是到黑暗;呐喊着叫醒青年的志士们并没准备好一个光明幸福的社会来容纳那些逃亡客!"③身为女性,梅行素不仅要克除女性的弱点,而且同样需要克服新的虚无之感。

梅行素得机进入泸州师范之后,周旋左右的都是新派人物,却感觉"半个月来泞泥翻滚似的生活";"自己的确跑到圆锥形的尖顶来了",但"也不是毫无焦灼","尖顶上可以长住

---

① 陈建华认为梅行素克服女性和母性,意味着《虹》最终抛弃了"革命的女性化"而完成了"女性的革命化",即恢复了革命的雄性主体。参见陈建华:《革命与形式:茅盾早期小说的现代性展开(1927—1930)》,第 201 页。

② 茅盾:《虹》,第 86 页。

③ 茅盾:《虹》,第 114 页。

么"？她因此"把时间的界线也弄糊涂了"，以为徐绮君与泸州师范的同事一样看低她。① 在焦灼之中，梅行素简直丧失了时间的感受。不过，这一丧失不是同流合污，而是不满现状，同时却不知未来。她还能够批判一切吃"打倒旧礼教"饭、吃"诗云子曰"饭、吃军阀饭的人物，还清楚有一股占据她全心灵的力，造就着她，支持着她往前冲，虽然冲出来了也"依旧是满眼的枯燥和灰黑"。② 凭借这种鲁迅赞赏的尼采式的意志力，梅行素在时代的大浪中颠簸，最终来到上海，遇见了梁刚夫所表征的"集团主义"。在"集团主义"面前，如何安置个人/集体，梅行素面临更深刻的迷失。她感觉到不可抗的力和看不见的怪东西在推动她一直往前；她只能祈祷，而且"浮沉在这祈祷中，空间失了存在，时间失了记录"。③ 如果说在大上海遭遇"集团主义"之前，她还相信进入新的空间就能获得展开时间的可能，空间意味着时间，在这之后，梅行素就只有凭严肃的现实推动着前进了。她的自由意志失去作用，只能接受充分的历史化和革命化，否则就要失去时空。上海/"五卅"像一切的终点，收束着梅行素的野性，不容她再如五四时期在成都、重庆、泸州那样，慢慢地煎熬，勘破自由主义的迷思。相映成趣的是，在叙事的篇幅上，1930 年版的《虹》共272 页，叙述梅行素 1919 年 6 月 4 日至 1924 年 6 月整整五年

---

① 茅盾：《虹》，第 152—153 页。
② 茅盾：《虹》，第 160—161 页。
③ 茅盾：《虹》，第 236—237 页。

的川蜀经历用了 6 章 172 页,而叙述她 1924 年 6 月至 1925 年"五卅"运动近一年的上海经历用了 4 章 100 页,叙事时间明显呈负加速度流动。这意味着,梅行素迷失越彻底,重获时间也就越快。

2. 时间的幽灵

的确,叙事者叙述的是一个尽弃所有以获得一切的故事。在接受五四运动的影响前,梅行素是一个小商人的女儿,由父亲订亲给一个精明的、年轻的资本主义小商人柳遇春,衣食无忧,未来也能生活平顺,但她抛弃这一切,从成都来到了重庆、泸州。此后,她成为川南川西"名的暴发户",成为虹一样的人物,她的野心是征服环境,征服命运,她还要继续往前冲,克服自身浓郁的女性和更浓郁的母性,她是活力无限的,虽然不知未来如何,但却信心十足,预约自己的未来"像夔门以下的长江那样的浩荡奔放"。[①] 不过,在茅盾看来,"虹一样的希望也太使人伤心",当梅行素进入上海的都市生活和接近"集团主义"运动之后,毫不客气地让她身上"新生出来第二个自己:丧失了自信力,优柔寡断,而且更女性的自己"[②]。她原以为凭借本来的自己可以慑服梁刚夫,看穿他,孰知适得其反。

---

① 茅盾:《虹》,第 4 页。
② 茅盾:《虹》,第 189 页。

相形之下,梁刚夫的刚毅让她显得脆弱,她"看不透人家的秘奥",所以"不能抓住他","却反受到冷落"。① 重遇故人,黄因明答非所问,梅行素意识到"自己是在爬着走,虽然从下面瞥见了人们的若干底蕴,却无缘正视着她所热望的脸孔","觉得有生以来第一次这样的被人家看作不可与庄言和不足信任"。"她烦闷地在心里问自己:难道当真他们都强过她么? 这野猫似的黄因明,这幽灵样的梁刚夫,还有甚至于这一位没有什么大意思的秋敏?"②"集团主义"像幽灵一样不可捉摸,却又像野猫一样,狠狠地抓伤了梅行素,使她打算"独立门户"搞"活动",一争雌雄;同时在政治伦理上将梁刚夫和小丈夫气的李无忌划上等号,都"卑污渺小"。

　　然而,梅行素很快发现自己无力"独立门户"。她拾人牙慧,以李无忌国家主义派的观点应对梁刚夫关于"新生活"的质询,却被驳得体无完肤。她发现自己的思想府库空无所有:"浮上她意识的,只有一些断烂的名词:光明的生活,愉快的人生,旧礼教,打倒偶像,反抗,走出家庭到社会去! 然而这些名词,在目前的场合毫无用处。"③她终于感觉到尽弃所有重新学习的必要了。在这弃旧从新的过程中,梅行素感觉到前所未有的凄凉和孤独:"这是有生以来第二十三个冬呀! 在自己的生命中,已经到了青春时代的尾梢,也曾经过多少变

---

① 茅盾:《虹》,第 193 页。
② 茅盾:《虹》,第 200 页。
③ 茅盾:《虹》,第 224—227 页。

幻,可是结局呢? 结局只剩下眼前的孤独! 便是永久的孤独
了么? 是哪些地方不及人家,是哪些事对不起人,却叫得了孤
独的责罚呀?"①然而,与其说是自伤身世,不如说是埋葬过去
以迎接未来,梅行素这些感想是决心抛弃所有之前最后的挽
歌。有意无意地,梅行素埋葬了自己受易卜生影响的一切。
她沉浸在一本截然不同的书里,即《马克思主义与达尔文主
义》。"她随随便便翻开来看了一会儿,不知不觉让身体落在
近旁的椅子里,她的低垂在书页上的眼光贪婪地闪动着,直到
打门声惊醒了她。"②她从书里看见一个新宇宙的展开,并因
此遗忘了自己面对大都市上海和"集团主义"的迷惘。虽然
无处可去,不能像梁刚夫建议的那样"从实生活中去领受"
"革命的斗争的宇宙观和人生观",她也不再感到很寂寞。
"好像害热病的人已经渡过那狂乱的期间,现在梅女士的心
境进入了睡眠样的静定。"③在意识形态提供的安宁中,梅行
素祛除了"集团主义"的神秘感。

　　但是,当梁刚夫来访时,梅行素却感到"新的不安和复活
的苦闷"。她向梁敞开了自己所有的秘密,说出了她和韦玉
的故事,期盼着同情,却只得到这样的回答:"你们做了一首
很好的恋爱诗,就可惜缺乏了斗争的社会的意义。"梅行素感
觉"干燥冷酷的批评比斥骂还难受",代表"集团主义"的梁刚

---

① 　茅盾:《虹》,第 235 页。
② 　茅盾:《虹》,第 237 页。
③ 　茅盾:《虹》,第 240—241 页。

夫依然像幽灵一样不可抓不住。她不明白梁何以那么残忍,
在愁思中发生噩梦,梦见自己向对方说"我爱你",得到却是
拒绝,是"沉重的一拳"。噩梦中醒来的梅行素伤心欲绝,情
愿死在梦里,因为现实比梦还残酷。① 她不由自主地将梁刚
夫与韦玉勾连在一起:韦玉以无政府主义为恋人,不敢爱自
己;梁刚夫也应该有一个主义恋人,所以不愿爱自己。梅行素
意识到,一切主义都残酷地要求牺牲肉身,拒绝与肉身相关的
任何的自然属性。因此,当"五卅"运动来临之间,明知梁刚
夫另有无形的恋人和有形的、有血有肉的恋人,梅行素还是决
定:"跌进去我不怕,三角我也要干;最可怕的是悬挂在空中,
总是迷离恍惚。现在我决心要揭破这迷离恍惚! 我也准备着
失恋,我准备把身体交给第三个恋人——主义!"② 在"集团主
义"运动的高峰时刻,她终于认清,只有将自己作为牺牲,把
身体交给主义,才能摆脱迷离恍惚的状态,才能将"集团主
义"祛魅。所谓"悬挂在空中",本质上是一种不能彻底地弃
旧从新的状态,因此梅行素从"集团主义"的肉身符码黄因明
和梁刚夫身上识别出的野猫和幽灵,其实正是自己迟迟未肯
弃去的五四个人主义的镜像。一方诉求的是恋爱、自由、同
情、个人,以此通往全体的解放,另一方诉求的革命、纪律、牺
牲、阶级,以此通往个体的解放,二者必然发生激烈冲突。而

---

① 茅盾:《虹》,第 243—244 页。
② 茅盾:《虹》,第 254—255 页。

梅行素作为女性,偏偏易于同情,因此更能敏锐地意识到"集团主义"的残酷、冷血,自然就更难于接受群众运动,更易于被镜像中的野猫和幽灵抓伤和迷惑。

　　然而,一旦梅行素获得意识形态的安宁,能够决绝地以"集团主义"的方式安置个人/集体,就与镜像中的野猫和幽灵合体,让那些尚未走上通往"集团主义"之路的人,备受创痛;而她自己则在集体的兴奋中,在"五卅"运动中,如鱼得水,自由涌动。在"五卅"的狂风暴雨之中,梅行素严守神圣的纪律,相信着:"我们是要打劫整个上海的心,要把千万的心捏成为一个其大无比的活的心!"①在她眼皮底下,整个上海幻化为一个总体,不再散落于文明、市侩、拜金主义……的迷宫中;而她参与掌握着这一总体。当徐自强试图携少校连长及革命军人之威观看梅行素裸露的身体时,"空中旋起一声惊人的冷笑——是那样毛骨耸然的冷笑",他不由得惘然,忸怩。显然,他被野猫和幽灵灼伤了;他无法想象梅行素,只能"心抖"。②而梅行素虽然也受到徐自强骚扰的影响,但一听到"怒潮一样的人声","她的热血立刻再燃起",她决绝地"向左走"了。③另外,她要求徐绮君不告诉李无忌自己的地址,果断地拒绝了国家主义者侵扰自己的边界,树立了森严的意识形态壁垒。

---

①　茅盾:《虹》,第 263 页。
②　茅盾:《虹》,第 270—271 页。
③　茅盾:《虹》,第 272 页。

经受住野猫和幽灵带来的创痛,并从创痛中意识到野猫和幽灵是自己个人主义思想的镜像,最终与镜像合体,成为灼伤他人的野猫和幽灵,叙事者终于将"现在教徒"梅行素打造成了"集团主义"者中的一员。梅行素因此有望脱离"虹一样的人物"的身份,进入"北欧女神"的序列。陈建华认为《虹》是"北欧女神"的时间寓言①,在最终的意义上是成立的,因为叙事者暗示走上"五卅"街头的梅行素将从现实中体认出历史发展的必然,从而克服"现在教徒"的思想、情感和行为方式。一个不同于茅盾自己作品中女性人物序列的革命女性诞生了,同时是英兰和金佩璋,被意识形态重新塑造了。

当然,一个在形式中必然诞生的"北欧女神",对于作家茅盾来说,随着《虹》叙述已然成为现实,在 1929 年 5 月给短篇小说集《野蔷薇》写序言时,他满怀信心地认为:

> 真的勇者是敢于凝视现实的,是从现实的丑恶中体认出将来的必然,是并没有把它当作预约券而后始信赖。真的有效的工作是要使人们透视过现实的丑恶而自己去认识人类伟大的将来,从而发生信赖。②

这种切实的表述,与 1928 年在《从牯岭到东京》中小心的试探,

---

① 陈建华:《革命与形式:茅盾早期小说的现代性展开(1927—1930)》,第 193—198 页。

② 茅盾:《写在〈野蔷薇〉的前面》,见茅盾《茅盾全集》第 9 卷,第 523 页,北京:人民文学出版社,1985 年。

与 1929 年初在随笔《虹》中对"鹰骑士"的忧虑,显然有了本质上的区别。应当说,长篇小说《虹》的写作过程,就是茅盾在形式中经历"从自由主义到集团主义"的过程,就是他确立以"集团主义"的方式安置个人/集体的过程;心灵与形式在此意义上密合无间。——说的更准确一些的话,作为一个曾经被视为"自动脱党"的中国共产党员①,茅盾是再一次确认了"集团主义"。

3. 上海的时空

在 1929 年 3 月 9 日完成的《昙》中,茅盾写骄狷自尊的张女士被父亲逼嫁急了,感觉到一系列自己无从决断的问题,只能抬头"凝眸望着空间",自言自语说:"还有地方逃避的时候,姑且先逃避一下罢?"②字里行间流露出作家以空间换时间的意念,似乎新的空间就是新的时间。的确,这可以说也是其时茅盾的个人经验,从扰攘的上海去到宁静的东京,不能说没有以空间换时间的渴望。但东京似乎并非逃路,茅盾感慨:"像我这样的 outcast,没有了故乡,也没有了祖国,所谓'乡愁'之类的优雅的情绪,轻易不会兜上我的心头。"③天地之

---

① 郑超麟回忆茅盾时认为,所谓 1928 年茅盾失去了与共产党的组织联系,就是自动脱党。参见郑超麟:《回忆沈雁冰》,《郑超麟回忆录》(下),第 122—125 页,北京:东方出版社,2003 年。

② 茅盾:《昙》,《新女性》第 4 卷第 4 号,1929 年 4 月 1 日。

③ M D:《卖豆腐的哨子》,《小说月报》第 20 卷第 2 号,1929 年 2 月 20 日。

大,似乎并无安身立命之所。但越是如此,茅盾的空间焦灼越甚;他必须暂时性地解决这个问题。因此,尽管叙述了张女士的逃路,茅盾并未肯定让张女士自信逃避到其他地方就能逃出困境。在长篇小说《虹》中,茅盾深化了这一质疑。他叙述梅行素一再更换新环境,却始终困顿,直到她的"空间失了存在,时间失了记录"之后,才得到"集团主义"的拯救,重获时空。茅盾以此否定了逃路,完成了自我克服。

在《虹》中,梅行素被叙述为一个空间依赖者。小说第一章即叙述她在长江上出了夔门的未来想象:"从此也就离开了曲折的窄狭的多险的谜一样的路,从此是进入了广大,空阔,自由的世间!"①梅行素以为上海之大,必能找到她所合意的生活方式,事实上却发现上海太复杂,容易迷路。她向来"换一个新环境便有新的事情做",但到上海却自觉成了一面镜子,照见别人,却不见自己。② 梅行素在上海照见了一切,而自己却在一切中隐形,这的确是非常特殊的体验。在此意义上,梁刚夫对她的批评可谓一针见血:"就是太复杂。你会迷路。即使你在成都也要迷,但是你自己总觉得是在家里。"③梅行素所以能够自信"换一个新环境便有新的事情做",很可能就是因为"自己总觉得是在家里"。在去上海前,她的生活是"只有过男子们来仰望她的颜色",的确有点家中

---

① 茅盾:《虹》,第13页。
② 茅盾:《虹》,第222页。
③ 茅盾:《虹》,第191页。

女王的意思,梅行素有足够多的经验来应对问题;或者,她不需要多少经验就能应对问题。但是到了上海之后,"真是时代环境不同了",她"看不透人家的秘奥",没有经验可用以应对了,于是不期然成了镜子。① 韦玉、柳遇春、徐自强、陆校长、李无忌、惠师长……不见了,出现的是幽灵一样的梁刚夫。本雅明分析波德莱尔时指出:"震惊的因素在特殊印象中所占成分越大,意识也就越坚定不移地成为防备刺激的挡板;它的这种变化越充分,那些印象进入经验(Erfahrung)的机会就越少,并倾向于滞留在人生体验(Erlebnis)的某一时刻的范围里。这种防范震惊的功能在于它能指出某个事变在意识中的确切时间,代价则是丧失意识的完整性;这或许便是它的成就。"②为了防范在上海遭遇的震惊,梅行素试图像镜子一样照见别人,侦知一切意识形态的秘密,却发现自己的主体性消失了;同时,她试图对上海做出一个全称判断,将上海概括为市侩式的拜金主义,却发现自己的判断是无效的。在意识的主体和客体两个层面上,梅行素都丧失了完整性。因此,作为一个空间的依赖者,她决定搬家,她希望借此摆脱镜子的命运。尽管其搬家有着从上海意识形态地图的右边搬到左边、"从自由主义到集团主义"的意义,事实上却是寻找"在家里"

---

① 茅盾:《虹》,第193页。

② 本雅明:《论波德莱尔的几个母题》,见汉娜·阿伦特编、张旭东、王斑译《启迪——本雅明文选》,第175页,北京:生活·读书·新知三联书店,2008年。

的感觉。从谢诗人家里搬出来,原是为了去除腻烦不适之感,与能够形成共同话题的黄因明同住。但是正如上文曾经分析的那样,"集团主义"并不即刻提供意识形态的安宁,也即提供"在家里"的感觉;同住之后,自己与黄因明也陡生隔膜。而且,即使意识形态提供安宁之后,梅行素重获时间,看到上海的总体,却完全牺牲了自己,将自己交给了第三个恋人——主义。不过,在"五卅"的风雨之中,她又始终芳心可可,牵挂着梁刚夫。她的意识始终被多股力量撕扯着,构不成主体的完整性。因此,在最根本的意义上,空间并不意味着方向,也不能换来时间。梅行素必须正视这一残酷的现实,也正是觉悟了这一残酷的现实,梅行素才从内室的情感纠葛中挣扎出来,走上革命的风雨街头,汇入人群之中,得到真正的"在家里"的感觉。当然,这种感觉是暂时的,她必然重新进入内室密谋革命,经历新一轮的挣扎。

梅行素一旦通过"集团主义"意识形态把握住上海的时空,就摆脱了镜子的窘境,获得了以"集团主义"安置个人/集体的方式,在街头人群中看见了时间:"对面先施公司门楣上的大时钟正指着三点另几分。"①《虹》的叙事之流停止在大时钟的时间上,的确别有深意。从形式上来说,尽管尚未完成,如第七章末尾所预叙惠公馆之事未能兑现,但目前的结尾已有比较饱满的形式感。在这个意义上,陈建华对《虹》的评价

---

① 茅盾:《虹》,第 272 页。

值得注意。他认为茅盾在《虹》里终于意识到,"对于小说来讲更重要的是空间,'方向'才是革命文学的生命和灵魂。无论女性和时间都必须匍匐于方向的操控,在叙述中处处表现出断裂和错置,成为被放逐或被肢解的指符"。① 但是,梅行素从对空间的依赖中挣脱出来,意味着空间也匍匐于陈建华所谓"方向"的操控,并不比时间重要。叶圣陶《倪焕之》倒是一个能支持陈氏观点的文本,倪焕之加入集团主义运动之前,认为乡村比城市美好,而之后则认为乡土气味是落后了。而且,所谓"方向",就是"集团主义"或无产阶级意识形态,对于茅盾而言,亦非能脱离时间而存在之物。因此,充分重视《虹》并置蜀中和上海两个空间是相当必要的,却不可因此否认时间的意义。

其实,《虹》作为茅盾的心灵形式,不仅是其1929年初时间意识的产物,而且是其重获时间的实践形式。正是通过梅行素摆脱镜子式窘境的努力,茅盾找到了劈开现实混沌状态的斧头。茅盾曾经认为"文学是个杯子,文学就是杯子在镜子里的影子"②,认为"文学决不可仅仅是一面镜子,应该是一个指南针"③,而随着《虹》的完成,他在反对左拉、莫泊桑

---

① 陈建华:《革命与形式:茅盾早期小说的现代性展开(1927—1930)》,第203页。

② 茅盾:《文学与人生》,见松江暑期演讲会编《学术演讲录》(第一二期合刊),第16页,上海:新文化书社,1926年。

③ 茅盾:《文学者的新使命》,《文学周报》第190期,1925年9月30日。

式的自然主义时说:"文艺不是镜子,而是斧头;不应该只限于反映,而应该创造的!"①在评价高尔基时更说:"文艺作品不但须尽了镜子的反映作用,并且还须尽了斧头的砍削的功能;砍削人生使合于正轨。"②由此可知,梅行素摆脱镜子式窘境,对于茅盾而言,意味着多么丰富的内容。它不仅是梅行素重获时间的路径,也不仅是茅盾再次确认"集团主义"的方式,更是茅盾接受以高尔基为代表的新写实主义文学的方式。通过《虹》的完成,茅盾扬弃了左拉和托尔斯泰,接近了高尔基。虽然作为一部寓言式的作品,《虹》本身不能取得与高尔基作品的家族相似性,但它预示着茅盾未来发展的前景,很有可能是高尔基式的。③ 事实上也正是如此,经历过《路》(1930)和《三人行》(1931)的尝试,茅盾可能察觉到通过一个知识分子式的人物来写全社会的形式,已然没有什么可能,乃决心以阶级分析的方法、全景式地叙述中国,这就是《子夜》。

现在是再次回到钱杏邨的《〈英兰的一生〉》时候了。茅盾表示过对钱氏文章的赞赏,除了赞赏前文所谓"时代精神"之外,也许是这样的话,更深地触动了茅盾的神经。钱杏邨

---

① 方璧:《西洋文学通论》,第 322 页,上海:世界书局,1930 年。
② 沈余:《关于高尔基》,《中学生》创刊号,1930 年 1 月 1 日。
③ 关于茅盾与俄罗斯文学的关系,可参考周燕红:《从"为人生而艺术"到"为无产阶级而艺术"——关于茅盾对俄罗斯文学接受问题的研究》,首都师范大学硕士学位论文,2005 年。

说:"伟大的创作……不但不离开时代,有时还要超越时代,创造时代,永远的站在时代前面。"①对于钱氏而言,"创造时代"也许只是意识形态的热忱,对于茅盾而言,恐怕就是心灵的搏斗,形式的更生,不打碎镜子,就无从获得斧头。通过叙述梅行素在上海时空中的经历,茅盾终于获得斧头,下一步是怎么用文艺的斧头"创造时代"了。当然,在一定意义上,在《虹》中,他已经用斧头劈开了混沌的现实,"创造时代"了。没有"集团主义",茅盾和笔下的梅行素显然都将如穆时英一样,迷失在上海的时空中,无法掌握上海的总体。

4."现代的新写实派文学"

在与时代的激烈肉搏中,茅盾通过长篇小说《虹》实现了心灵和形式上对"集团主义"的双重复归。与此同时,他写作小说的意图也从"欲为中国近十年之壮剧,留一印痕"②,变为"我有了大规模地描写中国社会现象的企图"③,似乎确信自己能够从总体上把握中国社会现象。《子夜》证明茅盾所言不虚,同样以上海为背景,《子夜》呈现了远比《虹》复杂的意识形态图景,也远比同时期其他以上海为背景的长篇作品如田汉《上海》、穆时英《中国一九三一》、曹禺《日出》丰富。

---

① 钱杏邨:《〈英兰的一生〉》,《太阳月刊》1月号。
② 茅盾:《虹》"跋",第273页。
③ 茅盾:《子夜》,第577页,上海:开明书店,1933年。

　　然而,从《虹》到《子夜》,也"不是一翻身之易",茅盾需要重新清理自身所需要的形式资源,树立新的文学正典,之后才有可能进入《子夜》的创作。当然,《虹》的完成已经准备了非常重要的心灵和形式基础,意识到文艺并非只是自然主义式的镜子,更是新写实主义式的斧头。于是,以斧头的"主观",辅以镜子的"客观",茅盾在《子夜》中以"集团主义"意识形态将大上海的碎片拼合成了一个总体。在此总体中,"集团主义"的个人/集体获得了小说远景,而其他各类意识形态,诸如五四式的个人主义、传统的封建个人主义、洋务运动式的经济个人主义……无论能否妥帖安置个人/集体,是否具有集体的维度,都被封闭在"子夜",无从看见"黎明"。

　　如果说长篇小说《虹》的写作使茅盾将"集团主义"内化到了自身的血肉当中,那么,1929 年 5 月发表的《读〈倪焕之〉》则意味着其"集团主义"开始获得小说理论的形态。通过批评《倪焕之》,茅盾不仅摆脱了《从牯岭到东京》中争取占全国十分之六的小资产阶级知识分子的历史魅惑,而且找到了接合钱杏邨等革命文学论者所谓新写实主义文学的可能,将对方的理论话语和历史问题化为自身文学追求的内部要素。在《读〈倪焕之〉》一文中,茅盾不仅喻《倪焕之》为"扛鼎之作",彰显其描写"一个富有革命性的小资产阶级知识分子,怎样地受十年来时代的壮潮所激荡,怎样地从乡村到都市,从埋头教育到群众运动,从自由主义到集团主义"的特殊意义,而且针对小说后半部分描写群众运动的粗疏和悲观,提出了"时代性"问题：

> 所谓时代性,我以为,在表现了时代空气而外,还应
> 该有两个要义:一是时代给与人们以怎样的影响,二是人
> 们的集团的活力又怎样地将时代推进了新方向,换言之,
> 即是怎样地催促历史进入了必然的新时代,再换一句说,
> 即是怎样地由于人们的集团的活动而及早实现了历史的
> 必然。在这样的意义下,方是现代的新写实派文学所要
> 表现的时代性!①

在这里,茅盾不仅针对钱杏邨等人所主张的"新写实主义文
学"提出"新写实派文学"的概念,而且克服自己关于"时代精
神"、"小资产阶级知识分子"以及自然主义文学的理解,建立
新的文学观念。

不过,这种"现代的新写实派文学"到底是什么呢? 同样
是在 1929 年写作的《西洋文学通论》,茅盾不仅在该书的绪
论中认为一战后苏俄的出现使得文艺上爆发一个新火花,
"于是所谓'新写实主义'便成了新浪潮,波及到欧洲文坛乃
至全世界的角隅",②而且在该书第十章讨论"新写实主义"的
鼻祖高尔基时,这样地评价道:

---

① 茅盾:《读〈倪焕之〉》,《文学周报》第 8 卷,第 605 页。
② 方璧:《西洋文学通论》,第 11 页,上海:世界书局,1930 年。

　　高尔基已经把他所有的百分之几的浪漫主义洗掉，成为更"写实的"，但不是客观的冷酷的写实主义而是带着对于将来的确信做基调。并且高尔基作品中向来所有的那种"目的"，却也更明显了。他从来不用机械的方法来表现他的"目的"，他总是从人物的行动中显示；但现在他把人物的行动又安放在更加非个人主义的而为集团的社会的基础上。①

在这里，高尔基作品被茅盾树立为"现代的新写实派文学"的正典。② 不仅如此，"从来不用机械的方法"这样的表述，字里行间藏着对蒋光慈等人的革命文学作品的讥讽及对自身写作的回护。由于正典的确立，此后批评别人的作品时，茅盾不再语含讥诮，而是正面摆出自己的观点，如 1932 年认为华汉的《地泉》三部曲"缺乏社会现象全面的非片面认识"，"缺乏感情地去影响读者的艺术手腕"，像蒋光慈作品一样"脸谱主义"。③ 这样，在《子夜》酝酿和写作过程中，茅盾既弄清楚了"现代的新写实派文学"是什么，也弄清楚了不是什么，如何叙述集团主义运动推动历史前进的过程成为其《子夜》写作

---

　　① 方璧：《西洋文学通论》，第 295 页。
　　② 参见拙文：《黄金和诗意——茅盾〈子夜〉臆释》，《东吴学术》2010 年第 3 期，第 65—66 页。
　　③ 茅盾：《地泉读后感》，见华汉《地泉》，第 12—19 页，上海：湖风书局，1932 年。

的基本方向。

随着文学观念的重建,茅盾开始着手清理"五四"新文化的残余影响,明晰自己对阶级的理解。在 1931 年发表的《"五四"运动的检讨》一文中,茅盾认为"五四"是中国资产阶级争取政权时对于封建势力的一种意识形态的斗争,其时新兴资产阶级没有健全的民族资产阶级意识,故"五四"不能成为健全的民族解放运动的根源,其时带些"壮健性"的文学作品也只有鲁迅的《呐喊》。其后,由于"近代工厂中经过了集团生活训练的产业劳动者"逐步成熟,"到'五卅'就成了中国革命运动的唯一的领导者",将失败的资产阶级的"五四""完完全全送进了坟墓"。但由于"社会的进化,决不是机械的",我们"不能无视那些依旧潜伏于现代的腠理中的'五四'的渣滓,甚至尚有'五四'的正统派以新的形式依然在那里活动"。① 茅盾由此明确了"集团主义"的文化政治内涵,即指中国现代产业工人政治性的集团活动;它是"五四"的掘墓者,且将继续反对"五四",清理"五四"对"现代"的流毒。

尽管凭着对集团力量信仰,以阶级的名义宣判了"五四"的死刑,茅盾始终没有忘记"现代的普罗文学正经过了幼稚的一时期,眼望着将来,脚力腕力都还不够",②因此不仅进行

---

① 丙申:《"五四"运动的检讨——马克思主义文艺理论研究会报告》,《文学导报》第 1 卷第 2 期,第 7—14 页,1931 年 8 月 5 日。

② 朱璟:《关于"创作"》,《北斗》创刊号,第 86 页,1931 年 9 月 20 日。

普罗文学的翻译、引介和批评工作,而且提出具体实践主张。在 1931 年发表的《中国苏维埃革命与普罗文学之建设》一文中,茅盾认为"必须从工厂中赤色工会的斗争","必须从农村的血淋林的斗争中","必须从苏维埃区域汲取题材","还要从统治阶级崩溃的拆裂声中,从统治阶级各派的互相不断的冲突,从统治阶级各派背后的各帝国主义的冲突,从统治阶级的痫狂的白色恐怖一级末日将至的荒淫纵乐,从小资产阶级的动摇,——从统治阶级跟在帝国主义屁股后想以进攻苏联为最后孤注一掷的梦想,从一切统治阶级的崩溃声中,革命巨人威胁的前进声中","亘全社会地建立起我们作品的题材"。① 更为重要的是,下文的分析表明,茅盾身体力行,正通过《子夜》的写作来建设其理想中的普罗文学。

当然,有必要指出的是,自从左翼联盟成立,茅盾与钱杏邨等人的纷争表面上全部熄灭,茅盾关于文学的一切言行也往往都统属于一个集团的文学运动。正像瞿秋白深刻地介入了《子夜》的创作和解释所显示的那样,《子夜》叙述的是集团主义的故事,写作的目的是为了助力集团运动,写作本身也不再单纯是个人写作了,——更绝对不是独自面对稿纸的孤独个人;虽然犹与印刷资本主义周旋,但却昭示着未来中国写作的某些面相。

茅盾深知,建设新的文学形式,殊非易易。早在 1925 年

---

① 施华洛:《中国苏维埃革命与普罗文学之建设》,《文学导报》第 1 卷第 8 期,第 13—16 页,1931 年 11 月 15 日。

发表的《论无产阶级艺术》一文中,他就认为"无产阶级艺术的完成,有待于内容之充实,亦有待于形式之创造",但"因艺术的形式,自来是在'机体进化'的法则的支配之下,所以比较的不能象内容一样突然翻新",所以"我们自然极端相信新内容必然要自创新形式;但是从利用旧有的以为开始,也是必要的"。① "机体进化"说呼应着斯宾塞"社会有机体论"影响下的"五四"时期的文学观念,"利用旧有"则与茅盾1920年的意见暗通款曲;其时他说:"所谓新旧在性质,不在形式。"② 在创作《子夜》之前,茅盾这些考虑一方面源于要引介自然主义文学作为中国文学之借鉴,另一方面则有意无意为以后利用中国传统小说技巧埋下了伏笔。1931年,罗浮曾言:"茅盾自己说,要把新小说里尽力容纳旧小说的技巧,以便容易接近大众。"③而在写作《子夜》时,按照吴组缃的说法,茅盾"小说有意模仿旧小说的文字,务使他能为大众所接受",④茅盾同时期接受增田涉的采访时也说:"现在我不是以作者的身份,而是以批评家的身份来看《子夜》。这部书着眼于通俗有趣,但有不少地方还是由于刻意追求而显得生硬。"⑤后来的研究

---

① 沈雁冰:《论无产阶级艺术》,《文学周报》第196期,1925年10月24日。

② 冰:《新旧文学平议之评议》,《小说月报》第11卷第1号,1920年1月25日。

③ 罗浮:《评春蚕》,《文艺月报》第1卷第2期,1932年7月15日。

④ 吴组缃:《子夜》,《文艺月报》创刊号,1933年6月1日。

⑤ 增田涉:《茅盾印象记》,《集萃》1982年第4期。

者因此一再努力证明《子夜》与中国传统章回小说的亲缘关系,颇有成效。例如戴沙迪(Alexander Der Forges)认为,《子夜》作为一部试图提供 1930 年代早期上海的全景画面的小说,其通体的结构原则与《海上花列传》、《雪鸿泪史》、《歇浦潮》等早期上海小说非常相似,叙事者的注意力从一个人物转向另一个人物,情节发展的线索散落在文本各处,与茅盾所推崇的欧洲小说并不一样。①

但是,《子夜》是中国现代长篇小说领域里的一次实验,本身即充满生产性,都市上海的"现代"因之被无产阶级意识形态界定,从政治、思想、主题、题材、道德伦理等诸层面来说,都迥非中国传统小说所可比拟,亦非"五四"小说与左拉、托尔斯泰小说之属,因此以旧例新,且求其同,是无法真正发现《子夜》在形式上的问题的。比较能贴近问题的方式应该是追踪《子夜》文本本身,结合茅盾同期有关文学创作的议论,构建分析的概念和范畴。

5. 助手、镜子与斧头

展卷《子夜》,扑面而来的是"现代"、都市和上海的叠加:

---

① 戴沙迪(Alexander Der Forges), *Mediasphere Shanghai: the Aesthetics of Cultural Production*, p133, Hawai'i: University of Hawai'i Press, 2007。

　　从桥上向东望,可以看见浦东的洋栈像巨大的怪兽,
蹲在暝色中,闪着千百只小眼睛似的灯火。向西望,叫人
猛一惊的,是高高地装在一所洋房顶上而且异常庞大的
Neon 电管广告,射出火一样的赤光和青燐似的绿焰:
Light, Heat, Power! ①

王德威识别出其中明确的指向性,认为"子夜"结束之后就是
Light, Heat, Power,就是通往"现代"。② 不管是否同意这一判
断,"现代"大都市上海,乃是读者在《子夜》中所共见的。但
要令读者咋舌的是,所谓"现代",《子夜》接下来是在交易所
的明争暗斗和工人罢工中呈现的,却并没有浮华的都市消费
外景和内景。这一点引起了诸多有意思的批评。

　　不过,《子夜》到底披上了都市浮华的外衣,必须有所解
释。据实言之,这是茅盾"五四"以来追逐"现代"的一个遗
留。茅盾曾以为"文学的使命是声诉现代人的烦闷",③而"现
代烦闷的青年,如果想在《呐喊》里找一点刺戟(他们所需要
的刺戟),得一点慰安,求一条引他脱离'烦闷'的大路:那是
十之九要失望的",因为"在上海的静安寺路,霞飞路","或者

---

　　①　茅盾:《子夜》,第 1 页。

　　②　See David Der-wei Wang, *Fictional Realism in Twentieth-Century
China: Mao Dun, Lao She, Shen Congwen*, pp. 59—61, New York: Clum-
bia University Press, 1992.

　　③　沈雁冰:《创作的前途》,《小说月报》第 12 卷第 7 号,第 45 页,
1921 年 7 月 10 日。

不会看见"孔乙己等"老中国的儿女"。① 他发现鲁迅小说中没有都市,不够"现代"。与此相应的是,他欣赏鲁彦小说有些地方描写到乡村的小资产阶级,涉及工业文明对乡村经济的冲击,更激赏叶圣陶描写城市小资产阶级的《潘先生在难中》。② 由此可见,茅盾所谓"现代",是由工业文明和小资产阶级所结构的,是静安寺路、霞飞路这样的都市浮华。在正面立论时,茅盾袭用丹纳《艺术哲学》提出的人种、环境、时代三因素说,曾如此举例说明"环境":"我们在上海,见的是电车、汽车,接触的可算大都是知识阶级,如写小说,断不能离了环境,去写山里或乡间的生活。"③都市上海的浮华是茅盾理解"环境"很自然的资源。此中透露出来的上海观感,与同时期居住上海的叶圣陶很不一样。叶视上海弄堂为"丛墓的人间"④,那里"卖白果的叫卖声""不及我故乡的"⑤,满怀乡愁。茅盾只言片语间对上海都市"现代"的接受,倒与1921年回国途经上海的吴宓更有相通之处:"由美国归国者,莫不谓身入地狱也。及到上海,而所见乃大异。上海之繁华热闹,比之

---

① 方璧:《鲁迅论》,《小说月报》第18卷第11号,第45页,1927年11月10日。

② 方璧:《王鲁彦论》,《小说月报》第19卷第1号,第169页,1928年1月10日。

③ 沈雁冰:《文学与人生》,见松江暑期演讲会编《学术演讲录》(第一二期合刊),第18页。

④ 郢:《丛墓的人间》,《文学旬刊》第131—132期,1924年7月19日、28日。

⑤ 郢:《卖白果》,《文学旬刊》,第136期,1924年8月22日。

四年前,实远过之。其奢靡情形,至足惊骇。南京路一带,层楼对峙,光明灿烂,不亚纽约,而游乐场之多且巨,则为纽约所不及。"①也许这里埋下了吴宓击节《子夜》的一点远因。简言之,对于"现代"都市面相的重视以及对都市浮华的直观感受,使《子夜》披上了大上海浮华的外衣,几乎与刘呐鸥、穆时英之作同调。

但茅盾究非刘、穆之属,《子夜》的上海亦远非都市浮华。茅盾的确曾经在小说中只处理上海的都市浮华,例如《幻灭》,上海仅以"P 影戏院"、"法国公园"等地标隐隐约约地作为背景浮现,工业文明也只露出其消费性的一面。然而整个小说叙述的则是个人的幻灭,主人公静也离开了上海,这意味着茅盾并不满意上海浮华。于是,通过《虹》的梅行素重返上海时,茅盾有意消解了所有消费性的都市符码,只留下"集团主义"活动的空间。与《虹》的重返上海不同,《子夜》选择了正面叙述上海,消费与生产并存,浮华与粗糙俱在,都市变得全面而立体。从《幻灭》到《虹》再到《子夜》,茅盾在正反合的逻辑上叙述了都市上海。不过,在形式的正反合发展中,也有一点外因是值得注意的,即《子夜》写的是 1930 年的上海,而《幻灭》、《虹》写的是 1925 年前后,时间不同,形象自异。川合贞吉 1930 年夏天来到上海,描绘道:

① 吴宓:《吴宓日记》第 2 册,第 227 页,北京:生活・读书・新知三联书店,1998 年。

上海完全是一座西洋式的城市。它有高达几十层的大楼，数以千计的人们在那里工作，工厂烟囱林立，成千上万的工人在那里面劳动。街上西餐馆、电影院、夜总会、舞厅鳞次栉比，一到夜晚简直就成了霓虹灯的海洋。这里有美国、英国、法国的资产阶级。这里真的就像西方。是个资本主义的城市。而今，中国共产党正握紧手枪，冒着火星直逼这座帝国主义的牙城。整个上海正呈现出一种李立三路线所造成的革命前夜的形势。我在这里头一次看到了宛如愤怒的大象咆哮一般的中国共产党的真面目。①

这样的描绘，确实与《子夜》非常契合，似乎证明《子夜》的不同，乃是一个外部事件。然而，只要参照一下田汉 1929 年发表在《南国》月刊上的《上海》及穆时英 1932 年发表在《大陆》上的《中国一九三一》，即知不然。这两部神龙见首不见尾的长篇小说，一以 1928 年的上海为背景，一以 1930 年最后一天开始的上海为背景，描绘的主要都是消费人群或人群的消费，而非工业文明生产。其中尤以《中国一九三一》能说明问题。在消费符码的设置上，《子夜》安插了"一九三〇年式的雪铁笼"，《中国一九三一》即安插了"一九三一年的新别克"；在人

---

① 转引自尾崎秀树著、赖育芳译：《三十年代上海》，第 79 页，南京：译林出版社，1992 年。

物形象上,《子夜》设计了雄心勃勃的民族资本家形象吴荪甫,《中国一九三一》即塑造刘有德;《子夜》写了霓虹电管广告上的"Light, Heat, Power",《中国一九三一》即将开头第二节的标题写成"Sports, Speed, and Sex"……穆时英处处针对《子夜》来经营《中国一九三一》,最终反写了《子夜》。由此可见,《子夜》主要展示都市上海的"现代"生产性的一面,而非消费性的一面,主要叙述阶级冲突的故事,而非小资产阶级的苦闷,关键不在于上海已经改变,而在于茅盾自身已经改变;是茅盾以新的文学形式对上海进行了形式化。

为了勾连上海消费性和生产性的两面,有效地进行形式化,茅盾将各个人物都变成了镜子。《虹》中梅行素憎恶自己在上海变成镜子,侦知他人秘密的同时却失去自我的主体性,《子夜》中人物则恰恰相反,几乎都津津乐道于掌握他人的秘密,并且善加利用,或者邀人分享,或者用自牟利。这样一来,《子夜》的每个人物都同时处在好几个周围人的观察中,且观察到的内容都不一样;主要人物如此,次要人物也是如此,甚至保镖老关、仆人王妈都被多种眼光看着。而同样的事件,也被不同的人群讨论,形成不同层次的意义。因此,整个文本仿佛是镜子的丛林,人物在互相映照中显现立体的形象,事件也在多层的解读中发生意义,幽暗秘密的角落也得以照亮,而整个小说因此拉伸出极为深邃的景深,似乎整个上海是透明的晶体。不过,这些都并未超出现实主义小说的技巧范畴;甚至不妨认为,《红楼梦》和《海上花列传》都远比《子夜》精致。

但有区别的地方也正在这里,扮演镜子的人物在《红楼梦》、《海上花列传》等小说中只是扮演镜子,而在《子夜》中,更重要的功能是扮演斧头,劈开现实的混沌状态,在看似没有关系的地方构建关系,在看似没有故事的地方发现故事。例如在《红楼梦》中,楔子里的和尚、道人、作家只负责开头引出故事和最后收束故事,第一回里的贾雨村和甄士隐也如此,当故事进入叙述流程后,这些功能性人物就几乎不再发生中介作用,干涉情节发展。①《子夜》并不如此,隐含作者始终干预叙述的流程,同时进行人物的褒贬,不停打破非个人叙述(impersonal narration)和戏剧化叙述(dramatic narration)的假象;而范博文、费晓生、李玉亭、刘玉英、吴芝生、杜新籀等人物四处游走,不仅是因为他们职业所需或无所事事,而且是因为他们负载着建立关系、发现故事的使命。例如弹子房里资本家"死的跳舞"和大街上纪念"五卅"的游行,如果范博文、吴芝

---

① 吴组缃在分析《红楼梦》中的陪衬人物如甄士隐、贾雨村、冷子兴、刘姥姥时,指出"作者安排他们,主要是为了饱满深到地表达中心内容、为了艺术结构的严密和完整,同时又和中心内容血肉联结着,成为不可分割的一体;决不能看作可有可无的外加部分"。(参见吴组缃:《谈〈红楼梦〉里几个陪衬人物的安排》,《中国小说研究论集》,第253—266页,北京:北京大学出版社,1998)这与助手在《子夜》中的意义,有相似之处。考虑到茅盾对《红楼梦》的熟悉程度以及后来研究者所发现的《子夜》与《红楼梦》之间的联系,不妨认为,茅盾对于助手的认识和在《子夜》中的践行,都与《红楼梦》有血脉联系。当然,由此可以进一步引申的话题是,陪衬人物或助手,几乎在所有长篇小说中,都是不可或缺的。茅盾汲取既有艺术经验以表达新的文学题材和思想的能力,是非常值得注意的。

生等一干闲人到处游走,就难以缝合在小说形式的一致性中。而交易所的明争暗斗,如果不是刘玉英楔入吴荪甫与赵伯韬之间,也将艰于展示经济生活中的人性质素。更需指出的是,如果没有收账的费晓生和逃难的曾家驹,双桥镇上的农民暴动将完全游离《子夜》的整体故事。《子夜》因此得以在全景式的场景描写、局部的场景描写和细部的心理描写之间自由切换。的确,《子夜》既不单纯遵循中国古典小说叙事技巧,也不盲从福楼拜小说所开启的现代小说传统,而是根据《子夜》的故事量体裁衣,融汇了各种小说形式以构建自己的形式。不管《子夜》的形式是否成熟,其创造性是值得注意的。

以茅盾自己的小说理论来解释,《子夜》形式另一关键在于"助手"的使用。茅盾是在1928年出版的《小说研究 ABC》中提出"助手"概念的:

> 大多数的小说是复式的结构。自然那许多人物中间不过一二个(或竟只一个)是主要人物,其余的都是陪客,或者是动作发展时所必要的助手,……①

这并不是一个多么高明的概念,然而在《子夜》起了非同小可的作用。而且,一旦"助手"与镜子、斧头同气连枝地发生作用时,《子夜》就不止是消费文学了。如同《子夜》创作期间茅

---

① 玄珠:《小说研究 ABC》,第103页,上海:世界书局,1928年。

盾以更简洁的词句表述的那样，"文艺作品不仅是一面镜子——反映生活，而须是一把斧头——创造生活"，①《子夜》不止是反映了一些意识形态的末路，而且更多地是创造了集团主义的未来。尽管这种创造包裹在层层中西传统内部，不是很好识别，当年还是有吴组缃一阵见血地指出《子夜》"在消极的意义上暴露了民族资产阶级的没落，在积极的意义上宣示着下层阶级的兴起。——这后面一点是非常重要的"。②从某种特殊的意义上来说，中国的阶级意识，尤其无产阶级意识，乃是被召唤出来的；而《子夜》扮演了这召唤过程中的重要一环。

6. 时间、远景与小说

为了创造"集团主义"的未来，介入召唤无产阶级意识形态的历史任务，茅盾付出了创痛巨深的努力。在各类文本中，他不仅舍弃了小资产阶级的梦想、左拉和托尔斯泰的文学、上海的消费生活，而且亲手埋葬了自己的"五四"，去努力拥抱高尔基、中国文学的旧形式，去靠近"大众"，去塑造产业工人，去叙述无产阶级的兴起。茅盾将自己变成了一把斧头，斫开 1930 年上海现实的混沌，在交易所的明争暗斗和工人罢工

---

① 茅盾：《我们所必需创造的文艺作品》，《北斗》第 2 卷第 2 期，1932 年 5 月 20 日。

② 吴组缃：《子夜》，《文艺月报》创刊号。

中发现了"集团主义"的小说远景,在原本没有故事可言的地方,叙述出了故事,并进行了出色的形式化努力。

《子夜》总共 19 章,每章情节时间及核心情节如下表:

章次	情节时间	核心情节
一	5 月 17 日一天	吴老太爷进上海;范大诗人论僵尸。
二	5 月 18 日上午	客人纷纷谈公债;吴赵协力做多头。
三	5 月 18 日下午	吴荪甫议办银行;林佩瑶重温旧梦。
四	5 月 18 日下午	曾沧海逞威;双桥镇暴动。
五	5 月 19 日一天	吴荪甫达成救济"草案";屠维岳领命解决工潮。
六	5 月 20 日一天	范博文失恋;四小姐留情。
七	5 月 23 日一天	吴荪甫开市大吉;屠维岳解决工潮。
八	5 月 29 日一天	冯云卿债市失利;冯眉卿领命探秘。
九	"五卅"一天	范博文旁观革命;李玉亭调停吴赵。
十	6 月 4 日后某天	吴荪甫内外交困;杜竹斋初萌退意。
十一	前章时间之明天	刘玉英窃窃自喜;冯眉卿失计害父。
十二	6 月 15 日后某天	吴荪甫得隙斗老赵;屠维岳无力解工潮。
十三	某天	屠维岳软硬兼施;众女工风雨同舟。
十四	某天	吴荪甫方寸大乱;众女工罢工冲厂。
十五	6 月末某天	屠维岳暴力破工潮;克佐甫命令压玛金。
十六	6 月末某两天	姚金凤讨好不得好;周仲伟停工又复工。
十七	7 月某夜至第二天	吴荪甫夜遇赵伯韬;四小姐起念回故乡。
十八	7 月某几天	四小姐离家出走;吴荪甫倾家荡产。
十九	7 月某天	杜竹斋反戈一击;吴荪甫众叛亲离。

从表中可以清楚地看到,以第九章为界,之前吴荪甫事业虽有小挫,但冉冉上升,情节时间致密、清晰,之后吴荪甫开始走下坡路,终至倾家荡产,众叛亲离,情节时间疏阔、模糊。同时发生的是:之前屠维岳对于解决工潮,绰有余力,之后则穷凶极恶;之前工人运动易被分解,之后则汹涌澎湃,尽管工人运动的领导者未必领导有方;之前四小姐试图适应上海的都市生活,之后则神经错乱。另外,在《子夜》中还叙述了以下事实,即:仍以第九章为界,之前吴荪甫不近女色,身体状况良好,精力充沛,之后则被刘玉英诱惑,甚至强奸女仆,身体状况也极差,在交易所晕倒,精力也不再集中,几乎自杀了;之前范博文、林佩珊、李玉亭、张素素、吴芝生、四小姐等一干男女还点缀在吴府中,颇增繁荣,之后则各奔前程,使吴府显得冷清、寂寞、阴暗;等等。当然,以上是茅盾所谓"大的时间"的情形,在"小的时间"方面,每一章都是相当致密、清晰的,都有上午、下午、晚上或者多少点钟之类的时间提示。茅盾在《子夜》情节时间的经营上,可谓用心之至。第九章的时间和事件因此特别关键。第九章的情节时间是 1930 年 5 月 30 日,核心情节是范博文等人旁观上海街头纪念"五卅"运动的群众游行,和李玉亭奉吴荪甫之命调停吴荪甫、赵伯韬之间的紧张关系。《子夜》一般以小说中的某个人物道出具体的情节时间,第九章一改惯例,叙事者劈头就说道:"翌日就是有名的'五卅纪念节',离旧历端阳只有两天。"接下来第二自然段叙事者又说:"'五卅纪念'这天上午九时光景,……"①叙事者不说5月30日,而说"五卅",考虑茅盾对于"五卅"的特殊重视,不能不认为这次植入的时间符码有着特殊的目的和意义。茅盾以"五卅"为界石、试金石,划分段落,检验不同意识形态的起落。这同时也就意味着,《子夜》的叙事者尽管以各种方式进入了不同阶层人物的内心,还扮演着同情的角色,其背后的隐含作者(或即作者)却是以反讽的态度②,以"集团主义"的意识形态分析所有人物的言行和内心。在这个意义上,严家炎以《子夜》为"社会剖析"小说,并认为它标志着社会剖析派小说的崛起,③可谓确论。

另外,"旧历端阳"这个时间点对于小说人物和情节发展来说非常重要,冯云卿端阳要送礼以保身家性命,商家老例端阳要一年第一次小结账,但《子夜》并未就此大做文章,拨弄人物命运,只是虚写。这进一步凸显叙事者明确标识"五卅"的特殊用心。在更深刻的意义上,与《倪焕之》批评灯节一样,这里回旋着晚清以来"世界时间"与传统时间之争的余音。茅盾为了"现代",当然只能虚写端阳。从此出发,或可理解,林佩瑶与雷鸣之间的爱情何以被描述成了暗室中枯萎的花朵,连绽放的时空也没有。林、雷爱情的象征物是一本

---

① 茅盾:《子夜》,第255页。
② 蓝棣之认为"倒是在讽刺艺术的辛辣和幽默上,表现出《子夜》的文学性水准"。见蓝棣之:《现代文学经典:症候式分析》,第157页。
③ 严家炎:《中国现代小说流派史》,第175—204页。

书,歌德《少年维特之烦恼》,和夹在这本书中的一朵干枯了的白玫瑰。吴荪甫多次对此视而不见,林、雷之间也确乎毫无进展的迹象。在《子夜》文本中,林、雷爱情完全丧失了五四期间集体的维度。这当然是茅盾的意识形态判断,在《读〈倪焕之〉》一文中,他即曾认为:"'非集团主义'的《少年维特的烦恼》也成为彷徨苦闷的青年的玩意儿,麻醉剂。"①茅盾的确毫不客气地叙述了五四式个人主义的末路,甚至斫去其集体维度。同样地,范博文、张素素、吴芝生、杜新箨等人物都与五四相关,也都被叙述成了《儒林外史》中的反面形象,他们是社会的旁观者,议论着国家、社会、政治、经济、信仰、乡村、都市等诸多话题,而其实就像是镜子,照见一切,却不见了自己,无法按各自的意识形态安置时间。

而吴荪甫,这个构成《子夜》故事主干的人物,尽管叙事者以不无赞赏和惋惜的口气许吴荪甫以"二十世纪机械工业时代的英雄骑士和'王子'",但叙述的却是吴荪甫在内外交困下无法建立"工业王国"、从而实现"实业救国"梦想的落魄。不仅如此,对于悲剧英雄,叙事者还一再叙述其政治和道德品质的堕落。在事业顺利的时候,吴荪甫不解男女风情,让妻子颇结闺怨;他虽然交接徐曼丽这样的风尘女子,但并不伙同其他资本家参观"死的跳舞"。然而,随着事业的颠簸,吴荪甫开始感觉刘玉英身上散发出来的性诱惑,而至于在败亡

---

① 茅盾:《读〈倪焕之〉》,《文学周报》第8卷,第599页。

的焦躁中强奸女仆,最后终于和同行一起在船上参加"死的跳舞"。事业上,他也不再挣扎,将公司盘给了帝国主义在华资本。这样的叙述流程意味着,不仅国家不像国家,政府不像政府,工人不像工人,农民不像农民等问题逼迫吴荪甫同时在三线开展,最后无奈落败,而且吴荪甫自身也缺乏坚实的政治和道德防线,难以挺过"个人时间"的困境,更谈何"群众时间"的未来。在这里,民族资本家经历了二次死亡,首先政治上的,其次是道德上的;而后者无疑更为致命。同时,尤为微妙的是,茅盾以致密、清晰的情节时间写吴荪甫洋务运动式的上升阶段,而对下坡阶段则以疏阔、模糊处之,似乎意味着,在中国,洋务运动式的经济个人主义者对自己的成功是很清楚的,对自己的失败则不知所以。

其他一些配角,如吴老太爷、曾沧海、冯云卿、李壮飞、何慎庵……代表着传统的封建个人主义,茅盾不仅在乡村与都市对立的意义上寓言式地叙述了其湮灭不彰的命运,而且在文化政治和道德伦理双重层面上叙述了其末路。其中尤以吴老太爷及四小姐不能以《太上感应篇》构建精神防御的堤坝,冯云卿无法维持诗礼传家的家风,不得已而公妻共女,象征着封建个人主义的像"古老的僵尸"一样,必然"风化"在"现代"中。因此,所谓集体固然不存于他们的时间意识之中,所谓个人,即使存有,却无从展开。

还有徐曼丽、黄奋、唐云山、王和甫、朱吟秋、刘玉英、韩孟翔、屠维岳、钱麻子、桂长林等一干角色,此处不再详尽分析,他们大都与他们所寄生的阶层同其命运,都被封闭在"子夜"的黑暗中,无从看见"黎明"。

当所有上述人物的个人/集体问题都被勾勒出来,上海社会几乎各阶级的状况,也就被明确指向末路。封建地主、资产阶级政客、民族资本家、小资产阶级知识分子、资本家的各类清客和帮佣……简言之,半殖民地半封建上海的几乎一切阶级,显然都不能规划未来。略有些费解的是,大买办资本家赵伯韬似乎一直安然无恙,周仲伟、吴荪甫也次第在买办化之后从个人的困境解脱出来。然而,叙事者以不断驱动人物讨论中国命运、国家权利、帝国主义、爱国等话题的方式避免了不必要的认同暧昧,同时暗示着要获得个人/集体的未来,必须打倒帝国主义。

在如此全景式地呈现上海各阶级的末路的中途,叙事者开始以越来越多的篇幅叙述裕华丝厂女工的罢工运动。从上表可以看出,《子夜》第一至九章中,只有两章以工潮问题为核心情节,第十至十九章却有六章以工潮问题为核心情节,而且还直接叙述了罢工的组织过程、领导者的努力和女工的觉悟。这意味着《子夜》意图暗示,只有在全景式呈现了各个阶级的状况,标识各个阶级的末路,才能从资本主义制度中解放个人;而解放的路径,就是"集团主义"运动,只有"集团主义"能构建个人/集体的远景。大都市上海因此被压缩成阶层分明的客体,小说形式的完整性在碎片中拼合出来。

然而,《子夜》不但未写裕华丝厂女工罢工全面、彻底的胜利,而且写的还是工人力量受损,克佐甫等组织不当,苏伦等陷入个人苦闷,屠维岳以暴力解决工潮,周仲伟以欺骗的手段将工人哄进工厂,似乎"集团主义"亦被封闭在"子夜"中,难见"黎明"。从情节时间上来看,"集团主义"运动也大多处于疏阔、模糊之中。这的确是一个问题,意味着"集团主义"时间的未来尚在远方。但不能以此否认"集团主义"时间的未来,因为其运动在尚不成熟的组织方式中已经迫使吴荪甫倾家荡产,众叛亲离,已经在上海、在中国造成了好大声势。就《子夜》及其作者茅盾而言,"集团主义"的远景,已如水村山郭之中的酒家,杏帘在望。卢卡奇曾经解释过什么叫远景:

> 首先,它一定是某一件尚不存在的东西;要是它存在的话,那么它对于我们创造着的东西说来就不是远景了。第二,这种远景不是一种空想,不是一种主观的幻梦,而是客观社会发展的必然结果,客观社会的发展是艺术地通过在一定情况下的一系列人物的发展客观地显示出来的。第三,远景是客观的,不是宿命的。要是它是宿命的话,那它就绝不是远景了。由于它还不是现实,所以它才是一种远景,但它是一种通过实践、通过行动、通过某些人——这些人表现了一种巨大的社会倾向——的思想,通过这一切使现实实现的真实倾向,这种要经由错综复杂的道路才能得以实现的倾向,或许和我们所想象的完

全是两回事。①

很显然,《子夜》中的"集团主义"远景问题必须在这样的意义
上加以理解。《子夜》所叙述的一切存在的确都尚在"子夜"
之内,但通过工人罢工、吴荪甫败走牯岭,显示了"客观社会
发展的必然结果",就是"集团主义"的远景。前引吴组缃认
为《子夜》更重要的是宣示着下层阶级的兴起,的确是不刊之
论。也正是在此意义上,吴组缃成为茅盾《子夜》所开创的社
会剖析派小说的继承者。

---

① 卢卡契:《关于文学中的远景问题——在第四届德国作家代表
大会上的发言(摘要)》,《卢卡契文学论文集(一)》,第455—456 页。

三　助手与《子夜》的诗学结构

1932 年 12 月《子夜》写作刚结束,茅盾立即写了后记,简单交待了《子夜》创作的成因和企图。茅盾说:

> 一九三〇年夏秋之交,我因为神经衰弱,胃病,目疾,同时并作,足有半年多不能读书作文,于是每天访亲问友,在一些忙人中间鬼混,消磨时光。就在那时候,我有了大规模地描写中国社会现象的企图。后来我的病好些,就时常想实现我这"野心"。到一九三一年十月,乃整理所得的材料,开始写作。……
>
> ……
>
> 我的原定计划比现在写成的还要大许多。例如农村的经济情形,小市镇居民的意识形态(这决不像某一班人所想像那样单纯),以及一九三〇年的"新儒林外史",——

> 我本来打算连锁到现在这本书的总结构之内；又如书中已
> 经描写到的几个小结构，本也打算还要发展得充分些；可是
> 因为今夏的酷热损害了我的健康，只好马马虎虎割弃了，因
> 而本书就成为现在的样子——偏重于都市生活的描写。①

茅盾的表述提示了以下三点重要信息：

一、准备写作《子夜》时的茅盾因为生病，是一个忙人中
的闲人。这意味着茅盾获得了一个非常重要的身份，即旁观
者：他是《子夜》所描写的社会生活的旁观者，至少是其所偏
重描写的都市生活的旁观者；作家因此比较有效地获得了观
察、分析和叙述的距离，却也同时在一定程度上对其所描写的
社会生活丧失了进行介入的有效性。

二、茅盾作为一个旁观者产生了重大的叙事企图，即"大规
模地描写中国社会现象"。在 1939 年前往新疆的一次演讲中，
茅盾更将这一企图具体化为对当时中国社会性质及趋向之展
现。② 这可能是一种大而化之的创作意图，也可能会是一种对
具体写作造成无微不至的影响的理念先行。不管怎样，茅盾事
后关于《子夜》的多次述说及遗留下来的《子夜》大纲和部分草
稿，都使论者得到空间，论证《子夜》成稿在文学性上的缺陷。

---

① 茅盾：《茅盾全集》第 3 卷，第 553—554 页，北京：人民文学出版
社，1984 年。

② 茅盾：《〈子夜〉是怎样写成的》，《茅盾全集》第 22 卷，第 52—56
页，北京：人民文学出版社，1993 年。

三、大结构套小结构是茅盾结构《子夜》全书的基本手法。那么,如何在不同的结构之间建立有机联系便是茅盾写作的重心之一。寻找勾连不同结构的助手,既是茅盾的重要任务,也是本书的核心论题之一。

论者对于第二点已有相对丰富的论述,分别从审美性、时代性、整体性等诸多角度给予分析,本书拟对此有所回应,而将论述的重心放在其余两点上。本书试图发现《子夜》文本内部勾连各大小结构的助手,因其所处位置的特殊性而拥有的功能及发挥的作用,并在此基础上,结合茅盾的小说理想、观念和结构意识,寻找《子夜》诗意生成的机制及这一机制发生作用之后所构成的诗意内容。

1. "时代性"及其助手

在 1928 年编著的《小说研究 ABC》中,茅盾给小说下了一个相当严格的定义:

> Novel(小说,或近代小说)是散文的文艺作品,主要是描写现实人生,必须有精密的结构,活泼有灵魂的人物,并且要有合于书中时代与人物身分的背景或环境。①

---

① 茅盾:《茅盾全集》第 19 卷,第 13 页,北京:人民文学出版社,1991 年。

茅盾这一定义看似普通,然而正如陈建华所意识到的那样:"所谓'结构'、'人物'、'环境'云云,并非全是新说,但结合了他自己的创作经验,以人物的'灵魂'——非英雄人物莫属——及主客体关系的表现为中心,已经渗透着对'时代性'的一番摸索。"[1]"时代性"是陈建华解读茅盾早期小说现代性的关键词。茅盾最早明确谈到"时代性"问题,是在写于1929年5月的《读〈倪焕之〉》一文中:

> 所谓时代性,我以为,在表现了时代空气而外,还应该有两个要义:一是时代给与人们以怎样的影响,二是人们的集团的活力又怎样地将时代推进了方向,换言之,即是怎样地催促历史进入了必然的新时代,再换一句说,即是怎样地由于人们的集团的活动而及早实现了历史的必然。在这样的意义下,方是现代的新写实派文学所要表现的时代性![2]

在陈建华看来,茅盾如此理解"时代性","较清晰地呈现了马克思的唯物史观,也和卢卡奇关于历史与小说的论述合拍","其中蕴含着'整体'的思想,即个体必须融入集体,同时集体必须和历史合二为一,既服从来自历史的命令,又主动地推进

---

① 陈建华:《革命与形式:茅盾早期小说的现代性展开,1927—1930》,第45页,上海:复旦大学出版社,2007年。

② 茅盾:《茅盾全集》第19卷,第209—210页。

历史"。① 陈建华援引卢卡奇的小说理论来说明茅盾的"时代性"文学理想,当然不失为一种有意义的相互阐明。但是,理解茅盾的"时代性"文学理想,也许可以有更直接、更稳妥的坐标。同样是在1929年写作的《西洋文学通论》,茅盾不仅在该书的绪论中认为一战后苏俄的出现使得文艺上爆发一个新火花,"于是所谓'新写实主义'便成了新浪潮,波及到欧洲文坛乃至全世界的角隅",②而且在该书第十章讨论"新写实主义"的鼻祖高尔基时,这样地评价道:

> 高尔基已经把他所有的百分之几的浪漫主义洗掉,成为更"写实的",但不是客观的冷酷的写实主义而是带着对于将来的确信做基调。并且高尔基作品中向来所有的那种"目的",却也更明显了。他从来不用机械的方法来表现他的"目的",他总是从人物的行动中显示;但现在他把人物的行动又安放在更加非个人主义的而为集团的社会的基础上。③

高尔基文学不仅是新写实派文学,高尔基写作的目的也是为

① 陈建华:《革命与形式:茅盾早期小说的现代性展开,1927—1930》,第40页。

② 茅盾:《茅盾全集》第29卷,第184页,北京:人民文学出版社,2001年。

③ 茅盾:《茅盾全集》第29卷,第381页。

了显示人物"为集团的社会的"行动,彰显历史的必然性,这与茅盾对"时代性"的理解确实若合符契。可以说,高尔基文学就是矗立在茅盾文学理想愿景中的基本状况。

但是,文学理想上的铁钩银划般的清晰有力,并不一定能够落实为创作中的小说形式感。尽管《虹》可以确认为"时代性"的小说展开,《虹》还是未完成之作,其小说的形式感并未真正呈现。因此安敏成的质疑是值得考虑的:"无论长短,茅盾总是难于确定作品的适当边界,以至许多小说都有未完之感。这说明他始终没有找到一种结构,既可包容他观察到的社会万象,又能让它们彼此协调。"①

如果《虹》的未完成可以理解为茅盾实践其"时代性"文学理想所遭遇的一种挫折的话,那么,《子夜》可以说是茅盾从挫折中成功走出后的一种实践。而其中关键则在于茅盾找到了组织小说复式结构的助手。

在《小说研究 ABC》一书中,茅盾曾经这样谈到长篇小说的结构:

---

① 安敏成著、姜涛译:《现实主义的限制:革命时代的中国小说》,第 133 页,南京:江苏人民出版社,2001 年。安敏成的质疑指向茅盾的所有作品,但其有效性应该视具体的作品而分别论之。首先,《蚀》的文学因缘与其后的《虹》、《子夜》、《霜叶红似二月花》并不一致,《蚀》更多的是体验所得,后三者更多的是观察所得。因此,其次,《蚀》的文学愿景与《虹》、《子夜》、《霜叶红似二月花》等也有区别,《蚀》属意于个人的"时代性",后三者属意于社会的"时代性"。最后,《蚀》并不需要明确的边界,《虹》、《霜叶红似二月花》的边界未清晰展现,《子夜》的边界则已清晰呈现出来,只是修葺未为严整而已。

不仅记述一个人物的发展,却往往有两个以上人物的事实纠结在一起,造成了曲折兀突的情节的,叫做复式的结构。大多数的小说是复式的结构。自然那许多人物中间不过一二个(或竟只一个)是主要人物,其余的都是陪客,或者是动作发展时所必要的助手,并且那错综万状的情节亦只有一根主线,其余的都是助成这主线的波澜,可是这样的结构便是复式的。

……一个小说家在造成一个"结构的进展"时,第一应注意回避第三者的叙述口吻,应该让事实自己的发展来告诉读者;第二应注意不露接笋的痕迹。①

《虹》只记述了一个人物(梅行素)的发展,显然不能算是复式结构的小说。但茅盾却试图以《虹》来全面且立体地展现从"五四"到"五卅"的中国社会变化,未免使主人公梅行素承担了不可能完成的任务。梅行素尽管被塑造成了一个具有充分的"时代性"的女性,还是不能不承认,她的视野和能力并不能到达中国社会变化的全局。从叙事学的意义上来说,茅盾必须制造一个这样的叙事者,这个叙事者能够不依赖于一个人物而控制叙事的进程,并能够自由地调换叙事视点,伸入全景式社会描写的各个角落。当然,这并不是说《虹》完全是以主人公梅行素为叙事视点完成的,只是说在《虹》中,叙事者

① 茅盾:《茅盾全集》第19卷,第70页。

还缺乏足够的自由和足够多的助手。《子夜》摆脱了《虹》的这一叙事上的局促之处,不仅有两个以上人物(吴荪甫和赵伯韬)的事实纠结在一起,而且动用了足够多的"动作发展时所必要的助手"。因此,《子夜》是一部茅盾亲身实践其文学理想和小说结构观念的经典之作。

从茅盾关于"复式的结构"的解释中可以看到,至少在理论上,助手有下列功能:一是帮助动作的发展,即推动情节向前移动;二是防止叙事者所可能流露出来的"第三者的叙述口吻",使"结构的进展"了无人为的痕迹。这也就是说,在结构与结构之间,助手起着勾连和润滑的作用。茅盾利用助手来完成"结构的进展"的小说结构意识,当然谈不上多么新鲜,也未必有多么高明。从某种意义上来说,茅盾以小说一二主要人物之外的所有人物为助手的小说结构意识,与德勒兹发现连接人(connectors)的思路不无相通之处。德勒兹在解读卡夫卡作品《城堡》《审判》时注意到作品讲述的是主人公 K 通过连接人(connectors)进入不同的切片(segments)的故事,而连接者通常都是年轻女人,如 Elsa, Frieda, Olga 等。①不过,就算承认茅盾所谓助手与德勒兹所谓连接人之间不乏相通之处,也不得不注意到,前者为小说家茅盾的经验之谈和实践路向,后者为理论家德勒兹的批评发现,二者的指向是很

---

① See Gilles Deleuze and Félix Guattari, *Kafka: Toward a Minor Literature*, pp63—71, Minneapolis: University of Minnesota Press, 1986.

不一致的。茅盾赋予助手的是叙事功能,德勒兹赋予连接人的是理论蕴涵。如果将茅盾提出的助手作为一个理论概念,用来分析茅盾《子夜》的小说结构,倒在或一程度上接近了德勒兹的理论意图。

当然,本书无意于在茅盾和德勒兹之间进行平行论证,只是试图借此指出,尽管下文将利用茅盾所创造的助手这一概念来分析《子夜》,这一分析还是一次与茅盾的小说结构意识本身截然不同的理论解读。本书将因此进一步指出,茅盾作为作者预设给《子夜》的小说愿景,与《子夜》本身所展现出来的小说视景,是有着极为明显的区别的。这样一来,茅盾的小说实践所提供的可能性也就远比其文学理想丰富。

2. 助 手

正如有的论者所注意到的那样,《子夜》是茅盾建构社会整体性(totality)关键的文本,尽管有理念先行的缺陷,还是必须给予相当的肯定和重视。① 整体性(或者史诗性、时代性)应当是理解茅盾《子夜》的宏观视野。茅盾在《子夜》的后记中也明确认定《子夜》由一个总结构和几个小结构组成,这可以在《子夜》文本中得到具体落实,即总结构为民族资产阶级

---

① 参见苏敏逸:《社会整体性观念与中国现代长篇小说的发生和形成》,第158—183页,台北:秀威资讯科技股份有限公司,2007年。

的没落(吴荪甫买办化),小结构为乡村社会道德的破产(冯
眉卿为财唆女)、都市社会生活的空虚(范博文等人的百无聊
赖)、知识分子的灰色状态(李玉亭左右为难)、无产阶级工人
运动的盲目(女工冲厂)等。问题在于,作者如何将总结构和
几个小结构接榫在一起,形成某种"时代性",或即"整体性"。
从《子夜》文本的实际来看,助手显然扮演了勾连和润滑各个
结构以形成"整体性"的最为重要的角色。①

　　《子夜》的叙事者尽管是一个第三人称全知叙事者,但大
多数时候总是以文本中的具体人物为视点来推动叙事,因此
也就表露出限制性的特征。这就意味着:在作者与故事之间,
叙事者是不可或缺的助手;在叙事者与故事之间,作为视点而
存在的人物也是不可或缺的助手;而这些分散在文本各个角
落的助手,有时还可能冲破叙事者的控制,直接与作者发生关
联。对于叙事者而言,不同的社会阶层和人群不是碎片,隶属

---

　　① 吴组缃在分析《红楼梦》中的陪衬人物如甄士隐、贾雨村、冷子
兴、刘姥姥时,指出"作者安排他们,主要是为了饱满深到地表达中心内
容、为了艺术结构的严密和完整,同时又和中心内容血肉联结着,成为不
可分割的一体;决不能看作可有可无的外加部分"。(参见吴组缃:《谈
〈红楼梦〉里几个陪衬人物的安排》,《中国小说研究论集》,第253—266
页,北京:北京大学出版社,1998)这与助手在《子夜》中的意义,基本上是
异曲同工的。考虑到茅盾对《红楼梦》的熟悉程度以及后来研究者所发
现的《子夜》与《红楼梦》之间的联系,不妨认为,茅盾对于助手的认识和
在《子夜》中的践行,都与《红楼梦》有血脉联系。当然,由此可以进一步
引申的话题是,陪衬人物或助手,几乎在所有长篇小说中,都是不可或缺
的。茅盾汲取既有艺术经验以表达新的文学题材和思想的能力,是非常
值得注意的。

于某个虚拟的整体;而是小结构,通过各自的助手与大结构建立关系,形成某种具有物质外壳的整体。因此,《子夜》文本整体性的线索可能主要地存在于不同的助手身上。

助手的重要意义还不止于此。在具体的故事中,助手往往因其处于两个结构之间的位置而生成某种暧昧的功能,即他们固然受制于各自所隶属的结构,不能自主,却又因游走在结构与结构之间,能够一定程度上摆脱结构的控制,并反作用于结构。双面间谍刘玉英就深刻表征了这一点。当她在偶然的机会下掌握到赵伯韬要全力对付吴荪甫的秘密时,她感觉自己有了分别向赵伯韬、吴荪甫索取利益、分一杯羹的力量。吴荪甫和赵伯韬对敌,双方似乎都不能做到知己知彼,所知都不如刘玉英,因此在或一时刻都表示对刘玉英敬畏有加。类似的助手有费晓生、屠维岳、韩孟翔、冯眉卿、徐曼丽、李玉亭等。关于双桥镇的情况,吴荪甫所知不如费晓生,而只能通过他的汇报来形成判断,费晓生因此得以维护自己在双桥镇的利益。所不同的是,这些不同的助手,有的因意识到自己的助手位置而有效地进行利用,博取利益,如刘玉英、费晓生、韩孟翔、李玉亭等,有的则茫然无知,如冯眉卿。冯眉卿不仅没有通过助手的身份有意识地博取利益,也没有完成两个结构之间沟通的任务——冯云卿没有通过她获得关于赵伯韬做公债的准确情报。

不过,无论各自自身的情况如何,这些身份暧昧的助手游走在各个结构之间,还是有效地建立了不同结构之间的联系。

如果说关于双桥镇农民暴动的叙述不能够通过费晓生(甚至曾家驹、吴为成、曾景山)的存在缝合在《子夜》文本的整体性中,①那么,通过冯云卿的存在则或多或少地弥补了这种缺陷。冯云卿是大都市上海的一景,也是华商证券交易所中的一景。《子夜》要全景式地呈现作为中国社会缩影的上海,就不能缺少冯云卿这一环。冯云卿所勾连的乡村世界因此也就可以顺理成章地缝合进来。但是,叙事者似乎并未确切地意识到助手的重要性,没有赋予这些助手更为强大的讲述故事的能力,而是直接讲述双桥镇的农民暴动,从而使这一结构游离在整体性之外。从这一意义上言之,助手仿佛机关木人,是难以承担(无论何种意义上的)诗意诉求的。的确,更多时候,曾家驹、冯云卿,甚至范博文、杜新箨,都像是漫画中的人物,不能讲述故事,更不能言说自我,缺乏主体性。这一状况也许恰好贴合大都市上海的特质,人物只是不同的助手,是一种功能,勾连着不同的结构甚或切片(segment),共同悬浮在都市面具的表层,展现都市生态的空间性。② 但值得注意的是,这也许是作者茅盾所始料未及的。尽管在小说的结构意识中,茅盾认为一二主要人物之外的一切都可以是一种助手(也即功能),他预想的

---

① 茅盾:《〈子夜〉写作的前前后后》,《茅盾全集》第 34 卷,第 500—501 页,北京:人民文学出版社,1997 年。

② 葛飞在他的上海研究之中指出,上海作为大都市呈现出一种马赛克(mosaic)特征,与本书论旨不无相通之处。参见葛飞:《戏剧、革命与都市漩涡——1930 年代左翼剧运、剧人在上海》,第 3—11 页,北京:北京大学出版社,2008 年。

是助手们因此受到重视,而不是被轻视甚至忽视。只能说,在写人物和为写结构而将人物设置为功能之间存在着不可调和的分歧,茅盾一度迷失于此分歧当中,为了写好人物冯云卿,而无法不放弃了这个人物的助手功能。

因此,尽管在《子夜》文本中,每一个助手都有可能提供与《子夜》"整体性"相歧的路向,《子夜》诗意的生成机制是整合这些歧路,通过批判、否定的方式清除它们,以建立某种整体性。正因为如此,吴少奶奶的中世纪向往,四小姐吴蕙芳的幽闺深情和乡下婉约,张素素的狂野激情……才被叙事者在在彰显出与大都市上海格格不入的本质。王宏图在他的研究中曾经不无道理地认为:"《子夜》中吴少奶奶与雷参谋间令人伤感的旧情,林佩珊与范博文、杜新箨等人的情感纠葛,吴家蕙四小姐的心理苦闷,原本都是都市叙事文本中抒写个人欲望的绝好题材。的确,它们在《子夜》中也是引人瞩目的亮色:正因为有了它们,文本中那些对金融、实业界的描写才显得不是那么单调枯燥。但这些个人化的欲望叙事在整部作品中只是作为次要的情节引线存在,只是作为作者渲染气氛、烘托主要人物的边角料,它们并没有自身独立的生命力,最多是作为一种精美的点缀,让这部重量级的作品增添一些血肉丰满的细节,使它不致显得干瘪,迂阔。"①不过,王宏图的分

---

① 王宏图:《都市叙事中的欲望与意识形态》,第54—55页,复旦大学博士学位论文,2003年。

析中所透露出来的侧重点,与其说确切地击中了《子夜》诗意生成机制的缺陷,不如说没有选择正面面对《子夜》诗意生成机制的异质性,反而扼杀了一种虽然源自托尔斯泰《战争与和平》,但却或许迥异于之的可能。《子夜》诗意生成机制的更大缺陷,可能不在于批判、否定一些助手所提供的相歧的路向,而在于本身通往的整体性,只有一个模糊的轮廓,缺乏具体的内容。或者说,《子夜》过于直接地指向了意识形态,而缺乏必要的中间过渡以及在此过渡中的心理内容。

因为这种中间过渡的缺乏,叙事者虽然驱使着文本中不同的助手统统汇聚在华商证券交易所决一死战,整体性得到了一定程度的形构,但却始终让读者无法辨清大都市上海的真正面貌。这样一来,作者试图通过一个客厅、一个上海的描写来全景式地展现 1930 年代的中国的意图,也就落实得语焉不详。在文本最初的几行中,叙事者这样描述道:

> 从桥上向东望,可以看见浦东的洋栈像巨大的怪兽,蹲在暝色中,闪着千百只小眼睛似的灯火。向西望,叫人猛一惊的,是高高装在一所洋房顶上而且异常庞大的霓虹电管广告,射出火一样的赤光和青燐似的绿焰:Light,Heat,Power![1]

---

[1]　茅盾:《茅盾全集》第 3 卷,第 3 页。

大都市是如此地陌生,怪异,难以捉摸。叙事者勾勒的只是一个朦胧的轮廓,没有给出确切的说明。当然,王德威也许并不同意这一判断,因为在他看来,这一描述恰好透露出作者明确的指向性,"子夜"结束之后就是 Light,Heat,Power,就是通往"现代"。但饶是如此,王德威也不能不注意到,这样的"现代"是以成千上万的老通宝为代价的。① 那么,作者又如何能够给出确切的说明呢? 随着文本的次第展开,象征大都市特色的一系列交通工具、人物和服饰逶迤登台,越来越具体地标示出了大都市上海的方方面面,似乎越来越明确地刻画出了上海的本质,——但何尝不是越来越斑驳陆离,难以识别? 叙事者作为助手的功能因此显得更加暧昧不明。

3. 门与窗

为了进一步呈现助手在功能上的暧昧性,进一步观察助手们在《子夜》文本中所出的具体的空间,无疑是必要的。在《子夜》文本中,当一些关键性事件发生时,助手往往不是站在门边,就是站在窗边。这的确是饶有兴味的。

站在窗边,也许可以是一个明确的旁观的位置,不容易发生主体位置的危机,例如吴芝生和范博文在窗外看见朱吟秋、

① See David Der-wei Wang, *Fictional Realism in Twentieth-Century China*:*Mao Dun*,*Lao She*,*Shen Congwen*, pp59—61, New York:Clumbia University Press, 1992.

孙吉人、唐云山、雷鸣等人与交际花徐曼丽之间的游戏,就只剩下义正词严的批判。吴芝生甚至抢进门去,出其不意地大声叫道:"好呀!新奇的刺激,死的跳舞呀!"[1]然而同是躲在车窗里的人,——实即在上海的窗外,吴老太爷和阿萱的反应就截然相反。他们都受到了深重的刺激,阿萱是"张大了嘴巴,出神地贪看那位半裸体的妖艳少妇",吴老太爷则是头晕目眩,深感"万恶淫为首"。[2]阿萱完全为都市的妖艳所裹挟,只剩下贪婪的眼睛,丧失了主体位置;吴老太爷在主体位置的危机感受中仓皇死去。而蕙芳生活在上海窗外的两个多月的生活,时而自我幽闭,怀抱《太上感应篇》,时而自我放逐,与张素素共宿学校,则曲折细致地展现了她的危机感受。由此可见,只要有窗户存在,主体位置就存在不确定性、暧昧性和危机性。窗使得窗边的助手产生一种窗里或窗外世界触手可及又绝无利害干系的错觉,其实则无法触碰且危机四伏。

相比较而言,门似乎既提供一种登堂入室的可能,打开门能使两个本来相互闭合的空间成为一体,又提供一种重新隔绝的希望,关上门能使本来一体的空间重新一分为二(或多)。站在门槛上的助手,或者与门处于同一位置的助手,其主体位置的危机感受,无疑有相当的分析价值。当奔走在吴荪甫和赵伯韬之间的李玉亭独自守候在小客厅里,看着似开

---

[1]　茅盾:《茅盾全集》第3卷,第71页。
[2]　茅盾:《茅盾全集》第3卷,第12—13页。

似不开的客厅门时,他所感受到的一切确乎丰富而深刻:

> 这小客厅另有一扇通到花园去的侧门。李玉亭很想
> 悄悄地溜走了完事。但是一转念,他又觉得不辞而去也
> 不妥。忽然一阵哄笑声从外边传来。那是大客厅里人们
> 的笑声! 仿佛那笑声就是这样的意思:"关在那里了,一
> 个奸细!"李玉亭的心跳得卜卜的响,手指尖是冰冷。蓦
> 地他咬紧了牙齿,心里说:"既然疑心我是侦探,我就做
> 一回!"他慌忙走到那通连大客厅的门边,伛下了腰,正
> 想把耳朵贴到那钥匙孔上去偷听,忽然又转了念头:"何
> 苦呢! 我以老赵的走狗自待,而老赵未必以走狗待我!"
> 他倒抽了一口气,挺直身往后退一步,就颓然落在一张椅
> 子里。恰好这时候门开了,吴荪甫微笑着进来,后面是杜
> 竹斋,右手揉着鼻子,左手是那个鼻烟壶。①

处于吴荪甫和赵伯韬所属两个结构之间的助手位置,李玉亭
无法辨清自己的立场,是做其中一人的走狗呢,还是严守中
立,"一片真心顾全大局"②。这是一道闭合的通连大厅的门
和另一道闭合的通往花园的侧门逼出的念头。打开侧门悄悄
溜走,李玉亭就可以没有这样的尴尬,但他没有这样的洒脱。

---

① 茅盾:《茅盾全集》第 3 卷,第 283 页。
② 茅盾:《茅盾全集》第 3 卷,第 283—284 页。

在大客厅笑声的刺激下,他想贴到钥匙孔去偷听,但也没有自甘于走狗地位的自轻自贱。当通连大厅的门打开之后,大客厅和小客厅重新联为一体,李玉亭的内心痛苦烟消云散,以为找回了自己。由此可见,对于助手李玉亭而言,身处闭合的空间中,被门围困,他的危机感受就强烈,他以为自己有多种选择的可能,其实却别无选择,只是茫然无措而已;而一旦当门打开,闭合空间重新汇入整体,主体位置的幻觉就重新形成。

对于吴少奶奶和雷参谋来说,门是复杂有趣的。当吴少奶奶沉湎在自己少女往事和青春恋爱的回忆当中时,她被笼里的鹦鹉一声不成腔的话语"有客!"从惘想中惊醒,看见门口恰好站着回忆中的"中古骑士风的青年",是何等地惊喜。接下来二人旧情复燃,亲吻偎抱,直到被笼里的鹦鹉一声"哥哥哟!"的怪叫吓醒。暂时地,门沟通了过去,关住了过去,而过去还是一去不复返,只留一个烙印在吴少奶奶心底,使她念念不忘要将自己的妹妹林佩珊许配给雷鸣。

对于冲厂的女工来说,门也是复杂有趣的。也许蔡真、克佐甫等人认为,冲破了厂门,就建构了无产阶级的整体性,就是打败了资产阶级,或者摧垮了资产阶级的防线。但是周仲伟"山人自有妙计",将厂子盘给了外国老板,吴荪甫最终也将厂子盘了出去,民族资产阶级的失败并不是无产阶级成功的开始。连接着普通工人和地下共产党的陈月娥、朱桂英也许只能在工厂门前徘徊,最终因为只有出卖劳动力的自由而姑且顺从地走进厂门。

当然，一旦门与窗协同作用，功能的确切感也许就发生了。刘玉英通过韩孟翔的关系终于找到了让自己空守了一夜的赵伯韬，可是赵伯韬正在和尚仲礼密谋大事。他将刘玉英关进了一扇门里，以防泄露机密。刘玉英却躲到窗外的月台上，窃知了赵伯韬的一些秘密，就非常得意地想道："老赵，老赵，要是你不答应我的条款，好，我们拉倒！你这点小小的秘密，光景吴荪甫肯出价钱来买的！谁出大价钱，我就卖给谁！"①通过门里窗外的活动，刘玉英把握到了自己作为吴荪甫和赵伯韬之间的助手的一点特殊价值，并以此确立自己的位置。遗憾的是，事后的发展表明，吴荪甫并没有从刘玉英提供的情报中获得真正的好处。这就意味着，刘玉英在门里窗外寻找到的主体位置的确切感也还是虚妄的。

也许只有像范博文那样游荡的一群，既可以打开大门，登堂入室，又可以守在窗边，看窗外或窗里，将一切当作风景或诗料，从而获得某种主体位置的感受。然而，且听侪辈杜新箨的讽刺："然而也不要紧，人生游戏耳！"②这一干人的行为其实恰恰是彷徨无主的表现。

通过对助手与门、窗关系的呈现，叙事者有效地将各个不同的切片式的空间勾连在了一起，汇聚出《子夜》文本内部所涉及的各类价值、诗意问题的共通面相，即矛盾性，或虚构性。

---

① 茅盾：《茅盾全集》第 3 卷，第 316 页。
② 茅盾：《茅盾全集》第 3 卷，第 530 页。

而叙事者自身的位置因此也显得模糊起来。有论者很直截了当地认为:"茅盾笔下的上海,确如麻雀解剖图般明晰,那就是一个由畸形经济连带混乱的政治杠杆转动起来的近代中国社会。这使茅盾的都市小说,最具有历史学、社会学的清晰含义,这种清晰,来自于他对于国家的认识。然而,明显的理性斫痕,有时妨碍了文学上的参悟。他笔下的是在国家意义上统一起来的,没有差异的,高度逻辑化的上海,但很难是个体的、经验的上海。"①不可否认,茅盾的写作意图是符合论者的论述逻辑的。茅盾的确试图从经济、政治的角度来解析上海社会或即中国社会,并努力付诸《子夜》写作的实践当中。但需要辨明的是,这并不等于《子夜》文本本身。《子夜》叙事者位置的模糊性以及其文本内各助手处在门窗旁的尴尬境地,都意味着《子夜》文本的整体性中混杂着太多的不确定性。这种不确定性正是《子夜》接受史上意见分歧的关键性原因之一;也即,不仅论者各有其立场、价值观和判断力,自带了门、窗观照《子夜》,《子夜》本身也是一个含义混杂的文本,向读者或隐或显地敞开着众多的门、窗。

　　在不同的门、窗之间,到底哪一扇门、哪一扇窗才是通往《子夜》文本的核心呢? 或者说,应当依循怎样的线索,才能抵达《子夜》诗意生成机制发生作用之后所整合出来的那一

---

　　① 张鸿声:《文学中的上海想象》,第67—68 页,浙江大学博士学位论文,2005 年。

点诗意呢？詹明信在分析传奇小说时曾经指出：

> 传奇小说要受到金钱经济的制约，但这是一种特定历史发展阶段的金钱经济：商品贸易阶段，而不是资本主义阶段。……这种金钱经济标明了叙述的形式，而不是内容；这些叙述可能不经意地牵涉了基本的商品和货币，但是初生的"价值"把它们组织在"事件"的概念周围，这"事件"由"幸运"和"天意"所组成，命运之轮转来转去，带来巨大的好运，又把它击碎，导致一种感觉：一只仍然看得见的手指引着人们的命运，赋予他们那未曾逆料而又不可逆转的命运，这命运还称不上是"成功"或"失败"，却使承担这命运的人变成独一无二、"只得记颂"的故事的主人公。在这样一种文化生产的过程中，个别的主体仍然被认作是事件的中心，只能通过非心理分析形式的叙述才能加以表达。①

这段话至少有两点是值得注意的：一是传奇小说要受到金钱经济的制约，即一定的小说形式与一定经济形式密切相关；一是在商品贸易阶段，而不是资本主义阶段，"个别的主体仍然被认作是事件的中心"。《子夜》也许不妨视为传奇小说，但

---

① 詹明信著，张旭东编，陈清侨等译：《晚期资本主义的文化逻辑：詹明信批评理论文选》，第 113 页，北京：生活·读书·新知三联书店，1997 年。

至少也是传奇小说的变体,因其诞生在二十世纪机械工业时代,也即资本主义阶段,而非商品贸易阶段。这也就意味着,尽管《子夜》有着墨较多的人物吴荪甫,将这一个别的主体视为事件的中心,仍然是一种错位。事实也正是如此,通过吴荪甫并不能够到达《子夜》文本的全局,《子夜》文本内部有众多大大小小的结构,吴荪甫只是与赵伯韬共同构成了其中的一个而已。因此,通过结构与结构之间的助手,通过助手总是在关键时刻所处的门、窗的功能的分析,也许才能找到《子夜》文本中事件的中心。

4.《子夜》的诗学

在《子夜》文本到处散播的助手中,范博文是最为重要的一个。因此,通过对他进行专门性的跟踪分析,可能会最快捷地到达《子夜》文本的事件中心。

范博文是备受叙事者嘲讽的人物,但同时又作为重要的叙事视点之一,承担着不可替代的评价责任。作为《子夜》文本内部的旁观者,他几乎自始至终都冷眼审视着文本中各个人物和故事。在作为引子的文本开头部分,叙事者讲述了一个千年传统因与新生文明遭遇而猝死的寓言。这个寓言的表层内容是吴老太爷从战乱的双桥镇避祸大上海,一路上饱受天气、轮船、汽车及女性服饰刺激,一命呜呼。众人或从医学上寻求解释,或徒然感到不可思议,只有范博文津津乐道:

> 我是一点也不以为奇。老太爷在乡下已经是"古老的僵尸",但乡下实际就等于幽暗的"坟墓",僵尸在坟墓里是不会"风化"的。现在既到了现代大都市的上海,自然立刻就要"风化"。去罢! 你这古老社会的僵尸! 去罢! 我已经看见五千年老僵尸的旧中国也已经在新时代的暴风雨中间很快的很快的在那里风化了![①]

这样的评价赘续在一个老人的意外死亡后面,从叙事的肌理来看,是有点突兀的。但叙事者首先制造了一个被讽为"诗人"的范博文,然后以其为叙事视点进行评价,有效地拉开叙事者与故事的距离,就显得入情入理了。当然,作者茅盾后来回答读者提问时关于吴老太爷之死的说法,与范博文如出一辙,[②]使得叙事者与故事之间的距离缩短,甚至使人不得不怀疑,叙事者与作为叙事视点的范博文之间存在着或一程度的视域融合。

的确,在很多具体的关节点上,都有理由怀疑作为叙事视点存在的范博文是叙事者,甚至就是作者茅盾安置在文本内部、随同叙事进程一同游走的替身。助手范博文勾连着作者、叙事者和故事;作者/叙事者很多时候只有通过范博文才能理解和控制叙事。在吴老太爷的丧仪期间,来吊丧的各路豪杰

---

① 茅盾:《茅盾全集》第 3 卷,第 29—30 页。
② 茅盾:《〈子夜〉是怎样写成的》,《茅盾全集》第 22 卷,第 56 页。

如"革命县长"李壮飞、火柴大王周仲伟、参谋雷鸣、交易所经纪人韩孟翔等，无不热心公债问题，经济巨头赵伯韬、吴荪甫甚至合谋贿赂军界，以操纵公债市场，牟取暴利。当此之际，范博文闭眼喃喃："投机的热狂哟！投机的热狂哟！你，黄金的洪水！泛滥罢！泛滥罢！冲毁了一切堤防！……"①范博文的喃喃谶语似非而是，出诸轻狂而切中肯綮。企望实业救国的吴荪甫陷入与赵伯韬斗法的公债市场后，不仅利令智昏，将全副身家抛诸买空卖空之中，而且在困兽犹斗之时情欲翻涌，由不近女色而对刘玉英频动绮念，终至强奸仆妇，船头玩艳。自诩诗礼传家的冯云卿在公债市场中跌倒之后，为求翻身，不惜教唆亲生女儿对公债魔王赵伯韬投怀送抱。但女儿冯眉卿不但没有侦探回任何有利情报，反而随口播弄，使父亲倾家荡产。泛滥的黄金洪水果然冲毁了一切堤防，叙事的轮廓也就可凭范博文的谶语而尽收眼底了。

作为叙事视点存在的范博文还在其他一些关节点上起着提纲挈领的作用，此处不再烦言；他是理解《子夜》文本最重要的助手，已可成立。那么，范博文在文本起始部分和结束部分都谈及的黄金和诗意的关系，就很可能是理解《子夜》文学性的关键所在。还是在吴老太爷的丧仪期间，范博文对吴芝生议论忽然跑进来的韩孟翔道：

---

① 茅盾：《茅盾全集》第3卷，第41页。

> 他是一个怪东西呢！韩孟翔是他的名字,他做交易所的经纪人,可是他也会做诗,——很好的诗！咳,黄金和诗意,在他身上,就发生了古怪的联络！①

如果同意作者/叙事者与范博文之间存在或一程度的视域融合,那么,在范博文对韩孟翔的议论中,也许可以听到作者/叙事者在同声质疑黄金和诗意之间发生的古怪联络。后来也有不少研究者发出了类似的质疑,视《子夜》为高级的社会调查报告。② 在这里,作者/叙事者似乎与范博文一起冷眼旁观着一件怪事的发生:整日与黄金(现代经济)打交道的人居然也(暂且不论何种意义上的)诗意盎然！

　　这的确是一个重大的问题。范博文作为一个"诗人",显然感到荒谬。在他看来,伧俗的布尔乔亚是不懂得诗意的:

> 不见了嫩绿裙腰诗意的苏堤,
>
> 只有甲虫样的汽车卷起一片黄尘;
>
> 布尔乔亚的恶俗的洋房,
>
> 到处点污了淡雅自然的西子！③

---

　　① 茅盾:《茅盾全集》第3卷,第41页。
　　② 参见蓝棣之:《现代文学经典:症候式分析》,第153—164页,北京:清华大学出版社,1998年。
　　③ 茅盾:《茅盾全集》第3卷,第147页。

范博文感觉现代经济影响下的都市生活完全糟蹋了他心中的诗意。作者/叙事者是否与范博文怀有同样的感受,不易分辨。在或一程度的视域融合层面上来看,作者/叙事者是有可能与范博文站在同样的立场上的。前现代静态的、与自然更为亲近的生活,本也可提供难以穷尽的诗意感受和诗意想象,更何况作者茅盾作为江南水乡之子,亲历了这一生活。因此,作者/叙事者理当批判现代经济影响下的都市生活。在 1933年写作的《"现代化"的话》当中,茅盾即曾以反讽地批判了上海经济生产和都市生活畸形"现代化"的方方面面。① 而且,正如范博文的诗诞生于对现代经济影响下的都市生活一样,另一种意义上的诗意也随同作者/叙事者对现代经济影响下的都市生活的叙述而产生。这是一种充满否定和批判精神的诗意,是普遍散播在现代中国文学文本中的一种诗意。

需要注意的是,范博文作为植根在文本内部的一个人物,同样也在叙事者的审视之下。叙事者不仅通过范博文观照文本,而且也通过文本中的其他人物观照范博文。在吴荪甫眼中,范博文就是一个颓废无聊、不解世务的青年;而在同侪当中,范博文也往往遭到揶揄。在旁观"五卅纪念节"游行时,吴芝生便一直挖苦范博文是出来寻找诗料:"他是一切无非诗料。冷,热,捉了人去,流了血,都是诗料!"②叙事者甚至还

---

① 茅盾:《茅盾全集》第 11 卷,第 161—167 页,北京:人民文学出版社,1986 年。

② 茅盾:《茅盾全集》第 3 卷,第 255 页。

特别讲述了范博文因失恋、情欲得不到满足而寻死觅活,最后
却对着池水做诗的故事。由此可见,叙事者的诗意、诗,并不
与范博文一致,至少不可能完全一致。在整个《子夜》文本
中,诗意、诗,显然都是复数的。惟其如此,才可理解叙事者对
吴少奶奶眷恋密斯林佩瑶时代的暗讽。叙事者强调吴少奶奶
对于"诗意"境地的理解,乃是英文的古典文学塑造的结果:

> 学生时代从英文的古典文学所受的所酝酿成的憧
> 憬,这多年以来,还没从她的脑膜上洗去。这多年以来,
> 她虽然已经体认了不少的"现实的真味",然而还没足够
> 到使她知道她的魁梧刚毅紫脸多疱的丈夫就是二十世纪
> 机械工业时代的英雄骑士和"王子"! 他们不像中古时
> 代的那些骑士和王子会击剑,会骑马,他们却是打算盘,
> 坐汽车。然而吴少奶奶却不能体认及此,并且她有时也
> 竟忘记了自己也迥不同于中世纪的美姬!①

在叙事者看来,吴少奶奶生活在二十世纪机械工业时代,却憧
憬着中世纪的"诗意",无疑荒诞的:她丝毫未曾意识到其所
谓"诗意"的虚构性,也未曾意识到"诗意"是会随着生产方式
的变迁而变化的。叙事者既然认为"诗意"会随着生产方式
的变迁而变化,就不难勘破范博文所谓"诗意"的虚构性,因

① 茅盾:《茅盾全集》第3卷,第89页。

此必然不可能与其完全一致。在黄金(现代经济)与诗意之间,叙事者觉察到了一种有意味的张力。

至此,范博文对于韩孟翔竟能写出好诗的疑问也许能有一个答案了。"诗意"会随生产方式的变迁而变化,"诗人"自然随之,一个交易所的经济人写出好诗,也并非全是偶然。当吴芝生挖苦范博文做诗是"穷而后光"时,范博文回答道:"没有办法! 诗神也跟着黄金走,这真是没有办法!"①叙事者很有可能对此大表赞同。

不过,需要再次强调的是,范博文"一切无非诗料"式的诗意,也许并不存在于茅盾的文学愿景当中。在 1933 年 3 月 22 日写作的《都市文学》一文中,茅盾在批判了一系列畸形的都市文学现状之后,意味深长地说道:"到作家的生活能够和生产组织密切的时候,我们这畸形的都市文学才能够一新面目。"②《子夜》可能正是"一新面目"后的都市文学,茅盾只是未便直接言之。

---

① 茅盾:《茅盾全集》第 3 卷,第 523 页。
② 茅盾:《茅盾全集》第 19 卷,第 423 页。

四　虚构上海的四重根

通过外来者的眼光来叙述上海,还是通过本地人的眼光描写上海;在叙述中产生认识,还是在描写中发生误认;在认识中重获时空,还是在描写中迷失时空;在重获时空之后构建总体性,还是在时空迷失中彻底碎片化:这是造成虚构上海存在本质性特点的四重根。这四重根相互关联,一而四,四而一,形成虚构上海的本质特点。下面试详述之。

1. 外来者与本地人

茅盾《子夜》开头写了一辆从上海腹地驶出的雪铁笼,但上海都市街景的叙述却从这辆雪铁笼重回腹地之后,才通过双桥镇来的吴老太爷之眼开始。吴老太爷作为上海的外来者,以充分敏感的神经,碰触了上海几乎所有新异之处,高楼大厦、红绿灯、车流、衣着暴露的女性、阿萱呆看女性肢体的目光……都刺激着他,使他感觉进了魔窟。像大部分叙述上海的小说一样,茅盾以此初步展开了虚构上海的特性和边界。首先,它是新异的,充满魅惑力的;其次,它的新异和魅惑,是在与乡村(传统)的对立中得到显现的。不过,吴老太爷作为乡村和传统秩序的代表,没有类似韩邦庆《海上花列传》、海上说梦人《歇浦潮》《新歇浦潮》中人物花也怜侬、过江名士批判上海的能力,反因刺激过度而死。茅盾在更高的意义上利用了吴老太爷作为上海外来者的身份,即通过外来者与上海的遭遇,不仅勾勒上海的特性和边界,而且直指乡村和传统秩序的颓败。韩邦庆、海上说梦人只赋予外来者一个使命,就是发现和批判上海都市善恶俱分进化①,茅盾则让外来者承担了两个使命,既要发现和批判上海都市与乡村的差异,又要喻指自身所代表传统的死亡。在诗学的意义上,前者呈现的是揭露与讽刺,后者呈现的是寓言与反讽。因此,海上说梦人认为《歇浦潮》算是上海重重黑幕中的"一线光明"②,而茅盾强调自己写作《子夜》是为了叙述中国社会未来发展的方向③。

更深刻的区别在于,韩邦庆、海上说梦人可能认为叙述

---

① 太炎:《俱分进化论》,《民报》第 7 号,1906 年 9 月 5 日。

② 海上说梦人:《(绘图)新歇浦潮》,第 1 页,上海:世界书局,1924年。

③ 茅盾:《〈子夜〉是怎样写成的》,《战时青年》第 2 卷第 3 期,1939年 11 月 25 日。

道德堕落就是虚构上海的全部意义,而茅盾认为道德堕落只是虚构上海的表象。同样是叙述一个外来者进入上海的故事,茅盾在《虹》中写初到上海的梅行素面对梁刚夫的讥刺时说道,上海不过是拜金主义、市侩的代名词。梁刚夫反驳她,认为她的结论乃是迷失上海之后的愤语。茅盾并未让梅行素轻易地就达到由表及里的认识,从迷失的窘况中脱身,而是强调其对上海的批判,是停留在表象上的自我迷误。这意味着韩邦庆、海上说梦人虚构的上海只是一个道德的平面,而茅盾的虚构上海则远不止是一个道德批判的平面。事实上,茅盾虚构的上海是意识形态的立体,固然不排斥道德批判的责任,但更要构建对乡村与都市的双向批判,发现都市内在的发展动力。因此,他叙述梅行素抱着"向前冲"的意识形态冲动进入上海,更叙述她侦知上海秘密、加入"集团主义"组织活动、获得"集团主义"意识形态的过程。在这里,上海不再简单是一个需要进行批判的客体,而是变成了方向和目标。在人与城的关系中,茅盾逆转了韩邦庆、海上说梦人的叙述,使虚构上海一定程度上获得了主体性。当然,所谓主体性,实际上是茅盾作为一个作家的心灵投影,是通过意识形态的介入造就的。叶圣陶《倪焕之》更为直观地表明了这一点。叶圣陶也写了一个上海的外来者形象,就是倪焕之。倪焕之在加入有组织的社会运动之前,喜欢乡村的恬静、自然,之后却嫌乡村落后、土气,反而喜欢上海的都市喧嚣,极有意味地显示出意识形态对于认知上海、反转城乡关系及城人关系的特殊作用。

意识形态对于外来者认知上海之重要,横光利一提供了一个更为极端的例子。在《上海》中,横光利一主要叙述了两个外来者的故事,一个是"甲谷从新加坡木材堆里来到这个污秽的、无比虚无的城市上海,就是为了娶个老婆"①,一个是参木的恋爱故事。横光利一的叙述也是借助外来者的眼光,从上海码头工人的工作和生活环境写起,一直写到参木内心的虚无。但是,凭借着殖民意识形态的力量,参木克服了内心的虚无,找到了在上海存活的理由:

> 从任何一个国家来到中国这块殖民地的人,一回到本国都是无法维持生计的。因此,被本国夺走了生活门路的各国人一旦聚集一处陷进其中,那就只能变成一群失去性格的古怪的人物,在这里建造起一个世界上没有先例的独立国家。而且,各自不同的人种必须一边沉浸在近乎死亡的孤独之中,一边变成一个竞相吸吮过多土货的本国的吸盘来生活。因此,在这里,一个人的肉体不论如何无为无职,只要他漫然地呆着,只要其肉体占据一个空间,那么除了俄国人之外,都将是一种爱国心的表现。参木想及于此就要发笑。实际上,他一旦呆在日本,

---

① 横光利一著,卞铁坚译:《上海》,《寝园》,第4页,北京:作家出版社,2001年。

就肯定要消耗日本的一份食物。而他留在上海，他的肉体所占用的那个空间便会变成日本的领土。[①]

参木所以能在"近乎死亡的孤独"中走遍上海的各个角落，与各国、各阶层的人群发生接触，就是因为"他的肉体所占用的那个空间便会变成日本的领土"那样的殖民激情。横光利一毫不客气地将上海置于殖民客体的位置，从而叙述本国弃民参木在上海的英雄行为：他不仅洞悉上海的所有秘密，而且能够救地下共产党员芳秋兰之命。

但是，意识形态的这一特殊作用却不见于穆时英的虚构上海中。穆时英有意通过《中国一九三一》重新虚构上海的城市面貌和心灵图景，他放逐了吴老太爷那样的外来者，而以上海资本家刘有德的眼睛来呈现上海的都市街景：

> 蟹似的爬着的汽车向沪西住宅区流去。黄包车夫蹒跚地跑，上面坐着的水兵，歪着眼睛瞄准了他的屁股踹了一脚便哈哈地笑开啦。脚踏车挤在电车旁边瞧着也可怜，红的交通灯，绿的交通灯，灯柱和印度巡捕一同地垂直在地上。一个 fashion model 穿了铺子里的衣服到外面来冒充贵夫人。女秘书站在珠宝铺的橱窗外面瞧着珠项圈，想起了经理刮得刀痕苍然的嘴上的笑劲儿。蓝眼珠

---

① 横光利一：《上海》，《寝园》，第36页。

的姑娘穿了窄裙,黑眼睛的姑娘穿了长旗袍儿,腿股间有相同的媚态。卖晚邮报的站在街头用卖大饼油条的声调嚷:

"Evening Post!"①

刘有德熟悉上海街头的一切,甚至包括每一个人物的秘密和内心世界。但是,在一系列漂浮的物象和精巧的细节背后,缺乏应有的连贯线索,穆时英让读者似乎熟知了上海的一切,其实却应接不暇,无法形成关于上海的总体判断。其中关键在于,刘有德作为上海资本家,生于斯,长于斯,或者潜意识中已形成对上海的总体判断,或者因过于稔熟不必对上海构建总体判断,他眼睛中的上海只能是不连贯的、熟悉的断片。穆时英贴着人物来描写上海,也就不需要虚构总体了。

如此一来,虚构上海的两端浮现,一端借外来者的眼睛叙述总体,一端以本地人的眼睛描写细节。

2. 叙述与描写

外来者与本地人的区别,其实不过是个简单的事实。对于外来者而言,只要打算较快地适应其中的生活,至关重要的

---

① 穆时英:《中国一九三一》,《大陆》第 1 卷第 5 期,1932 年 11 月 1 日。

自然是总体上把握上海,只有在总体上构建了上海的轮廓,才能产生逐步熟悉上海每一个细节的耐心和信心,并通过熟悉每一个细节来逐步稳固对上海的总体认识;否则,每一个细节造成的只能是更深的陌生感和孤独感,最终失去把握上海的可能。本地人没有这样的需要,他们的上海是在不知不觉中一点一点地构建成形的,也许最终是一个总体,也许从来不是,但他们已经有足够多的经验应对日常生活的一切。本雅明分析波德莱尔时指出:"震惊的因素在特殊印象中所占成分越大,意识也就越坚定不移地成为防备刺激的挡板;它的这种变化越充分,那些印象进入经验(Erfahrung)的机会就越少,并倾向于滞留在人生体验(Erlebnis)的某一时刻的范围里。这种防范震惊的功能在于它能指出某个事变在意识中的确切时间,代价则是丧失意识的完整性;这或许便是它的成就。"①事实上,波德莱尔式的震惊,往往发生在外来者身上,本地人由于是逐渐熟悉上海都市的一切,只是在偶尔的场合发生误认。因此,叙述外来者与上海关系的故事,更有张力的情节是认出人群中的熟人,而描写本地人与上海的关系,更有张力的情节相反,是误认;因为二者都是在较为偶然的情况下发生的。

茅盾《虹》叙述梅行素在人群中看见一个背影,认为那是

---

① 本雅明:《论波德莱尔的几个母题》,见汉娜·阿伦特编、张旭东、王斑译《启迪——本雅明文选》,第175页,北京:生活·读书·新知三联书店,2008年。

梁刚夫,之后得到梁刚夫当面确认。梅行素由此建立自信,认为幽灵一样的梁刚夫是可以从人群中识别出来的。事实上,她很快掌握了梁刚夫所有秘密,他有两个恋人,一个是集团主义,一个是活生生的女性。在这种识别熟人、洞悉一切的感觉中,梅行素最后认为:"跌进去我不怕,三角我也要干;最可怕的是悬挂在空中,总是迷离恍惚。现在我决心要揭破这迷离恍惚! 我也准备着失恋,我准备把身体交给第三个恋人——主义!"①所谓"悬挂在空中",其实就是对上海不能适应的状态。而一旦适应过来,梅行素就相信:"我们是要打劫整个上海的心,要把千万的心捏成为一个其大无比的活的心!"②在她眼皮底下,整个上海幻化为一个总体,不再散落于文明、市侩、拜金主义……的迷宫中;而她参与掌握着这一总体。当徐自强试图携少校连长及革命军人之威观看梅行素裸露的身体时,"空中旋起一声惊人的冷笑——是那样毛骨耸然的冷笑",他不由得惘然,忸怩。而梅行素虽然也受到徐自强骚扰的影响,但一听到"怒潮一样的人声","她的热血立刻再燃起",她决绝地"向左走"了。③ 虽然梅行素在人群中认出梁刚夫的细节不能直接决定她是否接受集团主义意识形态,但却是其中具有纽带性作用的一环。在《子夜》中,茅盾叙述了另一个外来者在人群中识别熟人的细节,即吴蕙芳在公园中发

① 茅盾:《虹》,第254—255页,上海:开明书店,1930年。
② 茅盾:《虹》,第263页。
③ 茅盾:《虹》,第270—272页。

现出跳水自杀改为临水赋诗的范博文。吴蕙芳虽然认出了范博文,但由于自己缺乏梅行素那种"向前冲"的勇气,无法进一步深入了解范博文。从此之后,吴蕙芳发现自己再次陷入对于上海的不适感之中,只能以各种方式逃避上海,比如捧起吴老太爷的《太上感应篇》,比如接受张素素的邀请,离家出走。在茅盾的虚构上海中,认出人群中的人,变成了一次零和博弈,要么从此把握上海的总体,全身心地适应上海时空,要么从此与上海完全隔绝,漂浮在上海时空之外。

穆时英与茅盾相反,在《中国一九三一》的断片《上海的狐步舞》中,他延续了熟悉上海街头所有细节的风格,精心穿插了一次误认。一个作家正在都市街头搜检小说材料,构思小说布局,被一个老婆儿拉住,要求去她家帮忙看一封信。作家很兴奋,以为珍贵的小说材料要到手了。他们在胡同口的路灯下遇见一个女人,老婆儿说那是她媳妇,信在媳妇那儿,又说儿子被抓了,婆媳四天没吃东西了。作家想到人道主义,更想到上好的小说材料。这时,老婆儿说:"先生,可怜儿的,你给几个钱,我叫媳妇陪你一晚上,救救咱们两条命!"[1]一个追求熟悉上海并且要描写上海的作家,却被穆时英布置在信息识别错误的陷阱中,这意味着在穆时英看来,上海的机关陷阱太多,虚构上海是不可能的。但是,穆时英自己正在虚构上

---

① 穆时英:《上海的狐步舞》,《公墓》,第 209—210 页,上海:现代书局,1933 年。

海地图,而且用的是熟知一切的笔触进行描写,这便构成了深刻的自我矛盾。事实上,就连这次误认,穆时英也是用熟知一切的笔触描写的,他字里行间的反讽暗示读者,误认必然发生。这说明穆时英不是要通过这一误认来审视自己,而是要讽刺他人。穆时英赋予了作家下列心理活动:"第一回巡礼赌场第二回巡礼街头娼妓第三回巡礼舞场第四回巡礼再说《东方杂志》《小说月报》《文艺月刊》第一句就写大马路北京路野鸡交易所……不行——"①后半部分很容易让人联想到茅盾和他的《子夜》。与茅盾青年时期始寄居上海相比,穆时英自幼在上海长大,的确难免有本地人看外来者的优越感。因此,隐隐约约地,穆时英讽刺的笔锋扫向了茅盾。

不过,穆时英有意识地指向他人的叙事行为,很可能潜意识地捎带涉及了他自己。穆时英曾被期待为左翼的后起之秀,但他自己却说"二十三年来的精神上的储蓄猛地崩坠了下来,失去了一切概念,一切信仰;一切标准,规律,价值全模糊了起来"②,"我不会有一种向生活、向主义的努力"③,"我是过着二重,甚至于三重,四重……无限重的生活"④。虽然价值、信仰、立场上的摇摆未必直接意味着误认上海都市日常

---

① 穆时英:《上海的狐步舞》,《公墓》,第208—209页。
② 穆时英:《自序》,《白金的女体塑像》,上海:现代书局,1934年。
③ 穆时英:《关于自己的话》,《现代出版界》第4期,1932年9月1日。
④ 穆时英:《我的生活》,《现代出版界》第9期,1933年2月1日。

生活的细节,但却必然导致缺乏判断,无法在总体上虚构上海。穆时英试图在虚构上海的纷繁物象之间构建一以贯之的联系,最终却只能以重复的修辞手段完成表面的勾连。在《中国一九三一》中,他试图寻找"都市生命线",却省略了资本家刘有德与码头工人关系的叙述。在《上海的狐步舞》中,穆时英一开始就给了个全称判断:"上海。造在地狱上面的天堂!"①但这个判断很难说在接下来的描写中落到了实处;穆时英既将午夜狂欢的男女视为该下地狱的男女,又将工厂视为地狱,说明他确实"一切标准,规律,价值全模糊了起来"。而且,不同的场景片段,穆时英只是以"我爱你呢"、"嘴角浮出笑劲儿来"等作为贯穿线索,实在过于表面化,没有勾连关系的力量。因此,尽管穆时英自幼生活在上海,熟知上海街头的所有细节和秘密,还是有可能在总体的意义上误认城与人的关系。更进一步来说,他所描写的本地人与上海的关系,在总体的意义上,乃是陌生人与上海的关系。穆时英在根本上失去了把握上海的能力,但这并非因为他不熟悉上海,而是因为他太熟悉上海,然后迷失于其中。

3. 时空的重获与迷失

迷失在上海之中的穆时英,正如史书美所说的那样,其

---

① 穆时英:《上海的狐步舞》,《公墓》,第194页。

虚构上海"以对飞奔的火车、不停闪烁的霓虹灯、疾驰的汽车、旋转门和电梯等等现代技术标志的描写,展示了都市生活令人眩晕的速率。散落在这些现代性标志之中的是与之相互融合的人性特征"①。在时间的轴线上,穆时英将一切空间毫无征兆地拼贴在一起,彼此毫无联系,也毫无冲突,但却融合无间。他描写了一切,也抽空了一切,唯独以重复的修辞方式并置一切空间场景。虽然在《中国一九三一》中,穆时英以码头工人的劳动为都市生命线,以镇为上海与农村之间的桥梁,但很难说穆时英洞察其中真正的区别。在这个本地人眼中,一切都像在家里一般熟悉,一切又都特别陌生;时间流驶,空间变换,一切还是那么熟悉,一切又还是那么陌生。

　　茅盾以截然相反的方式叙述了上海时空。在《虹》中,他将梅行素叙述成空间依赖者,却会随着时间变化,开始是漂浮在上海时空之外,中间是迷失在上海时空之中,最后是把握了上海时空的总体,展开了一个深具典型性的都市认知过程。《虹》第一章叙述梅行素在长江上出了夔门的未来想象:"从此也就离开了曲折的窄狭的多险的谜一样的路,从此是进入了广大,空阔,自由的世间!"②她以为上海之大,必能找到她所合意的生活方式,事实上却发现上海太复杂,容易迷路。她

---

　　① 史书美著、何恬译:《现代的诱惑:书写半殖民地中国的现代主义(1917—1937)》,第 371 页,南京:江苏人民出版社,2007 年。
　　② 茅盾:《虹》,第 13 页。

向来"换一个新环境便有新的事情做",但到上海却自觉成了一面镜子,照见别人,却不见自己。① 梅行素在上海照见了一切,而自己却在一切中隐形,这的确是非常特殊的体验。在此意义上,梁刚夫对她的批评可谓一针见血:"就是太复杂。你会迷路。即使你在成都也要迷,但是你自己总觉得是在家里。"②梅行素所以能够自信"换一个新环境便有新的事情做",很可能就是因为"自己总觉得是在家里"。在去上海前,她的生活是"只有过男子们来仰望她的颜色",的确有点家中女王的意思,梅行素有足够多的经验来应对问题;或者,她不需要多少经验就能应对问题。但是到了上海之后,"真是时代环境不同了",她"看不透人家的秘奥",没有经验可用以应对了,于是不期然成了镜子。③ 韦玉、柳遇春、徐自强、陆校长、李无忌、惠师长……不见了,出现的是幽灵一样的梁刚夫。于是,为了适应上海,梅行素试图像镜子一样照见别人,侦知一切秘密,但却发现自己的主体性消失了;同时,她试图对上海做出一个全称判断,将上海概括为市侩式的拜金主义,却发现自己的判断是无效的。在意识的主体和客体两个层面上,梅行素都丧失了完整性,漂浮在上海时空之外。因此,作为一个空间的依赖者,她决定搬家,她希望借此摆脱镜子的命运。尽管其搬家有着从上海意识形态地图的右边搬到左边、从自

---

① 茅盾:《虹》,第222页。
② 茅盾:《虹》,第191页。
③ 茅盾:《虹》,第193页。

由主义到集团主义的意义,事实上却是寻找"在家里"的感觉。从谢诗人家搬出来,原是为了去除腻烦不适之感,与能够形成共同话题的黄因明同住。但是梅行素并未找到"在家里"的感觉;同住之后,自己与黄因明也陡生隔膜。梅行素感觉到前所未有的凄凉和孤独:"这是有生以来第二十三个冬呀!在自己的生命中,已经到了青春时代的尾梢,也曾经过多少变幻,可是结局呢?结局只剩下眼前的孤独!便是永久的孤独了么?是哪些地方不及人家,是哪些事对不起人,却叫得了孤独的责罚呀?"①她感觉到不可抗的力和看不见的怪东西在推动她一直往前;她只能祈祷,而且"浮沉在这祈祷中,空间失了存在,时间失了记录"。② 梅行素彻底迷失在上海的时空之中。如果说在进入上海都市之前,她还相信进入新的空间就能获得展开时间的可能,空间意味着时间,在这之后,梅行素就只有凭严肃的现实推动着前进了。她的自由意志失去作用,只能接受充分的历史化和革命化,否则就要失去时空。而且,即使意识形态提供安宁之后,梅行素重获时间,看到上海的总体,却完全牺牲了自己,将自己交给了第三个恋人——主义。不过,在"五卅"的风雨之中,她又始终牵挂着梁刚夫。她的意识始终被多股力量撕扯着,构不成主体的完整性。因此,在最根本的意义上,空间并不意味着方向,也不能换来时

---

① 茅盾:《虹》,第235页。
② 茅盾:《虹》,第236—237页。

间。梅行素必须正视这一残酷的现实,也正是觉悟了这一残酷的现实,梅行素才从内室的情感纠葛中挣扎出来,走上革命的风雨街头,汇入人群之中,得到真正的"在家里"的感觉。当然,这种感觉是暂时的,她必然重新进入内室密谋革命,经历新一轮的挣扎。

梅行素一旦通过集团主义意识形态把握住上海的时空,就摆脱了镜子的窘境,在街头人群中看见了时间:"对面先施公司门楣上的大时钟正指着三点另几分。"①《虹》的叙事之流停止在大时钟的时间上,的确别有深意。从形式上来说,尽管尚未完成,如第七章末尾所预叙惠公馆之事未能兑现,但目前的结尾已有比较饱满的形式感。在这个意义上,陈建华对《虹》的评价值得注意。他认为茅盾在《虹》里终于意识到,"对于小说来讲更重要的是空间,'方向'才是革命文学的生命和灵魂。无论女性和时间都必须匍匐于方向的操控,在叙述中处处表现出断裂和错置,成为被放逐或被肢解的指符"。② 但是,梅行素从对空间的依赖中挣脱出来,意味着空间也匍匐于陈建华所谓"方向"的操控,并不比时间重要。叶圣陶《倪焕之》倒是一个能支持陈氏观点的文本,倪焕之加入集团主义运动之前,认为乡村比城市美好,而之后则认为乡土气味是落后了。而且,

---

① 茅盾:《虹》,第 272 页。

② 陈建华:《革命与形式:茅盾早期小说的现代性展开(1927—1930)》,第 203 页,上海:复旦大学出版社,2007 年。

所谓"方向",就是"集团主义"或无产阶级意识形态,对于茅盾而言,亦非能脱离时间而存在之物。因此,充分重视《虹》并置蜀中和上海两个空间是相当必要的,却不可因此否认时间的意义。

其实,《虹》作为茅盾的心灵形式,不仅是其1929年初时间意识的产物,而且是其重获时间的实践形式。正是通过梅行素摆脱镜子式窘境的努力,茅盾找到了劈开现实混沌状态的斧头。茅盾曾经认为"文学是个杯子,文学就是杯子在镜子里的影子"①,认为"文学决不可仅仅是一面镜子,应该是一个指南针"②,而随着《虹》的完成,他在反对左拉、莫泊桑式的自然主义时说:"文艺不是镜子,而是斧头;不应该只限于反映,而应该创造的!"③在评价高尔基时更说:"文艺作品不但须尽了镜子的反映作用,并且还须尽了斧子的砍削的功能;砍削人生使合于正轨。"④由此可知,梅行素摆脱镜子式窘境,对于茅盾而言,意味着多么丰富的内容。它不仅是梅行素重获时空的路径,也不仅是茅盾再次确认集团主义的方式,更是茅盾接受以高尔基为代表的新写实主义文学的方式。通过《虹》的完成,茅盾扬弃了左拉和托尔斯

① 茅盾:《文学与人生》,见松江暑期演讲会编《学术演讲录》(第一二期合刊),第16页,上海:新文化书社,1926年。

② 茅盾:《文学者的新使命》,《文学周报》第190期,1925年9月30日。

③ 方璧:《西洋文学通论》,第322页,上海:世界书局,1930年。

④ 沈余:《关于高尔基》,《中学生》创刊号,1930年1月1日。

泰,接近了高尔基。虽然作为一部寓言式的作品,《虹》本身不能取得与高尔基作品的家族相似性,但它预示着茅盾未来发展的前景,很有可能是高尔基式的。[1] 事实上也正是如此,经历过《路》(1930)和《三人行》(1931)的尝试,茅盾可能察觉到通过一个知识分子式的人物来写全社会的形式,已然没有什么可能,乃决心以阶级分析的方法、全景式地叙述中国,这就是《子夜》。

4. 总体性与碎片化

茅盾通过叙述外来者梅行素在上海的时空体验,不仅使她自由汇入上海街头的人群之中,而且在虚构的意义上把握住了上海的总体。因此,虚构上海对于茅盾而言,虽然也在高速运行,但却清晰可辨,层次井然,如同其《子夜》所呈现的那样。在这里,茅盾表现出与穆时英完全相反的写作立场。穆时英是想在其虚构上海中精细地描写每一个细节,描红上海地图的每一个角落,最终却陷落其中,完全丧失对上海都市边界的把捉。茅盾则不是要熟悉上海,他有更高的目的,就是征服上海,在虚构的意义上将上海作为一个总体把握在手里。因此,在《子夜》中,茅盾通过大结构套小结构的叙事技巧,不

---

[1]　关于茅盾与俄罗斯文学的关系,可参考周燕红:《从“为人生而艺术”到“为无产阶级而艺术”——关于茅盾对俄罗斯文学接受问题的研究》,首都师范大学硕士学位论文,2005 年。

仅将各个阶级绾合在一起,构建起坚实的阶级关系,而且宣示了下层阶级的兴起①。

　　如果说穆时英缺乏勾连上海都市消费性与生产性的线索,无法(或回避)构建刘有德与工人的关系,茅盾则在《子夜》中以极大的艺术勇气和信心完成了二者的勾连,从而使虚构上海的地图变得完整。为了勾连上海消费性和生产性的两面,有效地进行形式化,茅盾首先将各个人物都变成了镜子。《虹》中梅行素憎恶自己在上海变成镜子,侦知他人秘密的同时却失去自我的主体性,《子夜》中人物则恰恰相反,几乎都津津乐道于掌握他人的秘密,并且善加利用,或者邀人分享,或者用自牟利。这样一来,《子夜》的每个人物都同时处在好几个周围人的观察中,且观察到的内容都不一样;主要人物如此,次要人物也是如此,甚至保镖老关、仆人王妈都被多种眼光看着。而同样的事件,也被不同的人群讨论,形成不同层次的意义。因此,整个文本仿佛是镜子的丛林,人物在互相映照中显现立体的形象,事件也在多层的解读中发生意义,幽暗秘密的角落也得以照亮,而整个小说因此拉伸出极为深邃的景深,似乎整个上海是透明的晶体。不过,这些都并未超出现实主义小说的技巧范畴;甚至不妨认为,《红楼梦》和《海上花列传》都远比《子夜》精致。

　　但有区别的地方也正在这里,扮演镜子的人物在《红楼

---

　　①　吴组缃:《子夜》,《文艺月报》创刊号,1933 年 6 月 1 日。

梦》《海上花列传》等小说中只是扮演镜子,而在《子夜》中,更重要的功能是扮演斧头,劈开现实的混沌状态,在看似没有关系的地方构建关系,在看似没有故事的地方发现故事。例如在《红楼梦》中,楔子里的和尚、道人、作家只负责开头引出故事和最后收束故事,第一回里的贾雨村和甄士隐也如此,当故事进入叙述流程后,这些功能性人物就几乎不再发生中介作用,干涉情节发展。《子夜》并不如此,隐含作者始终干预叙述的流程,同时进行人物的褒贬,不停打破非个人叙述(impersonal narration)和戏剧化叙述(dramatic narration)的假象;而范博文、费晓生、李玉亭、刘玉英、吴芝生、杜新箨等人物四处游走,不仅是因为他们职业所需或无所事事,而且是因为他们负载着建立关系、发现故事的使命。例如弹子房里资本家"死的跳舞"和大街上纪念"五卅"的游行,如果不是范博文、吴芝生等一干闲人到处游走,就难以缝合在小说形式的一致性中。而交易所的明争暗斗,如果不是刘玉英楔入吴荪甫与赵伯韬之间,也将艰于展示经济生活中的人性质素。更需指出的是,如果没有收账的费晓生和逃难的曾家驹,双桥镇上的农民暴动将完全游离《子夜》的整体故事。《子夜》因此得以在全景式的场景描写、局部的场景描写和细部的心理描写之间自由切换。的确,《子夜》既不单纯遵循中国古典小说叙事技巧,也不盲从福楼拜小说所开启的现代小说传统,而是根据《子夜》的故事量体裁衣,融汇了各种小说形式以构建自己的形式。不管《子夜》的形式是否成熟,其创造性是值得注意的。

　　而在建立联系、发现故事的同时,茅盾毫不客气地将封建
地主、资产阶级政客、民族资本家、小资产阶级知识分子、资本
家的各类清客和帮佣……简言之,半殖民地半封建上海的几
乎一切阶级,都封闭在"子夜"里。略有些费解的是,大买办
资本家赵伯韬似乎一直安然无恙,周仲伟、吴荪甫也次第在买
办化之后从困境解脱出来。然而,叙事者以不断驱动人物讨
论中国命运、国家权利、帝国主义、爱国等话题的方式避免了
不必要的认同暧昧,同时暗示着要获得未来,必须打倒帝国主
义。在如此全景式地呈现上海各阶级末路的中途,叙事者开
始以越来越多的篇幅叙述裕华丝厂女工的罢工运动。《子
夜》第一至九章中,只有两章以工潮问题为核心情节,第十至
十九章却有六章以工潮问题为核心情节,而且还直接叙述了
罢工的组织过程、领导者的努力和女工的觉悟。这意味着
《子夜》意图暗示,只有在全景式地呈现了各个阶级的状况,
标识各个阶级的末路之后,才能从资本主义制度中解放出来;
而解放的路径,就是集团主义运动,只有集团主义能构建远
景。大都市上海因此被压缩成阶层分明的客体,小说形式的
完整性在碎片中拼合出来。

　　相比之下,穆时英的虚构上海显得"不结实,不牢靠"①,

---

　　①　沈从文:《论穆时英》,《沈从文全集》第 16 卷,第 233—235 页,
太原:北岳文艺出版社,2002 年。

彻底碎片化,黄震遐在《大上海的毁灭》中虚构上海的方式也
过于简单。黄震遐以书信来往的方式构建十九路军抗日与上
海都市生活的联系,并且以二元对立的方式,分出两种人:
"租界,好像一道万里长城似的,划分开这两种的人类——一
面是演说,争辩,谩骂,而另一面则为牺牲,流血,奋斗。"①这
种划分虽然并非毫无意义,但确实过于简单地将上海劈成了
两半。而且,与穆时英的虚构上海有类同之处的是,黄震遐也
耽于描写上海都市的声色繁华,如详细描写露露的肢体,这些
描写很难说是小说形式的有机组成部分。在这样的比照中,
茅盾《子夜》宣示下层阶级兴起的诗情愈发显得弥足珍贵。
卢卡契曾说:"作品中盛行的描写不仅是结果,而且同时还是
原因,是文学进一步脱离叙事旨趣的原因。资本主义的散文
压倒了人的实践的内部的诗,社会生活日益变得残酷无情,人
性的水平日益下降——这都是资本主义发展的客观事实。从
这些事实必然产生描写的方法。但是,这种方法一旦存在,一
旦为重要的、有坚定风格的作家所掌握,它就会对现实的诗意
反映产生影响。生活的诗意的水平低落了,——而文学更加
速了这种低落。"②穆时英尽管有坚定风格,但并未成为中国

---

① 黄震遐:《大上海的毁灭》,第210页,上海:大晚报馆,1932年。
② 卢卡契:《叙述与描写——为讨论自然主义和形式主义而作》,
见中国社会科学院外国文学研究所外国文学研究资料丛刊编辑委员会
编《卢卡契文学论文集(一)》,第56页,北京:中国社会科学出版社,
1981年。

现代小说史最重要的作家之一,而茅盾则恰恰是中国现代小说史最重要的作家之一,并引领了重要的小说传统,因此不能不说虚构上海的研究,并未完全成为资本主义散文的研究,有其重要的历史依据。

后　　记

　　出这样一本小书是很偶然的,多多少少跟诗有关。2017年10月应段王爷邀去成都开会,会场上遇到此前微信交流过的范雪,送我一本她的诗集《走马灯》。很有意思的一本诗集,虽然看不大懂,但还是看了下去,还写了一则读后感。没想到范雪对我写的读后感很有兴趣,《走马灯》的编辑古冈也有兴趣,他们把读后感拿去《书城》杂志发表了。后来就由范雪介绍,我认识了古冈,了解了作为编辑的古冈和作为诗人的古冈,很有意思的一个人,偶尔会向他请教,聊聊诗歌和上海。古冈老师是华东师范大学出版社六点分社的编辑,于是不免聊到六点出的一些书,我的印象是很好的。大概算是说话入港,就说自己也有一点几万字的东西,是谈茅盾的。令人意外,古冈老师居然表示了兴趣,我就回头把稿子整理出来发给他。过了一段时间,就得到了和六点分社社长倪为国见面的机会。是在上海寒冬的下午，古冈老师带我去了倪为国先生的办公室。倪先生谈笑风生，烟灰茶水间，布鲁姆的《西方正典》和夏志清的《中国现代小说史》都成佐料，而瞩望我辈写中国的左翼文学正典。我写的一点点茅盾，虽然构不成材料，但也终于变成一本小书，得其风会了。

至于小书里的内容，确也不成气候，不过是对茅盾的一些长篇小说的简单解读，而且忽而"旧小说"，忽而"时间意识"，忽而"助手"，忽而"虚构上海"，也有些不成体系。想起最初的构思来，那时要"财大气粗"得多。伊恩·瓦特写了一本《小说的兴起》，将英国现代社会的兴起和小说的关系说了一遍，我很是赞佩，颇想学范写一本中国现代社会的兴起与小说的关系。其中核心的线索自然是不一样的，在英国是个人主义，在中国，则无论维多利亚时代的英国对中国有何影响，无论老舍和张爱玲的写作汲取了多少英国的营养，似乎还是集体主义更成线索。虽然五四被认为是一个个人主义和人类主义的时代，缺少集体的维度，但在中国现代的长篇小说中，好像并没有多少相应的呈现。实际上，周作人1918年在《人的文学》里主张的"个人主义的人间本位主义"，倒更像是某种时代的症候，在叶圣陶的长篇小说《倪焕之》里，就表现为时代疾病，在老舍的长篇小说《骆驼祥子》里，更表现为一种末路，更不要说在左翼作家的文学表达中，周作人式的文学理解始终是被攻讦的对象。在英国，克鲁索可以征服一座岛，在中国，祥子征服不了一辆车。我想说清楚这些问题，为什么受英国影响、奉康拉德为圭臬的老舍要反思个人主义？为什么具有中国现代长篇小说起源意义的《倪焕之》和茅盾的《蚀》三部曲都将个人主义的人处理为需要克服的对象？我把时段拉长，一头递给梁启超的《新中国未来记》，另一头递给赵树理的《李家庄的变迁》，两头一拉，线索似乎就很清晰了，现代中国人发现只有以群体的方式才能撑开生存的空间，才能进入人类的历史；假如那个"人类的历史"是西方中心主义的历史的话。这一切很尴尬，尤其是让个人主义的信徒很尴尬，长篇小说似乎从文学的桌面上撤离了，进入了浑浊的、庸俗的、娱乐的或革命的泥淖，不能带给人"澡雪精神，疏瀹五藏"的审美感受了。

　　而我所感到尴尬的是，掉进了一个巨大的黑洞，捡拾不起合适的概念和结构来表达我的意见。我曾经从一个无政府主义者的小册子里扒拉来一些词汇去讨论问题，但最后还是删汰净尽，毁尸灭迹了。我在这里重提一下这本小册子，萧子升的《时间经济法》，作者 1916 年写来自我修身和管理的小册子，其中关于"个人时间"和"群众时间"的分法，大概还是有一些理论的魅力。一个无政府主义者也许想从"群众时间"中挣脱出来，独享"个人时间"的秘密，但后来者却往往愿意将"个人时间"祛魅，将"群众时间"视为拯救的道路。在赵树理小说《李家庄的变迁》中，曾经出现在前景的铁锁和小常，随着小说叙述的深入而退入背景，这大概是个人拯救之路的形式表现。它不像伊恩·瓦特所研究的英国小说那样，主人公一贯到底,它叙述的事情和历史似乎都大于人;其实,是大于抽象的人,大于周作人所说的"个人主义的人间本位主义"的人,而不是大于一切社会关系总和的人。

但每个人似乎都不愿意只在一切社会关系总和的意义上生存,那样可能太客观、太理性了,像一种怪物,反而更愿意没来由地任性和恣睢,甚至发明了各种各样的话语来自我解释,终于因为回到动物本身而高于动物了。我也很艳羡和沉溺于这种动物般的生存,将个体经验反复抽象,像一个物自体一样反复循环,说了很多,却并不存在。

那天下午出了倪为国先生的办公室,古冈老师就领着我走进上海的冷雨夜,在华东师大南门附近的阿牛利兴餐厅吃饭,他请客,出版社的施美均作陪。那是一个流传着丽娃河畔的种种风流韵事的小馆子,古旧而充满热情。时间是 2020 年 1 月 16 日。

我感谢一切的遇合,感谢诗人范雪牵线搭桥,感谢诗人古冈成为这本小书的产婆,感谢华东师范大学出版社六点分社的成全。

最后,我要感谢我的导师吴晓东先生,他当年伸一只手将我拉出那巨大的黑洞,使我告别不切实际的学术幻想,如今又答应为这本不起眼的小书写序。

2020 年 12 月 26 日于中关园

图书在版编目（CIP）数据

黄金和诗意：茅盾长篇小说研究四题/李国华著.
--上海：华东师范大学出版社，2022
ISBN 978-7-5760-2671-9

Ⅰ.①黄…　Ⅱ.①李…　Ⅲ.①茅盾（1896－1981）—
小说研究　Ⅳ.①I207.42

中国版本图书馆 CIP 数据核字（2022）第 034661 号

华东师范大学出版社六点分社
企划人　倪为国

本书著作权、版式和装帧设计受世界版权公约和中华人民共和国著作权法保护

六点评论
黄金和诗意：
茅盾长篇小说研究四题

著　　者　李国华
责任编辑　倪为国　古　冈
责任校对　彭文曼
封面设计　卢晓红

出版发行　华东师范大学出版社
社　　址　上海市中山北路 3663 号　邮编　200062
网　　址　www.ecnupress.com.cn
电　　话　021－60821666　行政传真　021－62572105
客服电话　021－62865537
门市（邮购）电话　021－62869887
地　　址　上海市中山北路 3663 号华东师范大学校内先锋路口
网　　店　http://hdsdcbs.tmall.com

印　刷　者　上海盛隆印务有限公司
开　　本　890×1240　1/32
插　　页　1
印　　张　5.25
版　　次　2022 年 7 月第 1 版
印　　次　2022 年 7 月第 1 次
书　　号　ISBN 978-7-5760-2671-9
定　　价　52.00 元

出　版　人　王　焰

（如发现本版图书有印订质量问题，请寄回本社客服中心调换或电话 021－62865537 联系）

明显的教诲仅仅视为显白写作而摈除开去,然后转而在字里行间发现隐微教诲。"如果迫害与字里行间的写作方式之间确实存在着必然的关联,"施特劳斯写道,"那就有一个不可缺少的负面标准(negative criterion),有关的书必定是在一个盛行迫害的时代写成的,也就是说,是在一个利用法律或惯例推行某种正统的政治观点或其他正统观点的时期写成的"(页32)。

然而,施特劳斯根本不曾在任何地方真正建立起"迫害与字里行间写作之间的必然关联";他表述的是,迫害是隐微写作实践的充分条件,但不是必要条件,别的现象也能导致这种实践。施特劳斯自己把这种可能性表述为对隐微写作必要性的第二种解释,这种解释出现在《迫害与写作艺术》一文的末尾,在施特劳斯的其他写作之中这一解释占据主导地位。这种解释并不依赖于迫害这种有条件的事实,而是依赖于设想出来的关于政治与哲学生活本质的不移真理。正如施特劳斯在《注意一种被遗忘的写作艺术》一文中所言:

> 在研究某些早期思想家时,我渐渐意识到理解追求真理(哲学或科学)与社会之间的关系的这种方式:哲学或科学,作为人的最高级活动,试图用关于"万物"的知识(knowledge)取代关于"万物"的意见(opinion);但意见是社会的基本要素(element);因此,哲学或科学的努力就会瓦解社会所赖以生存的基本要素,于是便危及到了社会。①

从社会与哲学的必然对立中得出的隐微论和仅仅从迫害的偶然事实中得出的隐微论之间有着根本差别。哲学与社会之争"是

---

① Leo Strauss,《什么是政治哲学》(*What is Political Philosophy? And Other Studies*. Chicago, 1988),页221。([译按]下文皆采用林志猛的译本,《什么是政治哲学》,华夏出版社,2011年。)

必然的……如果社会的基本要素必然是意见"①,那么其所导致的隐微写作也就是必然的,而迫害导致的隐微写作则是"偶然的"。巴格雷(Paul J. Bagley)因而将施特劳斯所描述的第一种写作方式称为"有条件的隐微论",第二种则是"无条件的隐微论"②。不仅之前所讨论的那种"被动性的原则"不能与后面这种隐微论相融贯,而且从后面这种隐微论中根本得不出这类"被动性的原则"来,因为这种论点认为隐微写作是"无条件的"——或者更为恰当地说,是对一种在任何时候都具备必然性的条件状况的回应。③智慧的人总会看到在政治意见与哲学真理之间的永恒斗争,也就会进而选择隐微地表达各种各样的真理,"即便并没有什么特定的政治势力让他们感到惧怕"(《迫害与写作艺术》,页34)。在"自由"(liberal)时代生活的智慧之人也会隐微写作,不是因为害怕,而是因为要尊重这个性属政治的社会与作为这个社会之"本质"而必然存在的诸意见。事实上,由于已经明白了哲学与政治的本质差异,在自由社会中能够实现绝对自由并足以拒绝社会意见的智慧之人将会追问的乃是"这种极端自由主义(extreme liberalism)的智慧"(《什么是政治哲学》,页224)。进而,他们隐微写作不是因为他们生活在走了错路和歪路的政权之下,而是因为他们根本就无视政权。

　　施特劳斯呈现这两种论点的对立是出于隐微论自身的需要,进而也就说明了隐微论的特质,这一对立和施特劳斯讨论过的其他对立一样乃是古今之争("古"在施特劳斯那里是一个包括所有

---

① 《什么是政治哲学》(*What is Political Philosophy? And Other Studies*),页229。

② Paul J. Bagley,《论隐微论的实践》("On the Practice of Esotericism"),《思想史杂志》(*Journal of the History of Ideas* 53:2 [1992]),页246。

③ 我想要感谢本文的一位匿名评审向我指出,严格地说来,此处讨论的隐微论的观念事实上并不是"无条件的"。它仍然是对某些条件的回应,尽管这些条件是必要的,并且无法改变。

前启蒙思想家、包括中世纪的概念）。"无条件的"隐微论从柏拉图的《书简七》(*Seventh Letter*)中获得启发,并在一些非基督教的中世纪哲人如迈蒙尼德和法拉比那里得到最清晰的表述,①而"有条件的"论点则带有大量的启蒙时代特征,②所以,似乎有理由说明,施特劳斯对待隐微论的争议性表述乃是在当代对"古今之争"(querelle des anciens et des modernes)这一宏大现象的再现。

---

① 见柏拉图,《书简七》341c-3,柏拉图在其中说道,某些真理不会"带来好处给任何人,除了那些少数只需一点指点便可自己发现真理的人"。奥博(Josiah Ober)曾与我就此谈话,并让我同意,无论如何,即使我们确定柏拉图的《书简七》是真作,也很难进一步证明柏拉图是无条件的隐微论的支持者。虽然像阿里斯托芬(Aristophanes)和伊索克拉底(Isocrates)这样的古代作家的篇章可以佐证这种隐微论,大部分的古典学家都相信这种隐微论只在较晚的中世纪作者那里才具备完整的形态。对这种"古代"的隐微论的最为清晰的中世纪论述可见于迈蒙尼德(Moses Maimonides)为《迷途指津》(*The Guide for the Perplexed*, Chicago: University of Chicago Press, 1963)所写的题献与第一部分的导言,页3-20。迈蒙尼德的隐微论与当前考察的施特劳斯的隐微论有强烈的可比性(parallels),这方面的阐释可见我的《对迈蒙尼德〈迷途指津〉的隐微特质的批判性价值重估》("A Critical Re-Evaluation of the Esoteric Character of Maimonides' Guide of the Perplexed,"),载 Douglas W. Shrader 编《雅典娜的子嗣》(*Children of Athena*, Oneonta, NY: Oneonta Philosophy Studies, 1999)。

② 也许,在18世纪最为清晰对现代的、有条件的隐微写作的启蒙主义论说可能是托兰德(John Toland)的小册子《掌管钥匙的人,或论显白与隐微哲学,亦即,论古人的显白与隐微教义:一种是公开的、面向公众的,与大众的偏见和既有的宗教相协调;另一种则是私人且秘密的,少数有能力的离群索居之人借此学到脱去一切伪装的真理》(*Clidophorus, or, of the Exoteric and Esoteric Philosophy: That is, Of the External and Internal Doctrine of the Ancients: The one open and public, accommodated to popular prejudices and the Religions establish'd by Law; and the other private and secret, wherein, to the few capable and discrete, was taught the real Truth stript of all disguises*)。这本小册子的主旨是,隐微写作是一种只在审查的时代才有必要的时效性的措施,是一种促进自由思想的手段,最终将使得这种迫害、进而使得隐微写作的必要性都走向终结。帕特逊(Annabel Patterson)对此有相关论述,可见其《阅读字里行间》(Reading Between the Lines, The University of Wisconsin Press, 1993),页22、23。有意思的是,托兰德将他这种看法寄托于"古人"名下;而施特劳斯自然会认为,托兰德不外乎只能作为一个启蒙思想家的标准例证,而非一位关于前现代的隐微论的高明注疏者。

这一结论帮助我们更好地理解这两种论点,看清楚它们本质上是矛盾的,是根本不能彼此融贯的两个层次,却构成同一现象的错综复杂的原因。现代人会坚持"迫害说",因为根据启蒙运动的传统,"压制自由研究,压制自由研究成果的发表,这只是一个偶然现象,是政治体(body politic)结构不健全的结果"(《迫害与写作艺术》,第33页)。想要自由表达自己技艺的哲学家会把"启蒙"他们所在的城邦视为目标,致力于对政治制度中令城邦对真理产生敌意的那些错误导向进行修正(correct)。这也就意味着,社会其实能够以真理为基础得到建立,这种真理对于不具备哲学家特殊知识的大多数人来说也许是无法理解的,但是至少能够以"真的意见"的形式被他们承认为权威。隐微写作能够成为有力的工具,以创建这种以真理为基础的社会,因为这种隐微写作能够暗中批驳盛行的错误教条,同时又能让哲学家活着看见明天的太阳。这是一种特殊的隐微写作,而且,是一种特别弱(weak)的隐微写作。现代人总是无可避免地"隐藏他们的观点,但有一个限度:只要能尽量保护自己免遭迫害就足够了。他们如果做得比这更微妙(subtle)的话,就达不到启迪越来越多不具哲人潜质的人的目的了"(《迫害与写作艺术》,页34)。

另一方面,施特劳斯笔下的古代人则明白隐微写作之为必然永恒的原因。哲学与政治之争乃是一种本质性"鸿沟"(gulf)的结果,这种鸿沟"区分了'智者'与'俗众'……这是人类本性的一个根本事实,不管大众教育取得怎样的进展,都不会对它有丝毫影响。"(《迫害与写作艺术》,页34)。属于普罗大众(mass of humanity)的社会不会以真理为基础而得到建构,因为普罗大众会拒绝真理。他们的拒绝并非没有道理,因为除了对于被选定的少数人——哲人与潜在的哲人,真理总是必然会对其他的所有人有害。隐微写作进而是哲学共同体(philosophical community)中的众人用来交流危险的真理的一种方式,这一共同体囊括了在不同时间和地点彼此独立生活着的哲人们,但他们可以通过这种秘密的交流方式联合(united)起来。根据这一更强的(stronger)隐微写作论所写就的文本会比现代式隐微文本要复杂难解得多。隐微写作远非仅仅是一种启蒙工具,而是一种考验,一种允许进入秘密(反)社会的考验。

从这一区分之中,似乎可以发展出一种可能的对施特劳斯式隐微文本展开解读的路径。亦即:古典文本要被视为强隐微写作而解读,而在非自由政体之下写就的现代文本要被视为弱隐微写作而解读,若是在自由政体之下写就的现代文本,则根本无需字里行间地解读。这种路径的问题在于,它预设哲人被他的时代与地域的诸观念所限定,而这正是施特劳斯(至少是显白地)在诸多写作中曾毫不留情反对的那类历史主义思想。真正的智慧之人会从大众和他们时代知识分子精英的诸意见之中脱颖而出,拥抱实实在在的真理。由于施特劳斯的学生感兴趣的是解读真正智慧之人所写就的隐微文本,那么除非我们已经搞清楚这两种论点(根据施特劳斯的原意)何种为真,否则我们就不能发展出一种面对这些写作的施特劳斯式阐释学。

但是,施特劳斯某些关于隐微论主题的著作或许能启发我们拒绝任何在古今隐微论之间的截然区分,并依然相信施特劳斯的真实教诲无论如何乃是对这两种隐微论的综合或协调。其实,在施特劳斯关于隐微论话题的一次最早的探讨之中,即在 1939 年一篇讨论色诺芬《斯巴达政制》(*Constitution of the Lacedemonians*)的论文的末尾,就根本不存在古今隐微论的区分。①目睹了他们共同

---

① Strauss,《斯巴达精神或色诺芬的品位》("The Spirit of Sparta or the Taste of Xenophon"),载《社会研究》(*Social Research* 6:4 [1939]),我所谈论并引用的段落见页 534-535。([译按]中译参见陈戎女译本,载《经典与解释》第 13 期,华夏出版社,2006 年,页 30-32。)

的朋友苏格拉底被处死之后,色诺芬和柏拉图都意识到了(就像他们之前的希罗多德和修昔底德一样),哲学的不虔敬(impiety)乃是他们时代"遭遇迫害的主题"(subject to persecution);而隐微写作使得他们不再重蹈苏格拉底的覆辙。这样的写作"伴随着迫害的消失而同时消失,就像伴随着迫害的出现而同时出现那样。"

然而,施特劳斯坚持认为的是,"如果假设过去的哲人作者们仅仅是因为害怕被迫害而隐藏自己的思想,那可就太小瞧他们了。"相反,出于对真理总是与庸众不适宜这一观点的坚信,他们也会保守自己的真实教诲。根据这一论点,隐微写作"在一切哲学以其完全的和论战性的(challenging)意义上得到理解的时代,亦即,在一切智慧与审慎(moderation)无法分开的时代"是必不可少的。进而可以看到的是,隐微写作的消失不仅因为迫害的消失,还"几乎"(almost)伴随着这一现象的出现:"要求真诚但却必然缺少审慎的高级评论(higher criticism)和哲学体系获得了胜利。"

施特劳斯早期关于古今隐微论话题的探讨并非对古今隐微论的调和,而明显是对古典论点的表达。在关于这一现象的古典论点之中并没有否定存在着隐微写作乃是被设计出来回避迫害的可能性;施特劳斯描述了法拉比——强的、古典的隐微写作模式的最佳典型之一——的观点,即承认迫害本质上是实践隐微写作的充分原因,尽管是"最明显、最简单的(most obvious and crudest)原因"(《迫害与写作艺术》,页17)。同时,若是发现在哲学与社会的永恒鸿沟的基础之上也能够找到实践隐微写作的理由,即使回避迫害这种理由依然存在,依然可以将隐微论视作无条件的。进而可以明确的是,两种隐微写作论点根本不能真正地调和(be reconciled);这种实践基于社会与哲学的不移本性,进而要么是充分必要的,要么不是,而如果承认这一永恒的理由一直伴随着隐微写作的实践,那么根本不足以将几乎不怎么提到的迫害视作一种有条件的或者说"现代的"隐微写作论点。事实是,迫害的消失"几

乎"总是伴随着哲学审慎的消失,亦即,随着有关实践隐微写作的
"无条件的"原因的知识的遗失,一般看来,这使得施特劳斯 1939
年对此话题的讨论变得含混不明。尽管如此,色诺芬的隐微写作
的首要动机是考虑到社会与哲学的本性,这是毫无疑问的;可以说
迫害的偶然情况不定时地改变着他的选择,但即使没有迫害,他的
隐微写作也不会改变分毫。

　　对于一个古典作者来说这没什么可奇怪的,但在此值得注意的
是,施特劳斯在作为色诺芬之阐释者时,几乎从不提及古典的隐微
论,而总是在以自己名义进行写作时提及这一古人的说法,将其作
为对哲学的"整全"理解和实践的"审慎"美德的必然结论。诸如
德鲁里(Shadia Drury)这类试图把古典隐微论归于施特劳斯自己
的人,总是抓着施特劳斯写于 1939 年的文章不放,认为在这个文
本中,施特劳斯最为"明确地"提出了"隐微写作并不仅仅旨在逃
避迫害,还是一种职责,因为庸众不适宜真理"[1]的说法。施特劳
斯还存在着与之类似的、有时在某种程度上更为含混的看似对古
典隐微论的表达,这都散见于他关于这一话题的其他著作之中。[2]
事实上,如果"施特劳斯主义"被理解为对古典政治哲学的一次宏
大的、不加批判的回归的话,那么就可以认为,施特劳斯在隐微论
话题方面和在其他方面一样,是与古人站在一起的。[3]施特劳斯关
于古典隐微论胜过现代隐微论的观点也许恰好就是对他的隐微论

---

[1]　Shadia B. Drury,《施特劳斯与美国右派》(*Leo Strauss and the American Right*, New
York: St. Martin's Press, 1997),页 231。

[2]　这一类论说中最为清晰的一些可见于施特劳斯对莱辛(Lessing)的高度赞誉,他将
后者视为古典隐微论的最后一位伟大倡导者(也许在他之后就是施特劳斯了),因
为后者将隐微论视为"所有时代的一种可理解的必需"(《古典政治理性的重生》,
页 64[中译本页 116],亦见《迫害与写作艺术》,页 28)。莱辛究竟是不是古典隐
微论的倡导者,这尚还存在争议,可参见本文结论部分对《恩斯特与法尔克》的
讨论。

[3]　施特劳斯在这方面并非"施特劳斯派"的观点,见塔科夫,《论对"施特劳斯主义"
的某种批判》,本文脚注 5 业已讨论过。

的一般解释。其实"施特劳斯式"隐微写作的典型与反例都建立在这种古典的、无条件的隐微论基础之上，而不是施特劳斯同样描述过的那种现代的、有条件的隐微写作。①

然而，关键之处在于，在古今隐微论的表述之下，施特劳斯自己也应该是在隐微地写作。自然，古典的论点对处在他的时代的施特劳斯来说也是一种智性上的必然（intelligible necessity），就像对处于他们的时代的柏拉图或迈蒙尼德一样。即使是根据现代的隐微论来说，20世纪中叶美国的政治环境也不是那么自由，不能允许毫不隐微地表达思想。根据这种表述，迫害就正是隐微写作的前提，"涵括了多种多样的现象，从最残忍的类型（如西班牙宗教裁判所［Spanish Inquisition］）到最温和的类型（如社会排斥［social ostracism］"（《迫害与写作艺术》，页32）。正是根据这个原因，在现代的论点之下，隐微写作即使是在"相对自由的时期"也是必要的，在这一时期和地区之中，自由主义的标识所意味的都只是宗教自由，而"宗教迫害与对自由研究的迫害不是一回事"（《迫害与写作艺术》，页33）。还能回想起来的是，这种迫害也许正是由法律或习俗造成的。那些人开诚布公地在由法律保证言论自由之绝对权利的国家表达异端观点，"社会排斥"进而是他们的宿命。这并非是说不存在一个奉行"极端自由主义"的国家，在那里隐微写作变得完全没有必要。其实存在着这样的一些社会，

---

① 最开始是萨拜因（George H. Sabine）在为《迫害与写作艺术》所写的书评（*Ethics*, 63:3:1, 1953: 220–222, 页220）当中提出，现代隐微论及其对迫害的强调，充其量是施特劳斯对隐微论现象的真实看法的一个"附属"（incidental）观念。近来有一种将施特劳斯的隐微论等同于古典模式的施特劳斯派（pro-Straussian）看法，参见科岑，前揭。近来也有一种通过这一等同而反施特劳斯派（anti-Straussian）的看法，前面引用到的德鲁里就是如此，亦见帕特逊，前揭，页23–24。有意思的是，帕特逊本身是现代的、启蒙的隐微论的热情倡导者，她曾在托兰德那里发现这种隐微论，但是，她并不认为施特劳斯持有这种观念，而是根据后者在（宣称的）古典隐微论当中体现出来的反平等主义而抨击他。

"人们可以通过受到允许的写作抨击既有的社会或政治秩序及其赖以为基础的信念",而施特劳斯对这种社会给出的实例乃是"法兰西第三共和国和俾斯麦时代之后的威廉德国"(《什么是政治哲学》,页224)。他显然没有把20世纪的美国涵盖于其中。

没有把美国纳入其中,根据当时的历史环境,这尤为不寻常。不要忘了,《迫害与写作艺术》一文是一个德国犹太人难民所著,在美国参与二战之前不到一个月的时候首次出版。即使是最为正义的战争都会造成审查的出现和自由表达的贬值,这是一种必要的牺牲,以确保自由本身不受某些巨大危机(grave dangers)的伤害,这些巨大的危机正是施特劳斯在论文公开的字里行间中曾暗示过的。然而,即使是在战后,美国公共空间之中的自由表达离完全实现也差得很远。在1954年发表的《注意一种被遗忘的写作艺术》一文中,施特劳斯赞扬了这样一种人:他能够"对思想自由受到的当代威胁洞若观火……这些威胁不仅是由参议员麦卡锡这类人所引起的,某些坚持荒谬的教条主义的学术'自由主义分子'或'科学的'社会科学家们也难辞其咎。"(《什么是政治哲学》,页223)尽管在这种"温柔"迫害的现代论点之下,隐微写作也许并不具有那么强的必然性,但这毫无疑问也是一种隐微写作。

尽管我们尚无法确定应该把施特劳斯自己的隐微写作视为古典的还是现代的,但我们可以明确的是,不管在什么程度上,他的写作的确是隐微写作。这就和一开始的研究大相径庭;近年来许多最为深刻的施特劳斯注疏者们,其中既有敬仰者又有批判者,都从这样一个前提出发,即施特劳斯的著作有隐藏的教诲。其实,施特劳斯如今得到人们的怀念,并不仅仅因为他作为诸多政治问题的理论家,进而是一个政治哲学家(political philosopher),还因为他是一个有政治素养的哲学家(politic philosopher),是一个善于隐微言说和写作的大师级哲人。①进而,一个悉心的注疏者毫无疑问能够观察到,对于施特劳斯而言,隐微写作的哲学实践乃是"政治的"(political)哲学的本质,这也正是施特劳斯从法拉比那里观察到的(《迫害与写作艺术》,页18)。

大部分这样的注疏者坚持的共同观点是,施特劳斯乃是古典隐微论的拥护者,进而他是以一种强的隐微习惯在写作。②通过这种分析而看到的这个施特劳斯总是被视作某个秘密的尼采(secret Nietzsche),一个非道德论者和反平等主义者,对于他来说,柏拉图的哲人王乃是对"超人"的显白替换(exoteric stand-in),而返回古典自然法乃是对权力意志的替换。但施特劳斯与尼采的关键性不同在于,尼采是以奔放的德语散文(bold German prose)呐喊出他那可怕的真理的,施特劳斯则把他的真理隐藏在对传统经典浩瀚的学术笺释之中。换句话说,施特劳斯是古典模式的隐微写作者,而尼采持有现代观点;由于生活在魏玛德国,并没有对迫害的极大恐惧,所以,尼采似乎没有必要从事隐微写作。③朗佩特(Laurence Lampert)进而以尼采的名义攻击施特劳斯,认定施特劳斯表现出的是一种令人难以接受的"缺少勇气,以至于无法在历史的决定性瞬间展开哲学行动"。④

---

① "有政治素养的哲学家"的概念,见潘戈(Thomas L. Pangle)给《古典政治理性的重生》所写的导言,页14。

② 例如可见罗森,前揭,页117。

③ 正如本文一位匿名评审正确指出的那样,就在俾斯麦(Bismarck)下台那一年,尼采最终陷入疯狂并永远结束了他的哲学生涯。尽管尼采在俾斯麦德国时期进行写作,然而,他得到广泛的阅读,却在1890年以后。也许施特劳斯把"后俾斯麦的威廉德国"视为一个"人们能够通过一切人都能接触到的写作方式来攻击既有的社会或政治秩序以及其所依凭的诸信念"的时代与场合,这因而指的是尼采的著作流行开来的时代,而非这些著作被创作出来的时代。

④ Laurence Lampert,《施特劳斯与尼采》(*Leo Strauss and Nietzsche*, Chicago: University of Chicago Press, 1996),页184。

更为自由主义的德鲁里同样认为,施特劳斯是古典隐微论的实践者,并对之加以批判,但并非因为这种隐微写作表现出的缺少勇气,而是因为其中预设了极端的反平等主义,这种反平等主义在某些方面甚至比尼采的反平等主义更为彻底。德鲁里看到这种隐微论中暗藏着这样的玄机:"庸众与智慧之人之间的鸿沟是如此巨大",以至于"公民的规则是一回事,智慧之人和有力之人则拥有另一套规则。"①因而我们必须拒绝施特劳斯,因为,一旦接受了古典隐微论,也就意味着拒绝全人类唯一道德准则(single morality for all humanity)的正当性。当然,施特劳斯预见到了他的大部分现代读者都会对他的隐微教诲在道德上怒发冲冠,尤其是当这些教诲被理解为对古典的、强的隐微论版本的鼓吹时。"一个伟人居然会故意欺骗他的大多数读者,"他写道,"——每个正派(decent)的现代读者哪怕只是听到这样的暗示,就一定会惊讶不已"(《迫害与写作艺术》,页35)。德鲁里就对此惊讶不已,而尽管朗佩特这样的尼采主义者或许没有德鲁里那么"正派",但他们都找到了充足的理由以拒绝施特劳斯可能持有的古典隐微论观点。

然而,施特劳斯注疏者中的大多数人,无论他们是敬仰者还是批判者,在论证过程中都未能取得逻辑性的结论。如果施特劳斯的隐微教诲根据其他理由说来并非柏拉图式或古典式,而是尼采式或现代式的,那么我们也就必须考虑这种可能性,即,他关于隐微论本身的教诲也就并非古典式的,而是现代式的隐微写作。没有任何施特劳斯的教诲可以免于不被批判性地审读(scrutiny);通过这种审读,施特劳斯的所有教诲,包括对隐微论自身的教诲,都

---

① Drury,《施特劳斯的政治观念》(*The Political Ideas of Leo Strauss*, London: MacMillan Press, 1988),页195-196。亦见《施特劳斯与美国右派》,尤其第一章。

会自我揭示为用来隐藏更深邃、更隐微的真理的显白面具。①我们必须进而考虑一下巴格雷在他 1992 年论文的一个脚注中的观点，它可能是正确的："如果说施特劳斯要对什么负有罪责，那就是他以隐微的方式写作关于隐微论的内容。"②可惜的是，巴格雷更为关心的事情是如何让疑心重重的反施特劳斯派的人更加严肃地对待隐微论，而非阐明施特劳斯在这一话题上采取的立场，所以他也未能沿着这个思路走更远。

在我考察过的所有施特劳斯注疏者当中，罗森（Stanley Rosen）与巴格雷的观点最为相似。他写道，

> 带着对"早期"或前启蒙哲人的景仰，施特劳斯对隐微写作的启示，其自身便是隐微写作。

然而，虽然这么说，罗森并不是指施特劳斯关于隐微论的教诲本身或许仅仅就是显白的。毋宁说，罗森是在暗指，在对古典作家的评注之中，施特劳斯暗含的对这些作家的秘密教诲的理解也许是一种显白的谬误（exoteric falsehood），因为施特劳斯极有可能"并不知道原初的教诲"。罗森总结道，这种可能性"没有意义"，因为"为了搞清楚施特劳斯自己的思想，我们必须从他本人的隐

---

① 戈尔斯顿（Miriam Galston）在讨论迈蒙尼德、阿维森纳（Avicenna）和法拉比时也有相似的看法，认为若是一切作者的教诲也许不外乎是显白的，其下隐藏着隐微的真理，那么我们必然会想到存在这种可能性，即一个作者在隐微论主题方面的教诲也许其自身也不过是显白的。"应该考虑到这样的可能性，"戈尔斯顿写道，"并非出于邪僻的爱好，而是要根据他们自己的方式来对待其著作［亦即那些中世纪隐微写作者］的必然结果。"见《政治与卓越：阿尔法拉比的政治哲学》（Politics and Excellence: The Political Philosophy of Alfarabi, Princeton: Princeton University Press, 1990），页 53。

② Bagley，前揭，页 240。施特劳斯自己赞许莱辛为"以字里行间的方式写作，以谈论字里行间写作的艺术"，其秉持的强的、无条件的隐微论使得这一原则充斥着"他的文学活动"。《古典政治理性的重生》，页 64。

微写作实践出发",这指的是,他对强的、古典的隐微写作模式的
实践。①虽然他一直想要纠正对施特劳斯几乎所有文本的通常理
解,罗森却没有想要纠正对施特劳斯关于隐微论的写作的通常
理解。

于是,有必要试着对施特劳斯关于字里行间阅读的教诲进行
字里行间的阅读。使用施特劳斯阅读隐微写作文本的方法来阅读
施特劳斯自己关于隐微写作主题的写作,这也许是一个好的起点。
但实践施特劳斯式阐释学总是伴随着诸多疑难。对于施特劳斯来
说,正如坎特(Paul Cantor)所言,

> 如果按照普遍和明确的法则,因其总要求不含糊和不容
> 置疑的结果而使解释难以为继……人们可以提出解释的原理
> (principles)、而非解释的法则,除非"法则"意指"经验法则"
> (rules of thumb)。②

正是因为如此,施特劳斯承认批评他的人的观点,认为"我提
出的这种阅读方法永不可能达到绝对的确定性"。但是,施特劳
斯继续反讽地问道:"难道选择其他阅读方法就能达到绝对的确
定性吗?"(《什么是政治哲学》,页231)③所以,如果将施特劳斯的

---

① Rosen,前揭,页155。

② Paul A. Cantor,《施特劳斯与当代解释学》("Leo Strauss and Contemporary Herme-
 neutics," in *Leo Strauss's Thought: Toward a Critical Engagement*, Boulder: Lynne
 Riener Publishers, 1991),页270。([译按]此处采用程志敏的译文,载《经典与解
 释》第一辑,上海三联书店,2003年。下文皆如此。)

③ 当然,诋毁施特劳斯的人们对施特劳斯式阐释学的批判远超出了对其无法带来绝
 对确定性的批判,而是时常指出施特劳斯的阐释路径必将使得他的结论"超出可
 证伪性和可争论性的领域"(John G. Gunnell,《传统的神话》["The Myth of the Tra-
 dition"],载《美国政治科学评论》[*The American Political Science Review* 72:1
 (1978)],页131)。就此而言,波考克(J.G.A. Pocock)表示,施特劳斯 (转下页)

方法用于一切隐微写作文本,这是一个结论不定的艰难任务,那么将这种方法用于解释施特劳斯本人谈论隐微写作话题的隐微写作文本也就变得双倍艰难,而结论也会变得双倍不确定。

坎特写道,

> 施特劳斯在解释隐微文本中的一个经验法则,事实上,就是要对著作中间的或其临近的部分所发生的东西予以密切关注,而不过分看重开端和末尾。(Cantor,前揭,页273)

但是,这种经验规则对于此刻的我们来说毫无帮助。《迫害与写作艺术》或许是从现代隐微写作模式谈起的,但是它并非是在文章中部(而这部分讨论的是字里行间阅读的本质,这或许在两种模式之下都可以展开),而是在文末提出古典隐微写作模式的。其他文章,如《注意一种被遗忘的写作艺术》则整篇都在谈论古典模式——开端、中部直至结尾。

施特劳斯同样坚持认为,在阅读隐微文本时,对那些条件性的和限定性语词要加倍留意。他问道,

> 像"几乎"(almost)、"也许"(perhaps)和"好像"(seemly)这样一些小词难道不能创造奇迹吗? 一个陈述若以条件句的形式来加以说明,难道不可以具有一种差别细微的含义吗? 难道不可以把这个条件句改成一个很长的句子,特别是在其中嵌

(上接注③)主义已然成为了一种"封闭的意识形态"(closed ideology),"施特劳斯的追随者"已经组成了"一个真正信徒的不宽容教派"。见《先知与法官:评曼斯菲尔德的〈施特劳斯的马基雅维里〉》("Prophet and Inquisitor: Or, a Church Built Upon Bayonets Cannot Stand: A Comment on Mansfield's 'Strauss's Machiavelli'"),载《政治理论》(Political Theory 3:4[1975]),页399([译按]中译见《经典与解释10:马基雅利的喜剧》),华夏出版社,2005年)。

入一个有一定长度的插句,从而掩盖这个条件句的条件性质(conditional nature)吗……? (《迫害与写作艺术》,页 78)。

由此足以确定,在施特劳斯对古典的、无条件隐微写作的讨论中是存在着条件(conditionals)的,尤其是在施特劳斯摆出哲学与城邦之间永恒斗争的观点时。"如果(if)社会的基本要素(element)必然是意见,那么,哲学与政治之间就有一种必然的冲突"(《什么是政治哲学》,页 229),可见施特劳斯这么写是设定了语境的。也许(might)这就意味着,其实恰恰与通常的看法相反,施特劳斯事实上或许(may)赞同现代隐微论? 也许如此(Perhaps),但是他在《迫害与写作艺术》中对现代观点的讨论同样充满了条件句和限定句。在之前引入"被动性的原则"时,可以注意到施特劳斯说这种原则仅当"如果(if)迫害与字里行间的写作方式之间确实存在着必然的关联"(《迫害与写作艺术》,页 32)时,才会生效。

我们当然不能不分析一番施特劳斯最为声名显赫(声名狼藉)的关于字里行间阅读的经验法则。"秘密,在某种程度上等同于宝贵,"施特劳斯在他探讨迈蒙尼德隐微技艺的论文里论证道,"所有人时时刻刻都在说的话则是奥秘的反面。由此,我们就可以确立一条规则:在《迷途指津》或迈蒙尼德的其他著作里,只要他作出了两个相互矛盾的陈述,那个出现得最不频繁,甚至只出现一次的陈述就被他视为真实的陈述。"(《迫害与写作艺术》,页 73)。这里的阐释原则依然对我们的问题没有帮助,因为现代隐微论在《迫害与写作艺术》当中被频繁地讨论,而在施特劳斯其他著作中,古典隐微论则得到了更为频繁的探讨。人们还能够注意到的是,施特劳斯在其注疏中①更为频繁探讨的的确正是古典隐

---

① 譬如可见 Strauss,《城邦与人》(*The City And Man*, Chicago: University of Chicago Press, 1964),页 54 和《古典政治理性的重生》,页 66。

微论模式,但是却可以解释说,这是因为施特劳斯的注疏大多数时候针对的是赞同无条件隐微论的前现代思想家。谈论古典观点,或许(might)仅仅意味着是对这些观点的单纯反映(reflecting),进而从中也就不能看出施特劳斯自己的立场。

从另一个方面来说,只要考虑到施特劳斯的评论可能是隐微写作,那么结论就根本不是这样简单。别忘了,法拉比"利用了注疏家或历史学家的特殊豁免权,他凭借这种豁免权在其'历史'著作中,而不是在以他自己的名义说话的著作中对重大问题发表看法"(《迫害与写作艺术》,页14)①。所以我们难道可以下结论说,因为施特劳斯总是在注疏中捍卫古典隐微论,而以自己的名义捍卫现代隐微论,于是古典隐微论才是他的真实观点?抑或我们可以下结论说,由于注疏和以自己名义发表的著作都可以被视为施特劳斯隐藏真实教诲的方式,而施特劳斯更多地捍卫古典隐微论而非现代隐微论,那么现代隐微论才是施特劳斯的真实观点?非常明显,这一切都缺少依据(no way to tell)。

更为棘手的是,一开始所设想的施特劳斯的阐释方法也许就是错误的,因为我们必须留意这种可能性,即这种方法本身乃是一种显白写作,或者至少用它来解读施特劳斯隐微写作论的真实教诲是不恰当的。事实上,似乎大部分施特劳斯建立的字里行间阅读法的经验法则都是为了解读前启蒙时期以强的、古典的隐微写作模式写成的著作。那么,或许将这种方法应用于解读施特劳斯的类似著作时,也就意味着假设施特劳斯也按照古典隐微论的模式写作,亦即,假设他曾是无条件隐微论的信奉者。这也就是说,一旦我们试图把通常的对施特劳斯在隐微写作方面的教诲的理解纳入问题时,我们其实已经预先假设施特劳斯采用了这种阐释

---

① 亦见《法拉比的柏拉图》,页375,在其中,这些话"他是以自己的名义说出来的",而非"以他自己的学说的方式呈现出来的"。

方式。

　　我们陷入了双重的困惑，因为任何可能有效的解读施特劳斯文本的阐释原则必须按照施特劳斯自己的思想而获得合法性；若非如此，那么也就意味着预设阐释者能比施特劳斯本人更好地理解他自己，而这是历史主义者的虚骄气焰。而当有人尝试从施特劳斯的只言片语中推敲出阐释原则时，他其实是毫无根据地预设这些只言片语并非另一种高贵的谎言，而是对施特劳斯真实信念的表达。当想要阐释的施特劳斯式文本与想要从中找到据称是施特劳斯式阐释原则的文本——即谈论如何阅读隐微写作文本的文本——是同一文本时，问题变得空前棘手。那么，如果施特劳斯的任何文本都不足以在阐释学上提供指导，因为其教诲可能仅仅是显白写作的话，也许我们能够不再依赖于施特劳斯的言辞，而转向他的行动。①为了隐藏危险的真理而在言说与写作中表达显白的谬误，这种做法只能给哲人们带来好处。然而，依照这些谬误而生活只会对他们有害，妨碍他们抵达应有的卓越，只有通过一种调和对世界和对人在世界中的位置的真正理解的生活才能抵达这种卓越。施特劳斯的启示行动在此有两个层面：首先，施特劳斯选择了作为教师与学者而生活。其次，作为学者，施特劳斯树立起了自己的名望，并不仅仅因为他注疏中的洞见和他学生们的忠诚，还因为他是"一种被遗忘的写作"的重新发现者。

---

① 　见莱辛，《恩斯特与法尔克》（1778/80）：

　　　　恩斯特：如果知道其秩序（order）的秘密的共济会员不能用这么多的言辞传达这种秘密，那他们又该如何传播这些秩序呢？
　　　　法尔克：通过其行动。他们认为好人（good men）和青年人值得密切交往的话，就会让他们尽其可能地猜测或观察自己的行动……

　　见 William L. Zweibel 译，Peter Demetz 编，《智者纳坦，明娜及其他剧作和作品》（*Nathan the Wise, Minna von Barnhelm, and Other Plays and Writings*. New York: Continuum Publishing, 1994），页281。

　　通过对已经被忽略许多个世纪的隐微论主题的写作，同时通过对政治哲学经典的依其隐微本质而进行的阐释，施特劳斯至少把某些哲人的秘密公开给了所有人。虽然他的写作从来都不清晰易懂，但的确在一定程度上揭露了经典著作的秘密。但是，在施特劳斯公开出版的著作中只有一处他竟然明确地想为忽视阐释对象的隐微意图的做法进行辩解（justify）。就像施特劳斯大多数用以讨论隐微写作话题的重要段落一样，这一段落是在讨论迈蒙尼德，是讨论"《迷途指津》的文学特性"（The Literary Character of the *Guide for the Perplexed*）的文章六个章节中的第四个，题为"道德困境"（A Moral Dilemma）。施特劳斯在其中写道，"迈蒙尼德以强烈的口吻恳求大家不要解释《迷途指津》的隐秘教诲，任何一个懂得体面（a sense of decency），因而尊重像迈蒙尼德这样一位高人的历史学家都不会随意漠视这一恳求。"（《迫害与写作艺术》，页55）。那么，施特劳斯会怎么为他自己对这些隐秘教诲的解释辩解？

　　施特劳斯的辩解有两个层面。首先，施特劳斯写道："我们赖以理解自身的历史处境与 12 世纪的在本质上不同。"施特劳斯对此有进一步的解释，罗森曾全文引用，并且非常值得再次全文引用如下：

　　　　当时的人们普遍……相信永恒不变的律法的存在，这一信念主宰了公共舆论，而今日的情形则完全不同，公共舆论主要受历史意识支配。《塔木德》禁止人们通过写作讨论圣经的隐微教义，迈蒙尼德违反了这一禁令，他自己提出的辩护理由是，必须挽救律法。同样，尽管迈蒙尼德恳求大家不要解释《迷途指津》的隐秘教诲，但我们可以诉诸历史研究的要求来证明漠视这种恳求的正当性……若考虑到历史研究的基本条件，即思想自由，这一论证就显得更为有力。只要我们认可不得解释某种学说的禁令的正当性,思想自由看来就同样是不完全的。在我们这个时代,思想自由所受到的威胁远甚于过去几个世纪,有鉴于此,我们不仅有权、而且有义务解释迈蒙尼德的教诲,以促成对如下问题的更好理解:思想自由究竟意味着什么?它预设了怎样的态度,要求作出怎样的牺牲?(《迫害与写作艺术》,页55、56)

　　这段话不仅仅反映了历史处境的改变;它还反映了基本价值观的改变:施特劳斯乃是根据他的时代的价值观为自己揭示迈蒙尼德隐秘教诲的行动辩护的,这和迈蒙尼德依据自己时代的价值为揭示圣经中的隐秘教诲的行动辩护的做法是一致的。这种申辩暗示了,施特劳斯自己乃是拥护历史意识和思想自由这些现代价值观的;除非认为拥护历史主义的人会承认作者有接受或拒斥他们时代的主导价值的自由。换句话说,如罗森所言,"如果这个表述是施特劳斯的真实看法,我们就得认为他接受了关于无保留的(unreserved)言论自由的当代自由主义原则,进而他就如人们设想的那样是一个启蒙哲人。"①就我们的目标而言,这就意味着,如果这段话不仅仅是显白写作的话,它其实就暗示着施特劳斯赞同现代隐微论。但是,以一种典型的施特劳斯式风格,在这段话后面紧跟着一段与之相矛盾的论述,这段论述也在为施特劳斯的行动申辩,但却只与古典隐微论相协调。

　　迈蒙尼德自己是古典隐微论的拥趸,他觉得可以通过交流圣经中的隐秘教诲来拯救圣经及其律法,但这不是对所有人的,而是对少数属哲学的灵魂而言的,只有他们能理解并接受这一隐秘教诲。为了实现这一目标,他对圣经进行隐微的注疏,而这一行动本身就是隐微的。施特劳斯明白,如果沿着迈蒙尼德的路径往下走,

① Rosen, 前揭,页114。

那么阐释《迷途指津》的人就会通过"对一种针对隐微教诲的隐微阐释进行隐微阐释的方式"进行注疏。尽管施特劳斯承认,"这种做法听起来像是矛盾重重又荒谬无比",他还是总结说,"对《迷途指津》的隐微阐释似乎不仅是可行的,还是必须的"(《迫害与写作艺术》,页56)。显然,这与早先根据思想自由进步的理由而提出的诉求——"我们不仅有权利还有义务去解释迈蒙尼德的教诲"相矛盾。那这两者当中何者是真实教诲,何者又仅仅是显白教诲?我们有理由尝试再次将施特劳斯式隐微文本阅读法用于这些看似矛盾的篇章,但这种进路已经被证明既在实践上无效又在理论上站不住脚。那么,我们只能转向施特劳斯的行动去寻找证据。施特劳斯究竟是仅仅为了思想自由进步而揭示《迷途指津》的隐秘教诲呢,还是为了少数哲人的利益而只是隐微地暗示了这一隐秘教诲呢?

　　其实这些都不是施特劳斯所做的事。正如罗森所正确指出的,"尽管施特劳斯就迈蒙尼德的意图与方法在许多地方给出了大量的讨论,但他从未真正揭示'《迷途指津》隐秘的卓越'(the secret *par excellence* of the *Guide*)"[1]。罗森此言要么说明了施特劳斯对于迈蒙尼德隐秘教诲的说辞乃是显白的,要么说明迈蒙尼德本人不该声张说把秘密教诲隐藏在《迷途指津》中。由此罗森认识到这种可能性,即他根本无法发现秘密,因为施特劳斯将秘密隐藏得如此之好。于是,"施特劳斯根本没有在践行任何启蒙式的隐藏或揭示",进而,罗森认为施特劳斯是在实践古典隐微论。(同上,页115)但是罗森没能想到的是,施特劳斯对待迈蒙尼德的奥秘的做法也许其实既非古典隐微论,也非启蒙隐微论。

　　其实,施特劳斯并未向一切人揭示迈蒙尼德的奥秘,也没有将

---

① 　Rosen,前揭,页115,引自施特劳斯一篇对迈蒙尼德的导论,《如何开始研究〈迷途指津〉》("How to Begin to Study *The Guide of the Perplexed*"),前揭,页17。

其藏起来仅供少数人享用,而是向他的读者提供一种阅读迈蒙尼德的方法,根据这种方法,加以恰当的努力,就能看出一切可能被拉比(rabbi)藏起来的奥秘。大部分施特劳斯谈论迈蒙尼德的著作在方法论上的本质(methodological nature)显然早就通过他最早谈论这位圣人的那些文章标题表达了出来,这些标题是"《迷途指津》的文学特性"、"如何开始研究《迷途指津》"、"如何开始研究中世纪哲学",等等。这些文章描述的方法论既非隐藏着的,也非明摆着的,而对于一切具有充分的兴趣和耐心、要将艰难且苛刻(demanding)的阐释技艺应用于古典文本解读中的初学者来说,则是有用的。就这层表达出来的意思来说,施特劳斯在方法论上的教诲面向的是所有人,这与古典隐微论完全不同。而施特劳斯的方法又是极少有人情愿通过努力去践行的,而非那种启蒙一切人的学说,在这一层面上,他同样不是在实践类似于现代隐微论的东西。

　　施特劳斯对其他隐微写作者的注疏尽管都不似对迈蒙尼德的注疏那样在方法论上有固定模式,但它们都有同样的效果,即驱使施特劳斯的读者们回到古典文本本身。这里面并没有考虑到大众的接受能力而呈现的秘密,并不提供能让启蒙后的社会建基于其上的"真的意见"。相反,施特劳斯的学生,无论他或她是谁,都被驱使着成为施特劳斯分析过的那些哲学大师的学生。①无论如何,通过阅读施特劳斯而回归这些大师,施特劳斯的学生们都将学会许许多多的新视角和新阐释技艺。进而施特劳斯的目标似乎并非成为通过改造社会而启蒙所有人类的那类

---

① 施特劳斯注疏经典文本的这种特征一直被其崇拜者所注意,他们反复称赞施特劳斯能促使其读者"走上一条学习的途径,对细节给予最为精密小心的注意,由此才能通达最高层次的思考,没有自己的努力,什么都无法实现。"见曼斯菲尔德(Harvey Mansfield),《施特劳斯的马基雅维里》("Strauss's Machiavelli"),《政治理论》(Political Theory 3:4, 1975),页376。

哲学家,也不是成为永远将隐秘教诲潜藏起来只提供给少数被选中者的那类哲人。相反,他似乎想吸引一切立志努力成为哲人群体一员的人。

施特劳斯讨论隐微写作的真实想法不能完全用古典的或现代的隐微写作现象模式去理解,这一点已经可以明确。但是,我们有理由对把施特劳斯的教诲等同于古典隐微论的一般解释半信半疑,而在把施特劳斯的教诲等同于现代的、启蒙的隐微论的理解中也存在着难以克服的困难。若施特劳斯隐微论的真实论点乃是现代论点,这就意味着所有这些让大多数解释者断定施特劳斯其实是古典论点拥护者的篇章就只不过是显白写作。进一步说,显白的对古典隐微论的支持必然意味着施特劳斯是在用某种方式使自己免于迫害,因为(假设现代的、有条件的隐微论是真实论点的话)除了避免被迫害,没有任何理由进行隐微写作。无法否认的是,如果施特劳斯确实如许多解释者所说的那样是秘密化的尼采,那么依然可以根据现代隐微论,认为施特劳斯乃是通过隐微手段谈论着自己真实的哲学与政治信念。毕竟,众所周知的是,20世纪中期的美国正在与法西斯主义和共产主义斗争,除了对自由民主立场全心全意的支持之外,其他任何选择都会对这个国家的公共形象带来灾难性的后果。

然而,尽管这可以解释施特劳斯在他的一些论题——比如说,古典自然法——当中使用隐微写作技艺的原因,但不能解释他在隐微论这一论题当中使用隐微写作技艺的原因。更奇怪的是,这不能解释为什么他会宁可希望俗众读者相信他本人持古典的、强的隐微论,而非现代的、弱的隐微论。似乎相比起古典隐微论而言,现代隐微论对于大多数20世纪中期美国人来说更经得起检验(amenable),对那些在美国学术共同体当中有权力实施“社会排斥”惩罚的“学术的‘自由主义分子’或‘科学的’社会科学家们”

来说尤为如此。①其实，如罗森所说的那样，赞成古典隐微论的显白表象似乎只能够导致"几乎百分之百的嗤笑，更不用说迫害——至少在这个说英语的学术界里。"②

接下来我们必然要引入一种并不总是与施特劳斯的言辞、但却与他的行动相符的隐微写作论点。这就要求我们转向施特劳斯现实生活中的基本抉择：他最终选择过一种学者、教师和哲人（尽管他一再表示自己配不上这一称谓）的生活。选择这种生活必然意味着，至少对于能过这种生活的人而言，哲学生活其实是一种好的生活，也许是唯一的（the）好生活。次好的生活也许就是致力于研究这些真正哲人遗留的著作的生活，从事这种学术，就有希望通过足够的智识上的努力，证明自己终有一天可以加入他们的行列。施特劳斯著作中对此立场的捍卫——他总是以非常夸张的方式颂赞哲学志业——不可能完全是显白写作。由于这种情感与其言辞一样都是对施特劳斯行动的反映，我们完全可以设想它们也是对他在隐微论话题上真实立场的最多有点夸张的反映。在这个多灾多难的世界中，施特劳斯如是写道：

> 除了在（哲学）活动的天性方面，别的东西都不能满足我们……它启发我们认识到，一切的罪恶细想起来，都在某种意义上是必须的。它使我们能够本着上帝之城中良善公民的精神，承受降临到我们头上的、也许会彻底毁掉我们的心灵的一切罪恶。通过渐渐察知到心灵的尊严，我们也就能洞察到人类尊严以及世界之善的真实根基……它乃是人类的家园，因

---

① 帕特逊（前揭）是这种自由派的极好范例，她抨击施特劳斯（看似）支持古典的、反平等主义的隐微论，但她自己则愿意支持现代隐微论的实践，因为现代隐微论乃是一种反抗压迫、推进思想自由的工具。

② 罗森，前揭，页113。

为它是人类心灵的家园(《古今自由主义》,页8)。

即使施特劳斯真的相信哲学生活方式是最好的生活方式,他也坚持认为哲人也总是处于"极大的危机之中",即使这种危机并不一定来自于迫害。相反,每个人都有成为哲人中的最后一位、眼睁睁看着哲人群体自身消亡的危险。这是因为,尽管一朝实现的哲学生活能带来极大的喜悦,但实现这种生活所必须的经年努力无可避免地充满了艰难与苦闷。"从非真理向真理过渡的运动并不仅仅是从无助的黑暗与恐惧向纯粹的光明和喜悦过渡的运动",施特劳斯写道,"正相反,真理一开始总是以令人感到排斥且沮丧的方式出现"(《古今自由主义》,页83)。大部分潜在的哲人(一个有可能包括从极少数精英到全体人类的群体)进而在体验到喜悦之前就已经被迫退出哲学生活了。没有人会选择哪怕展开这样一段艰难行程,这一危机在当今社会尤为显著,这乃是一个"大众文化"转移我们对日常的苦难的注意力的社会,这种注意力的转移"并不需要任何智识与道德上的努力,而只需要极低的金钱价格"(《古今自由主义》,页5)。按施特劳斯的话说,被大众文化转移了注意力的人对哲学生活既没有敌意也没有热情,而只是冷漠待之。他们不能理解为什么潜在的哲人们会放弃轻易可以获得的快乐而投身于狂热的真理追求,他们与哲学只是萍水相逢,注定无缘。进而,为了确保哲学生活的传统能够保持并传递到下一代人手里,施特劳斯总结说,"需要有一种特殊的努力,以反对前面这种呈现真理的方式"(《古今自由主义,页83》。

在他的《卢克莱修笺释》一文中,施特劳斯认为这种"特殊的努力"应该以诗的形式出现(《古今自由主义,页83》)。虽然卢克莱修的确使用了诗体,但他隐微的散文体似乎却是更好的"诗的"形式,能循序渐进地引导潜在的哲人走向真理。比起用诸多教诲轰炸新人、使之只能感到"排斥且沮丧",隐微论提供了一种慢慢引诱他们探询"只有通过漫长、艰难、却总是愉快的努力,才能发掘出来的珍宝"(《迫害与写作艺术》,页37)的方法。除此之外,隐微的交流具有一种促使学生自己思考的教育学优势,让他们去考虑一个哲人的推论究竟是在任何时候都表达并揭示他的真实教诲,抑或仅仅是显白的说辞。通过这种方式,总是可以说是学生们通过自己的推理发现了真理——亦即,他们总是在实践真正的哲学。①我们可以将这种新的隐微论观点称为"教育的"或"教育学的"观点,这种观点似乎是对施特劳斯在这一话题上的真实教诲的最佳总结。

然而,教育的隐微论真的区分了关于这一现象的古典和现代论点吗?毕竟,所有的对真理的传授都归根结蒂是教育层面的;在古典与现代的隐微论之中,对他人的教育的关注都是作者们考虑的前提。无论是害怕遭到迫害,还是相信散步某种教诲会必然对社会有害,哲人们都能轻易保持沉默。他们决定以古典或现代模式交流、施行隐微写作,这只能归因为他们渴望教育"他的族类中的'小狗'"(《迫害与写作艺术》,页36);亦即,潜在的哲人们。其实,施特劳斯在《迫害与写作艺术》一文的末尾表明了这一隐微论的教育目的,并没有将其作为一种新的、不同的隐微写作现象论点,而是将其视为他已经呈现的两种隐微论的共同的本质要素。②这也是绝大部分施特劳斯阐释者所描述的隐微论的教育目的。③

---

① 这种隐微写作的特殊用法总是与法拉比有关,施特劳斯在《法拉比的柏拉图》页387中业已讨论过。戈尔斯顿(前揭,页50、51)将法拉比对多层次写作的"辩证"使用方式与施特劳斯归于法拉比(以及其他"古人")的更为激进的隐微论对立起来看待,但是她对法拉比的文学技艺以及施特劳斯的阐释之间的区别似乎有些夸大其词。

② 亦见《斯巴达精神或色诺芬的品位》,页535。

③ 也许对施特劳斯的隐微写作的教育目标的最好论述是塔科夫的《哲学与历史:施特劳斯著作中的传统与解释》,前揭,页16-29。另一个对施特劳斯在隐微论之教育目标方面的关注的好的论述,可参见哈宾逊,《反讽与欺骗》。

施特劳斯甚至把古今隐微论之间的区别描述为教育目标信念上的差异,亦即在"关于大众教育及其限度"方面的认识上的差异(《迫害与写作艺术》,页33)。在古人看来,只有极少数人是潜在的哲人精英,惟有他们能从隐微写作的教育当中获益。而在现代人看来,即使并非所有人都能成为哲人,但所有人都能从哲学中受益。据说施特劳斯可能在这个问题的古今双方面之间采取中立态度。可以确定的是,我们绝对没有足够的资源让所有人都享受完整的自由教育;施特劳斯坚信,"我们不能期待自由教育能够成为普世教育。教育总是少数人的义务与特权"(《古今自由主义》,页24)。然而,施特劳斯清楚地预见到,少数派的范畴要大于数量更少的作为潜在哲人的精英;其中包括数量可观的非哲学的"绅士"(gentlemen)。尽管施特劳斯也承认,即使哲学教育不再仅仅只对非常少数的人开放,大部分接受这种教育的人也不会超越哲学学术的范畴而进入真正的哲学,从来不会终止研究他人的思想而有自己的原创思想,但他也仍然坚信,不能算是哲人生活的学生和学者的生活本质上也有价值和必要,这些生活能够保存哲人生活方式,使之作为一种可能性向其他人敞开。施特劳斯会认为,一个具有哲学修养的(philosophically literate)非哲人的宽泛共同体是有必要的,他们能够保存昔日哲人的洞见,营造自由探索的氛围,进而使得未来出现新哲人。①

尽管对于古今隐微写作者来说,对教育的关注都是本质性的,人们还是可以坚持拒绝古代与现代两种隐微论模式,又出于对教育的关注而展开隐微写作。那些只关注隐微论的教育作用的人也许会愿意戴上显白的面具,相比起开诚布公地传授这些仅仅为了教育目标而隐藏起来的秘密,戴上这种面具,事实上会导致更大的

---

① 本文的一位匿名评论人首次提醒我注意,"将哲学视为人类的可能性而保存"的观念要求"广泛的哲学学者和学派承认哲学的确可以通过思想的自由而实现"。

迫害(进而违背现代的隐微论模式),也会危害社会及其诸意见(进而违背古典的隐微论模式)。其实这些教育者采用的显白面具也许还不如他们想要隐藏起来的那些平凡无奇的(commonplace)真理正统,这种秘密其实根本称不上秘密。似乎施特劳斯对古典隐微论的显白的提倡正是一种对隐微论技艺的教育用法,这种用法与古典隐微论和现代隐微论的现象都不符合。看起来像是坚持古代的、反平等主义的隐微论观点只会引起正派自由派人士的怒火,也许还会对我们的自由民主社会带来真正的损害,但是这种做法仍然可能是对哲学教育之核心问题的有效解决方法。

施特劳斯的问题清晰可见,也万分困难:他必须诱惑学生远离大众文化,带领他们走上通向哲学生活的征途。他必须这么做,并不仅仅是出于对学生的爱,还是为了确保哲学生活在未来的世代那里依然存在。问题的关键在于,他必须诱惑年轻的男男女女不仅远离诸如通俗娱乐这样的大众文化,还要使得他们远离诸如"某些学术的'自由派'或'科学主义'社会科学家"的流行的非哲学(nonphilosophy)。正如夏费尔(David Lewis Schaefer)观察到的那样,施特劳斯的学术对手们能够轻易地"通过'理想主义'或'同情心'的手段煽动起学生的偏见,在课堂上激起党派政治的动机,训练他们跟随自己"。通过这种方式,"学院成了缺少反思的激情的奴隶,而非其批判者。"①施特劳斯也要唤起学生的激情,把他们当成哲人来训练,但是他必然会重塑这些激情,使它们迫使学生们做激情本来反对的事情——展开漫长且艰难的智慧之旅。施特劳斯进而必然会扮演一个引诱者,而对古典隐微论的显白认同,则在

①　David Lewis Schaefer,《施特劳斯与美国民主:对伍德和霍莫斯的回复》("Leo Strauss and American Democracy: A Response to Wood and Holmes," Kenneth L. Deutsch and Wakter Nicgorski eds. *Leo Strauss: Political Philosopher and Jewish Thinker*. p. 345)。

这种引诱过程中扮演着重要的作用。

首先,通过对哲学正典的研究,学生们有可能发现书中自有黄金屋,有了在过去只存在枯燥学说之处发现秘密的契机,对此,朗佩特表示,"这种曲折离奇的研究是如此地具有娱乐性,其胆大妄为亦令人沉迷其中",进而使得对哲学文本的艰难研究看上去像是一场宏大的游戏。[1]惟有在游戏终结之时,惟有在学徒成长为哲人之后,这些施特劳斯的弟子们才会意识到他们可能被愚弄了的可能性,意识到施特劳斯的藏宝图只是显白的,只是一种设计出来诱使他们从事哲学的诡计。然而,届时他们会已然体验到了从事哲学的愉悦,进而只会感谢施特劳斯出于好意的教育骗局。

其次,施特劳斯对古典隐微论的显白认同,通过强调在智慧之人与俗众之间无可逾越的分歧,直接满足了在青年人当中普遍存在的本性属恶的虚荣心,进而诱使学生们走向哲学生活。施特劳斯的弟子们会相信,通过将他们自己的自然禀赋与他们所祈求的作为导师的真正哲人这一巨大财富联系起来,他们就能进入古典哲人之列。通过这种方式,如德鲁里所言,"施特劳斯诱惑年轻人认为他们是一个特别的、有特权的阶级的成员,他们卓越不凡,超越了普通人及其法则。"[2]这种精英主义激怒了自由派的平等主义者,进而将施特劳斯及其追随者置于一种巨大的危机之中,其所带来的至少也是某种形式的迫害,这种迫害的最为温和的形式也许只是在学术界内部的社交孤立。除此之外,这样一类有哲学倾向(philosophically inclined)(尽管还并非哲学的)的伪超人(pseudosupermen)的存在无法对我们的自由民主社会带来好处。由此而言,施特劳斯对古典隐微论的显白应用就无法通过古典的和现代的隐微论模式,而只能通过教育模式得到申辩。

---

① 朗佩特,前揭,页 125。
② 德鲁里,《施特劳斯的政治观念》,页 193。

　　无论如何,施特劳斯或许在使用隐微论手段达到教育目的方面做得过于成功。不时会有人指控他引诱大部分弟子和再传弟子走上的并非哲学生活之途,甚至不是一种合法的哲学学术生活之途,而毋宁说是某种人称"施特劳斯主义"的"准宗教'信仰',在其中,[施特劳斯的]追随者们就'相信'程度而言与其说是学生,不如说是'信徒'。"①施特劳斯主义密教(the Straussian cult)接受施特劳斯本人教诲的方式就像是大众接受现代隐微论之下的哲学真理一样,并非将其视为知识,而是作为权威的真意见而接受。"反讽的是,"德鲁里写道,"这些'热爱思考的青年们'最后成为了施特劳斯的继承人,但却毫不置疑地接受施特劳斯的权威。"②

　　德鲁里未能想清楚的是这样一种可能性,即施特劳斯也许会同意她的看法,认为这样一种密教是一种恶(evil),尽管是一种为了保护哲学生活方式的必要的恶。③ 当他的学生们成长为羽翼丰满的哲人时,施特劳斯会希望他们摈弃青年时期的仅仅在哲学教育早期阶段有必要的教条主义。④ 如果他们中的大多数人并未摈弃这种教条主义,仍然永远陷在这种密教化的"施特劳斯主义"之

---

① Schaeffer 在页 339 引用的伍德(Gordon Wood)的话,见《基要主义者和宪法》("The Fundamentalists and the Constitution"),载《纽约书评》(*The New York Review of Books*, February 18, 1988)。另一个论战版本,见波考克,前揭。

② 德鲁里,《施特劳斯的政治观念》,页 201。

③ 莱文(David Lawrence Levine)则以相当不一样的方式反对德鲁里的论证路径,他指出,人们必然无法"根据诸多的学生来轻率地判断教师,苏格拉底就是一个很好的例子"见氏著《没有心怀不轨,只有先见之明:对鲍耶特的回应》("Without Malice But with Forethought: A Response to Burnyeat"),载 Deutsch 和 Nicgorski 编《施特劳斯:政治哲人与犹太思想家》(*Leo Strauss: Political Philosopher and Jewish Thinker*),页 354。莱文似乎假设施特劳斯从未预见到也并不想要有"诸多的学生"。

④ 施特劳斯在这方面也许的确是一个秘密的尼采,尽管并非在前文讨论过的那种意义上。相反,施特劳斯可能是从查拉图斯特拉对其弟子的著名训诫当中获得启发的:"现在我命尔等离开我,找到你们自己,惟有当尔等都否定了我,我才会回到尔等当中。"见尼采,《查拉图斯特拉如是说》[Also Sprach Zarathustra (1883-1885), New York: Penguin Books, 1954/1982],页 103-440,第一部第三节,页 190。

中,那么这种密教的开枝散叶,也就只能被理解为一种负面效果,并不能创造非教条主义的学者,遑论那些只依靠某种机运而诞生的真正哲人。看到这种可能性的存在,施特劳斯或许会意求让自己的怀疑主义(zetetic)教诲在一定反讽的层面上变得教条化,那么他就可以用这种教条主义的施特劳斯主义来实现自己的教育目标。

或许共济会(Freemasonry)比起"信仰"或"密教"来说是一个更好的表述施特劳斯主义现象的隐喻。施特劳斯死后才发表的论文《显白的教诲》讨论了莱辛名为《恩斯特与法尔克》的对话,这个对话当中的隐微论实践者是一个兄弟会成员(fraternity);用施特劳斯的表述来说,这样一个"共济会员"被定义为一位"必然知道那些被隐藏起来应该更好的真理"的人。① 如果施特劳斯主义者们相信,他们是古典隐微论意义上的哲学选民(elect),那么他们在这个意义上就是共济会员。从字面上说,共济会员乃是被秘密会社的优越感觉所吸引,这种感觉让他们觉得这些神秘会社承诺的神秘真理最终会在自己面前得到揭示。②然而,共济会中通常的情况则是,并不像下级共济会成员那样,大师级共济会成员知道共济会员并不比别的人更加优越,并且根本没有什么神秘真理会被揭示。他将这个兄弟会存在的意义理解为对一个国际性的致力于促进德性的共同体的培养,但是这样一个国际性的共同体本身并没有什么魅力可言。那些给初入会之人造成优越感的秘密与仪式,以及对学到某些神秘真理的希冀,都是用来训练会员的必要手

---

① 见施特劳斯在《古典政治理性的重生》中的表述,页 64。Zweibel 的译本将共济会定义为"认识到真理最好不要说出来"的人。(莱辛,前揭,页 285)。

② 柏拉图在《书简七》中抱怨狄翁(Dion)的朋党之团结"并非通过哲学,而是通过浅薄的志同道合关系(comradeship),这种志同道合关系乃是大多数友谊的基础,惟有好客(hospitality)、密仪(mystic rites)和加入教派(initiation into secrets)才能培养出这种关系来。"(《书简七》333e)

段,而这整个共济会其自身存在的意义则只是为了某种更高的善的实现。①施特劳斯也许是这样一种大师级成员和兄弟会领袖,他的真实意图潜藏在神秘和优越的显白面具之下。如果我们认定他表面上对古今隐微论的倡导都不过是显白教诲,并且他所真正相信的是隐微论的首要目的是教育,那么这样一种共济会就将成为他实现目标的最有力的教育工具。

正如 19 世纪反共济会者所激烈抗拒的那样,不管怎样,对于民主的政治制度来说,让精英构成的秘密会社掌握一切可观的社会或政治权力,这都毋庸置疑是危险的,即使这种权力据称只会为最具启蒙意义的目标服务。虽然关于施特劳斯派"密教"的政治权力的最为极端的断言与其他诸如此类的阴谋论一样,最好置之不理,但仅是这种共济会式"施特劳斯主义"的存在就会带来道德与政治合法性方面的关注。可以明确的是,如果从字面上来看待施特劳斯对哲学的夸张赞美,亦即,如果哲学其实是普天之下唯一有价值的东西,那么这种生活的可能性就必须无论如何得到保存。这就暗示了一种尼采主义伦理和政治的概貌,这种伦理与政治要求一切个人与机制存在的意义都仅仅是为了人类的最高范式的诞生,少数有创造力的个体是全体人类存在的正当性。但是,似乎这种情况更有可能,即,尽管哲人及其工作都事实上充满价值,但在伦理和政治方面还有其他的价值,这两种价值之间必然会有冲突。为了宣传哲人的生活方式,进而冒着牺牲自由民主以满足精英主义的共济会秩序永久的权力的风险,这或许并不值得。其实,我们也可以询问,没有这种由共济会成员倡议的人为的诱因,是否哲学就无法完整地得到传承。真理的最初表象是否的确如同施特劳斯

---

① 尽管《恩斯特与法尔克》是一部谜一样的作品,但其关于共济会的观点可以沿着这条思路得到阐释。尤其可以参考其中"对话四"的部分(Lessing, 前揭, 页 295 - 302)。对于这一对话的不同的阐释认为"施特劳斯与莱辛之间的相似点其实是表面上的", 见 Drury,《施特劳斯与美国右派》, 页 46-48。

所认为的那么丑陋？抑或其实并不需要额外的、人为的诱因，单凭获得知识这一事实就足以诱惑潜在的哲人？①

这种教育的隐微论模式坚持认为即使会给政治体制带来真正的危险，也要诱惑学生学习哲学，进而这种模式也就缺少古典隐微论模式特有的保守德性，亦即一种尝试保护现存秩序免遭外力破坏的政治责任感。同时，这种模式也缺少现代隐微论模式特有的自由派德性，亦即一种根本上的平等主义和对真理应当广而告之的强调。可以确定的是，这种教育的隐微论模式不必有古典模式中设想的哲人与多数人之间的自然区分，智慧精英的自然优越性被受教育的精英的人为优越性所取代，后者曾受到过哲学的训练并成功地被引诱去过一种学术的或哲学的生活，而其他人则未能如此。进而，就像柏拉图的理想国（kallipolis）中的等级制一样，这种等级制也仰赖可疑的高贵谎言，这种谎言并非用来为大众的臣服提供正当理由，而是为精英们的优越性提供正当理由。施特劳斯并没有告诉大众他们的本质是废铜烂铁，而是显白地使用古典隐微论的模式使得他的追随者相信自己是黄金。这种自然等级的神话旨在引诱学术过追求真理的生活，但是这样一种追问也是合法的，即，是否为了促进这种生活，我们可以正当地违逆在从事哲学事业时的核心品质，即知性诚实（intellectual honesty）的精神。

但是，我们还不能太快对施特劳斯的教育实践加以批判，认为其毫无必要、道德上可鄙或在政治上不负责任，并且认为这是一种令其旨在促进的生活蒙羞的实践。我们必须记得的是，这种隐微论也许事实上并非施特劳斯本人的。本文对施特劳斯的阐释认为他在隐微论主题上采用隐微写作的方式，其目的是教育，这必然只能说是一种有时效的（tentative）阐释。对隐微文本的阐释很难说

---

① 我要感谢本文的一位匿名评审提出这一重要的问题，尽管我目前还无法给出答案。

是一种带来某种知识的精确科学,正如施特劳斯自己看到的那样,
"字里行间阅读很可能不会让所有学者达成一致。"(《迫害与写作
艺术》,页30)。但是本文的结论并不是说施特劳斯的任何作品或
篇章都必然反映了他的真实教诲,而是认识到存在着这样的可能
性,即人们从施特劳斯的文本中抽出来的任何学说都可能是完全
显白的,就连施特劳斯关于隐微论自身的学说亦然如此。无论他
是否认同我们的结论,很难想象施特劳斯用这种怀疑论的方式谈
论问题。如他自己反复申明的那样,怀疑论是哲学的本质,正是这
种坚持让施特劳斯本人永远不至于成为一个教条的施特劳斯主义
者。他曾如是写道:

> 由于没有智慧而只有对智慧的追求,所有解决办法的论
> 据都必然小于这一问题的论据。所以,当哲人对一种解决办
> 法的"主观确信"变得比他对这一解决办法的问题性的领悟
> 更强烈时,他就不再是一个哲人了。这个时候宗派性也就产
> 生了。①

---

① Strauss,《论僭政》(*On Tyranny*),修订扩充本,包含了施特劳斯-科耶夫的通信
(Edited by Victor Gourevitch and Michael S. Roth. New York: The Free Press, 1991),
页196。这段话也被施密什(Steven B. Smith)在《施特劳斯的柏拉图自由主义》
("Leo Strauss's Platonic Liberalism," *Political Theory* 28:6, [2000], p. 800)中引
用。施密什的文章对本文关于施特劳斯的怀疑论的结论有指导作用,本文总的来
说也是在施密什的指导之下写就的。

附　　录

文学教育与民主政制

戈斯曼(Lionel Gossman) 撰

朱 琦 译

在 1929 年于荷兰出版的一篇[结构主义语言学]经典文献中,波加泰诃夫(Pyotr Bogatyrev)和雅各布森(Roman Jakobson)对书写和口头文学的关系做了一次重要的重新审视。①他们既反对把民间文学视为集体创造的浪漫主义崇拜,也反对相反的观点——所有民间文学都是 gesunkenes Kulturgut[下降的

---

① 《作为另类创作形式的民间传说》(Die Folklore als eine besondere Form des Schaffen, *Donum Nataiicium Schrijnen*, Nijmegen and Utrecht, 1929),页 900-913。本文所陈述的观点从某种程度上讲曾由夏普(Cecil Sharp)(在他的作品《英语民谣:若干结论》(*English Folk Song: Some Conclusions*, 1907)和《南阿巴拉契亚山区人的英语民谣》[*English Folk-Songs from the Southern Appalachians*, 1917]一书的导言中)提出。并且,这些观点总体上也被大量的学者所证实,尤其可以与洛德在《故事歌手》(Albert B. Lord, *The Singer of Tales*, Cambridge: Mass., 1960)和在《关于民间传说的四个专题讨论》(*Four Symposia on Folklore*, Stith Thompson, Bloomington, 1953, 页 305-315)中的文章作比较。布朗森(Bertrand Bronson)曾批评说,夏普认为,传统就是个体创造性与基于进化论的显著偏见的群体审查之间的争执;然而,他则认为,传统并不反对个体创作,而是个体创作的一个组成部分,这样个人创作就不会过于违反传统所设定的框架,见《民谣曲调的词法》("The Morphology of the Ballad Tunes"),载于《美国民间文学杂志》(*Journal of American Folklore*, 1954),页 1-14。把夏普的观点如此加以修正,似乎与波加泰诃夫和雅各布森的观点吻合。

文化品〕，①他们在索绪尔（Ferdinand de Saussure）的语言学中发现了一种模式，以此为基础，可以建立一种更充分的关于民间文学创作和民俗传统的理论。实证主义者和新语法学派的观点认为，只有个体言语行为是真实的，除此以外，其他的一切都是哲学抽象，这种观点与民俗学中"下降的文化品"理论非常兼容。与此不同，这二人则将索绪尔的语言观视为"语言（langue）"与"言语"（parole）的统一，视为语言系统与个人对语言系统的认识的统一。语言以言语为条件，但与言语一样"真实"。具体来说，个体使用语言代码的方式方法受到共同体的制约，这些方式方法成为共同体常规语言资源的一部分。因此，从某种意义上讲，也就是"语言"的一部分。简而言之，语言就是个体的言语行为与语言系统之间不同强度的恒常交互作用，语言系统仅仅使得这些行为变得可能，也仅仅借助于语言系统，这些行为得以存续。雅各布森和波加泰诃夫认为，在民间文学中，民谣作品的个体表演和作品本身之间也是同样的关系。

　　民间文学作品的个体表演者或许能根据个人的理解很好地表

---

① 霍夫曼-克雷尔（Hoffmann-Krayer）的陈述总结了这一说法："人民不生产，人民再生产"（Das Volk produziert nicht, es reproduziert，对比纳乌曼的《原始群落文化》[Hans Naumann, *Primitive Gemeinschaftskultur*, Jena, 1921]，页5）。这个观点中的一种说法至少与苏格兰人一样古老（见"流行诗歌引言"[Introductory Remarks on Popular Poetry]，载于1830年版T. F. Henderson编的《苏格兰边境的吟游诗人》[*Minstrelsy of the Scottish Border*, Edinburgh, 1902, 1]，页8–15）。非专业文学人员它仍然广泛地认可这一观点（如拉罗[Charles Lalo]认为那就是事实，见《艺术和社会生活》[*L'Art et la vie sociale*, Paris, 1921]，页142–145）。丹德斯（Alan Dundes）把他所谓的"民间文学理论中逐代相传假设"（devolutionary premise）作为他在《民间文学学会杂志》（*Journal of the Folklore Institute*, 1969, 6）上展开的对民间文学研究意识形态一般研究的主题。[译按] gesunkenes Kulturgut[下沉的文化品]这一术语指的是，民间文学源自精英文化的逐渐堕落，也就是说，是文化的涓滴效应造就了民间文学。

现作品范本。①然而,波加泰诃夫和雅各布森认为,只有那些被群落所接受的变化形式才能纳入作品中,且被后来的诗歌表演者采纳。相反,书面作品即便在出现之初受到冷遇或误解,仍能一直保存下来,有可能在日后的岁月中被后代的读者了解,正如文学史已经见证过的一些著名作品一样。

波加泰诃夫和雅各布森并不否认个体为民间文学作品做出了贡献,但他们质疑的是我们以理解书面文学作品的方式来理解民间文学的这种倾向。他们说,对我们来讲,作品诞生于作者将其写在纸上的那一刻;同样,我们也认为,口头作品也诞生于它被具体化——换句话说被"表演"出来——的那一刻。然而,事实上,只有群落接纳了这种表演,并让它融入传统之中,它才会成为民间文学的一部分。总之,民间文学的诞生,并不能归于某一个不知名的作者,而是归于一群集体作者。虽然这一点看似与浪漫主义很接近,然而不同的是,浪漫主义只是以理解个体作者身份的方法来理解集体作品的作者,而波加泰诃夫和雅各布森却说,需要以另一种包容性更强的方式来看待民间文学创作的作者身份。

首先,波加泰诃夫和雅各布森说,民间文学作品不应被视为个体的客体化。索绪尔对"语言"和"言语"的划分有助于我们理解民间文学作品的真实本质。因为,和"语言"一样,民间文学作品

---

① 需要区别民间文学的自由形式和固定形式——例如,传说(tales)就是自由形式,而谚语(proverbs)就是固定形式。只有前一类可以任由个体表演者自由修改塑造。另外,波加泰诃夫区分了口头诗歌的"积极集体(active-collective)"作品和"消极集体(passive-collective)"作品。前者包括可以任由群落中所有的成员表演的作品(摇篮曲、庆典歌曲等等),后者指只能由群落中专门的人员——常常是非常少的人员所表演的作品,虽然整个群落都认为这些作品是他们的精神遗产。据波加泰诃夫所说,传统的进化有两种不同的情况,应该分别研究。见《论歌手的作用》(Über die Rolle von Sänger, Zuhörerschaft und Buch bei der Überlieferung und Veränderung epischer Lieder),载于 E. Stockmann 等编,《苏联民歌和民族音乐研究精选》(Sowjetische Volkslied- und Volksmusikforschung: ausgewählte Studien, Berlin, 1969)页 187-201。

作为一个各种法则的复合体、一种场景,具有一种非个人的本质,
尽管不同的个体表演艺术者以各自不同的独特方式把那种场景生
动地演绎出来。相反,书面作品却保持着一种特有的"言语",后
继的读者可以直接阅读。换句话说,先前的"演绎"或"解读",只
是文字作品的一个组成部分;而对于民间文学作品来说,却构成了
其本身,只有通过先前的"演绎"或"解读",民间文学作品才能够
存在、被世人所知。

　　波加泰诃夫和雅各布森的一个非常重要的观点是,民间文学
和书面文学是两个虽然彼此可以相互沟通却明显不同的系统,这
就决定了两个系统中单个作品的特点。因此,他们承认,许多民俗
材料的确是"下降的文化品",原本是书面传统中个体艺术家的作
品——虽然可能有证据表明,原初的材料也不总是高贵的艺术成
就,甚至本身可能就是一部民俗作品的降格版本,比如 17 世纪和
18 世纪的某些宽边民谣①——然而,他们却认为,来源问题无关紧
要。重要的不是这些材料的来源,而是借用材料的作用以及对借
用材料的选择和转换过程。这里,民谣将"艺术"材料纳入自己的
系统,与有教养的艺术家采用民歌材料具有同样的创造性。两种
转换——贝多芬改编苏格兰和爱尔兰的民谣和民众在一首艺术歌
曲中加入轻慢的语句,把歌曲唱走样——都是创作行为。最重要
的是,波加泰诃夫和雅各布森阐明的这一理论意味着,"同样的"
作品属于民间文学作品和不属于民间文学作品时,构成两种不同
的艺术现象。他们以普希金的诗歌 *Gusar*(《轻骑兵》)为例说明了
这一点。这里,有教养的作者所采用的民间主题赋予了其诗歌一
丝天真烂漫(naivety)的韵味,但正是这种天真烂漫成为了一种复

---

① 参见卡茨顿(Norman Cazden)在《美国民间文学杂志》(*Journal of American Folklore*,
　 1955, 68)页 201—209 上发表的一篇对《亚罗的勇士》(*The Bold Soldier of Yarrow*)
　 的短小有趣的研究文章。

杂的艺术现象。①当普希金的诗歌在俄国热门戏剧《最伟大的沙皇》(*Tsar Maximilian*,该剧在某些方面类似传统的英式哑剧)中重返民间风俗时,其微妙的讽刺意味就荡然无存。被大众戏剧的审美元素同化之后,它其实已经变成了一部完全不同的作品。②

波加泰诃夫和雅各布森在他们的文章中提出了很多观点,我特别要挑选出其中的两个来讨论,这两个观点在我看来对文学文化具有总体上的重大意义:1)不同于书写文学,口头"文学"是即时的(synchronic);2)文字文本具有口头作品所不具有的某种程度的自主性和固定性,但却仍然必须由后来的个体读者们来实现这些特性。一开始需要讲清楚的是,此处我的兴趣点是文学教育,相对于其他方面,相对于诗人和诗作与群落或公众的关系等,我会更加关注文学文化的某些方面,而不是书写和口头作品的创作方式

---

① 关于原始(primitive)和简单(simple)的区别,见洛特曼(I. Lotman)著的《结构主义诗学讲座》(*Lektsii po struktural'noi poetike*, 1964),载于《布朗大学斯拉夫复印资料》(*Brown University Slavic Reprints*, Providence, 1968),页52-55。洛特曼认为,可以把简单(simplicity)理解为仅仅与复杂或赘饰的背景相反:"简单艺术比复杂艺术更复杂,因为它看似简单,而这简单与复杂的背景相反,且发生在复杂背景之后。"在英语诗歌中,华兹华斯(Wordsworth)的手法和他《抒情歌谣集》(*Lyrical Ballads*)的序中所提出的理论就很好地说明了洛特曼的观点。同样,维姆萨特(W. K. Wimsatt)通过对比弗格森(Fergusson)和伯恩斯(Burns)的苏格兰英语,明确表示,伯恩斯"天真"(naive)的语言,就其艺术化的简单来说,其实比读者所读到的"书面"(literary)英语更复杂(《作为自由的模仿,1717-1798》[Imitation as Freedom, 1717-1798],载于《新文学史》[*New Literary History*, 1970, 1],页215-236)。也可参见卢索夫斯基(B. Hrushovski)的《现代诗歌中的自由格律》[On Free Rhythms in Modern Poetry],载于 T. A. Sebeok 编,《语言的风格》[*Style in Language*, New York, M. I. T. Press and John Wiley, 1960],页173-190;卢索夫斯基说,自由格律虽然在表面上可能意在创造更"散文的"或更"说话似的"效果,却常常比许多有格律的文本更具"格律感",更少"散文性"。很早——至少从卢梭和赫尔德开始——人们就认为,散文相对于诗歌,表面上更简单,却是更晚近的发展物,比诗歌更复杂;对比弗莱(Northrop Frye)最近的文章《批评之路》("The Critical Path"),载于《戴达罗斯》(*Daedalus* 99, 1970),页268-342,页317。
② 波加泰诃夫在注3所引的文章中又回到了这个问题。

或结构特点。

我想,可以这样说,在这里才可以发现口头和书面作品的关键差别。洛德和其他人曾指出,诗人所采用的媒介物以及诗人与他的观众之间的关系会影响诗人的创作风格;这种创作风格当然就会显著地决定个体文字作品和口头作品的结构。①也有可能,一个口头传统中的伟大艺术家绝少会——也许不可能——成为一个伟大的作家。人人都知道,伽利阿尼神父(Abbe Galiani)是一个杰出的故事讲述者,可是,记下他的奇闻轶事的却是狄德罗(Diderot)。然而,口头创作和书面创作之间的差别也可能被夸大,为了把注意力集中于看似对当前的话题最重要的点上,或许应该回顾一下的是,正如洛德自己在《故事歌手》的一个注释里所言,从某种意义上说,文学——称之为口语艺术(verbal art)或许更准确,但也更笨拙——可被视为一个连续的领域,它不断地容纳各种不同的实践方法和不同的审美价值观,最终并不会倒退为简单的口头/书面二分法。

雅各布森自己曾笼统地定义过诗歌语言。在诗歌语言中,对等原则(相似与差异的关系、同义与反义的关系)"被提升为续发事件的构成手段"。可以说,这一定义对文字创作和口头创作都同样有效。②不计其数的关于重复手法和隐喻手法——在诗歌话

---

① 例如,对比弗雷恩菲尔(Richard Müller-Freienfels)的《写作中的心理学和社会学》(Zur Psychologie und Soziologie der Schrift),此文讨论了概述写作的可能性,而口头语言无法做概述(载于 Geburtstag gewidmet 编,《同事的献礼:图恩沃德教授八十寿辰纪念文集》[Beiträge zur Gesellungs- und Völkerwissen-schaft, Prof. Dr. Richard Thurnwald zu seinem 80, Ilse Tönnies, Berlin, 1950],页 297-331)。

② 《语言学和诗学》(Linguistics and Poetics),载于 Sebeok 编,《语言的风格》,前揭,页358。也可参见 Roger Fowler 的《语言学理论和文学研究》(Linguistic Theory and the Study of Literature),载于 R. Fowle 编,《风格和语言论集》(Essays on Style and Language, London, 1966),页 1-28。福勒对发现区分"文学"和"非文学"的特性的可能性表示怀疑;但是他也反对口头和书面之间区别无足轻重的观点。他说,语言,不管是以空气中的声响还是纸上的标记为载体,其形式都是一样,而语言学家和文学评论家感兴趣的,正是其形式,而非形式的物理表征。

语中建立相似与差异关系的各种形式中最主要的两种手法——的研究,并没有明确地在口头或传统材料与书面材料之间作出区分。

例如,重复和叠句是民俗作品和口头创作的特征,但也可见于更复杂的诗篇中。在史密斯(Barbara H. Smith)的近作《诗歌结尾》(*Poetic Closure*)中,她观察到,怀亚特(Wyatt)的某些效果是靠"一直保持一个叠句,但在随后的诗节中通过改变位于叠句前的材料从而改变其重要性"来体现。①在流行歌谣,诸如《麦田有好埂》(*Corn Rigs are bonie*),或民歌,诸如《兰德尔勋爵或空谷幽兰》(*Lord Randal or Fine Flowers in the Valley*)中,都应用了同样的规则。当然,重复的方式各有不同,可以从非常简单的重复,如刚刚提到的例子,到一些复杂的方式。有些重复,读者仅仅只能依稀隐约地感受到,根本不以叠句方式出现,甚至不会有字词或短语的重复,仅仅只有音位水平的重复。然而,工作原理却没有不同:重复建立了各种联结和对等;它有聚拢的作用,同时,因为它从不固定——上下文总在变化着——它又微妙地做出了区分、建立了差别。其实,越是近似于相同,剩下的有差异的部分——不管是什么差异——就越加清晰凸显。诚然,并列结构保留了更多民间歌谣和口头诗歌的特征,但克诺德尔(Kernodle)认为那也是大众戏剧的特征,因为并列结构允许对结构相似的诗行进行无限制的改写和替换,并且根本就不需要对那种模式的理解进行复杂的来回审视,而是说,借用史密斯夫人的某些术语,不管该诗歌的结构究竟是并列的、连续的还是组合的,都不会实质性地改变重复表达在诗歌中的功能。

从美学的角度,正如从诗学的角度看,口头和书面之间的差别

① Chicago, 1968,页62-63。也可参见前面注释6提到的洛特曼的作品中关于重复的讨论。基恩罗伊认为,最早的叠句是来自被插入了叠句的不同作品的片段。因此,他认为,从一开始,叠句就把某种对照引入了歌曲(比较 G. Lote 著,《法兰克人诗歌史》[*Histoire du vers français*, Paris, 1951],卷二,页186-189)。

似乎并非那么根本。美学的分类打破了口头－书面之间的界限，这种界限认为二者只是部分一致。比如，穆卡洛夫斯基（Jan Mukarovsky）区分了两种美学术语——一边是"规范"（normative）或"结构化"（structured），在其中，诗歌用语得到了严格的编码，美学的范畴总的来说也得到了清晰的定义和限定；另一边则是"功能"（functional）或是"非结构化"（unstructured），更为自由大胆，意在模糊艺术和生活、艺术语言与日常语言之间的界限。前者受到社会的支持，相对稳定，旨在秩序、和声和悦耳；并且，由于经过了严格的编撰，它小心地控制着其各个组成部分的表达力。后者则专注于更小的表达单元，给予词汇——如巴特（Roland Barthes）所言，词汇是"潘多拉之盒，所有语言的可能性都是从中破茧而出"①——更高的特权，高于所有的语法关系，颠覆既定的美学和语言范畴，为文学话语开启了新的难以预料的意义可能性。穆卡洛夫斯基认为，某些时候，占主导地位的可能是结构化的美学，而某些时候，则是非结构化的美学。但是二者都不能缺了对方而独自存在，因为文学要求这两方面的共存。②

　　同样，巴特把文学定义为一个充斥着有意义的符号的世界，却抵制任何关于其意义的确定性陈述。换句话说，这个世界常常邀

---

① 《写作的零度》（*Writing Degree Zero*），Annette Lavers 和 Colin Smith 译，London，1967，页 54。

② 对比《语言的美学》（*The Esthetics of Language*），载于 Paul Garvin 编，《布拉格学派美学、文学结构与风格读本》（*A Prague School Reader on Esthetics, Literary Structure and Style*，Washington, D. C.，1964），页 31–69）。席勒在《审美教育书简》（*Letters on the Esthetic Education of Man*）一书中，特别是第 15 封信中，就认定他所谓的"形式"与"生活"在美学中的辩证统一（与穆卡洛夫斯基的规范和功能的划分大致相当）。韦勒克（Rene Wellek，见 Sebeok 编，《语言的风格》，前揭，页 415–416）、洛特曼（特别是在他对什克洛夫斯基的著名批判中，见《结构主义诗学讲座》，前揭，页 156–159）和里法泰尔（Michael Riffaterr，《文体语境》[Stylistic Context]，载于《语言文学论集》[*Essays on the Language of Literature*，Boston，1967]，页 430–441，页 431）等人都曾批判过现代美学把功能绝对化的倾向。

请并鼓励解读,但却永远不能得到确定的解读(emphatiquement signifiant, mais finalement jamais signifié)。①他认为,文学的这个普遍的"人类学"特征能够包容种类繁多广泛的文学实践。这些文学手法或能指(signifiants)既可以像在古典文学中那样按照严格的规则得到运用,也可像在现代诗学中那样自行组合。② 这些文学手法可以用于引人或是将意义推至其最后限度,从而引发"充满差异也充满启迪的对话,载满缺省和过于营养的符号,并不意图预测什么或是稳定什么"。但文学永远不会变成纯粹的表意系统,也不会成为一个完全开放的系统。文学必须永远在两极之间悬游,一极是特定意义,一极是毫无意义。

> 能指的参与可以是无限的,但是文学符号本身却保持不变:从荷马到波利尼西亚的传说,从来没有人违反过这一非传递性语言所具有的既指代又蒙蔽的双重本质,这一语言"复制"现实(却从未达至过现实),我们称之为"文学"。

巴特又说,在某些时代,那种公开展示文学的"欺骗"(deception)特点及其艺术性(artfulness)的文学技艺可能会有伟大的价值,而在另一些时代,人们也许又会强调艺术的明晰、简单和隐匿(concealment)。情况似乎的确如此,当人们体验到群落位于主要地位而个体居于次要地位时,诗学理论所强调的或许就是清晰性、对已有传统的观察和对事物根本的相似性或普遍性的揭示;而当

---

① Roland Barthes,《文学和意义》("Litterature et signification"),载于《如是》(Tel Quel, 1964),第16期,页3–17,页9。

② 对比奥尔巴赫(Auerbach)在《摹仿论》(Mimesis, 1946)的第一章中对荷马与《创世记》文体之间差别的比较——前者"充满了具体化的描述、始终如一的启迪、不间断的联系、自由的表达方式,所有的时间都在前景,展示出绝对不会被误解的意义",后者的"某些部分被高度凸显,剩下的被模糊化,文风不连贯,未言的'背景'具有含沙射影的影响,意义重重需要阐释。……"

人们体验到个体是具体的而群落是抽象的时候,就会强调意义的开放性、诗的创意、各种出乎意料的推陈出新的相似关系的创作等等。①然而,值得一提的是,穆卡洛夫斯基说,"规范的"美学不仅仅是民间文学的特点,而且也是古典文学的特点。巴特赞同地指出,当观众和艺术家共同成为一个单一的、相对同质的群体中的一部分,拥有共同的价值观、使用相同的语言的时候,作者的存在就不太凸显;相反,当公众与写作语言分离,文学成为客体,作者的写作成为它的某种工具性功能时,作者的存在就更容易被觉知到。他认为,从这方面讲,法国的古典文学就曾具有某些民俗文化的特征,因为它"要求有对话的可能性,它创建了一个体系,在这个体系中,人们不是孤立的,文字永远没有事物(things)的那种可怕的沉重,演讲就是与他人的会面"。穆卡洛夫斯基继续说

> 古典文学语言带来精神的愉悦,因为它是直接的社交。每一个古典主义流派、每一部古典文字作品都会预设一次集体餐饮场景,一个类似于演讲的场景;古典文学艺术就是几个阶层相同的人聚到一起、轮流说话;是为口头传播交流、为受到社会偶然性的制约的消费场景所构思的产物。②

和穆卡洛夫斯基一样,苏联学者洛特曼(Iurii Lotman)明确地把民间文学的美学与古典主义的美学相提并论。洛特曼区别了"同一"的美学和"对立"的美学。前者不断地重申同一

---

① 语法上的韵律和谐的移位和自文艺复兴以来渐增的相异词汇的韵律音变现象,是押韵实践在语境中发生转变的一个简单例子。当然,韵脚本身受到历史的制约(见 Jean Cohen,《诗的语言结构》[*Structure du langage poetique*, Paris, 1966],页 81-86)。英语批评家常常观察到,罗马教皇就是一个艺术鉴赏大师,精于变换语法形式,并用韵脚来调和这些变换。

② 《写作的零度》,前揭,页 55。对比萨特的《什么是文学》(*Qu'est-ce que la littérature*, 1948)的第 3 章。

性,反对差异性;强调永恒秩序,反对变化莫测。后者却想要挫败读者的各种期望,迫使读者在艺术作品中考虑一种不同于他最初所设想的现实模式。在洛特曼看来,同一的美学在民间文学、中世纪文化和古典主义的文化中都很普遍,但大多数现代运动——巴洛克风格、浪漫主义和现实主义——的特点却是对立的美学。① 在洛特曼的讨论中,从来都没有提到过口头-书面差别有任何重要意义。

也许可以这样说,一方面是作者(与叙事诗的朗诵者和表演者不同)的自主性和个性化,另一方面是文字文本(与可能所谓的口头"节目"不同)的自主性和不变性,使得书面和口头诗歌传统有根本的不同。然而,经过考察发现,这两个标准似乎没有人们所认为的那样稳固。

曾几何时,"作者"的完整性在心理学、社会学、甚至文学史本身的大锅中消溶。例如,"作家"与那些和他交流的人——不管是已故的还是活着的——之间的分界线,不再如曾经看起来的那么泾渭分明。很多文本本身就看似是对其他文本的阐释或组合。作者的每一篇不同手稿,代表着通向最终文本的各个创作阶段,我们认为最终的文本才就是作品本身。而在不同版本的印刷文本之中,我们应向何处找寻对作者意图的"真实"体现?哪一版才是最能体现"他的"创作意图的版本?我们称之为作品的那个东西可能只是一个场景或计划的具体表征。而在其中,曾经还有过其它的具体表征,有些被保留下来,虽然不容易看到,有些却被偶然或

---

① 洛特曼也区别了主要由文本内在的关系所构建的美学与主要由上下文关系所构建的美学。因为文本内在的关系,前者被认为在艺术上很复杂(中世纪艺术、民谣、巴洛克、浪漫主义),后者被认为在艺术上很简单(古典主义和现实主义)。这一区分避开了同一性审美和对立的审美之间的界限,也使其更复杂,但却仍然没有理会口头和书面作品之间的差别;对比洛特曼,《结构主义诗学讲座》,前揭,页79及各处。

处心积虑地抹去。①另外，单是一个言语（parole）的文字记录并不能使我们相信其背后的或是其所体现的那个实质性的、自主的自我。至少，不存在支撑这个言语并将自身体现在这一言语中的独创的个体本质，这种看法还有待商榷。其实，很多现代作家都完全接受并阐明了这一立场，例如布鲁门伯格（Hans Blumenberg）曾引用过的那位德国诗人——布鲁门伯格在给那位诗人的一本诗集写的序言中评述道：

> 如果本书中某页的某几行幸运地获得成功，请读者原谅我曾无礼地篡改过它们。我们的玩法——你们的和我的——并没有多少差别：恰巧你们是这些练习的读者，而我是作者，但这一情况其实微不足道，且完全出于偶然。②

这一评述显然是在讲，相比于读者，作品不会更接近——或者更远离——作者的主体性。

换句话说，后文艺复兴的作者的自主性和个性很可能是一个意识形态的问题。甚至，即便只是一个理念，从文艺复兴时期开始，它也并非一直处于所有美学体系的中心。文学创作更古老的

---

① 诗歌的不同印刷版本在修订再版过程中发生变化的例证，可见斯科特 A. F. Scott 在其著作《诗人的技艺》（The Poet's Craft, Cambridge, 1957）中的收集。不同的文本之间有相当大的改变的小说有：福楼拜的《情感教育》（Education sentimentale）和《圣·安东尼的诱惑》（Tentation de Saint Antoine）。许多 19 世纪的英语小说也存在好几种"文本"，虽然这个问题并没有引起评论界的多少关注（见哥特曼 [Royal Gettman]，《一个维多利亚时期的出版者》[A Victorian Publisher, Cambridge, 1960]，第 8 章）。关于"文本"这一概念的流动性，见洛特曼，前揭，页 154。

② 布鲁门伯格（Hans Blumenberg）著，《美学对象本质上的多义性》（Die essentielle Vieldeutigkeit des asthetischen Gegenstandes），载于《第五届国际美学研讨会论文集》（Actes du Ve Colloque International d"Esthetique: Amsterdam 1964, The Hague, 1968），页 64–70。

模式和理念,在印刷和私有财产的时代仍然存活得生机勃勃。①古典美学特别不支持作者的原创性和个性这种理念。在著名的《雾港水手》(*Querelle*)中,拉布吕埃(La Bruyère)对现代人(the *Modernes*)做出如下批评:

> 我们让古人和有创见的现代人滋养自己,我们尽可能地压榨他们,从他们那里汲取养分,剽掠他们的作品;最终当我们认为我们能够脱离帮助、独立行走时,我们却如同那些吮吸着牛奶长大、变得强壮而粗鲁、却背叛了他们的褓姆的孩子一般,反对曾施恩于我们的人,如此这般地对待他们。②

在较高文学水平上,许多作者仍然愿意同时与已故和在世的人一起开放地合作。例如,佩罗(Perraul)曾借鉴过的《故事集》(*Contes*)就是一部精彩的民间故事素材合本,是由来自同一个小集团的多个不同的人连续即兴创作的文学作品。③ 在 18 世纪初,勒萨日(Lesage)、第俄涅瓦(d' Orneval)和福泽利尔(Fuzelier)根据喜剧传统,为博览会剧院(the Theatre de la Foire)合作创作了大量剧目。半个世纪后,狄德罗对《百科全书》、对格林(Grimm)的《文学信件》(*Correspondance littéraire*)和对雷奈尔的《印度历史》(Raynal, *Histoire des Indes*)所做的贡献已经难以确定,狄德罗自己

---

① 关于著作权的中世纪观念,参见戈德施米特(E. P. Goldschmitt)著,《中世纪文本及其首次印刷本的出现》(*Medieval Texts and their first Appearance in Print*, Oxford, 1943);也可参洛斯(John Livingston Lowes)著,《诗歌的习俗与反叛》(*Convention and Revolt in Poetry*, Boston, 1922);拉罗(Charles Lalo)著《艺术与社会》(*L'Art et la vie sociale*, Paris, 1921),页 52–54;和麦克卢汉(Marshall McLuhan)著,《古登堡星系》(*The Gutenburg Galax*, Toronto, 1962)。

② 《精神的结构》(Des Ouvrages de l'esprit),载于《人物》(*Les Caractères*)。

③ 参见索里亚诺(Marc Soriano)著,《佩罗的故事集:高雅文化与民间传统》(*Les Contes de Perrault: culture savante et traditions populaires*, Paris, 1968)。

也毫不在意是否要凸显出这些贡献。①

的确,到了 18 世纪,关于著作权、文学作品以及文学创作本身,都已经有不同于以往的观念。但是,某些作者仍旧保持着古老的共享方式和理念,清楚地意识到自己的传承。例如,在狄德罗的作品中,两种审美之间的冲突,就在作为聪慧代言人和即兴演说者的"拉摩的侄儿"(Rameau's nephew)与他相当了无生趣的谈话伙伴"我"(Moi)之间反映出来。"我"不过是故事的讲述者,两个人在故事中都被理解为剧中人物、故事的创作者和写作者,这些故事的文本经世历久且意义无穷,至今我们仍在拜读。在众人所熟知的狄德罗与雕刻家法尔科内(Falconet)之间的通信当中也贯穿着同样的冲突。狄德罗自己一直受到某种恐惧的困扰,害怕在合作作品、给朋友的建议和谈话中"耗尽"自己的才华。在他与沃兰(Sophie Volland)的信中有一段话非常著名,他把自己的朗格勒同乡人比作风向标,并且略带悲悯地说:"至于我自己,我是来自我家乡的人;只是居住在首都而已,勤勉的工作略微修正了我"。②有一点也许绝非无关紧要,那就是,狄德罗是从翻译作品开始他的职业生涯的。在翻译沙夫茨伯里《关于德性和功业的研究》(*Inquiry concerning Virtue and Merit*)时,他一开始就说:"我再三阅读他(沙夫茨伯里)的作品,在心中装满他的精神;当我拿起手中的笔时,就合上了他的书。"③从某种程度上可以说,狄德罗认为所有的创作都是翻译。直到 1828 年,我们仍能从艾克曼的作品中找出歌德的某些话语,这些话语旨在驳斥卢梭要把他的作品与所有其他人分离、成为他自己独一无二自我的纯粹载体的雄心:

---

① 参见杜克(Michele Duchet)在《法国文学史回顾》(*Revue d'Histoire Litteraire de la France*,1960)中的文章,页 531–56。

② 《致沃兰的信》(Letter to Sophie Volland),1759 年 8 月 10 日。

③ 阿希扎(Assezat)编,《作品集》(*Oeuvres*),第一卷,页 16。

　　德国人永远只能是腓力士人。他们如今因为某些诗既见于席勒也见于我而吵吵闹闹，认为确认出那些诗到底是席勒写的还是我写的，是一件非常重要的事情，似乎通过那样的调查可以寻获点儿什么，似乎那些诗的存在本身还不够重要。……我的，或是你的，又有什么关系呢？其实，必须成为一个完全的腓力士人，才能为解决那样的问题增添一点点意义。①

　　因此，自主、原创和自我表达这些观念把自身确立为文学活动的一种性质或惯例的进程相当缓慢。洛德曾研究过一些最好的俄国史诗（*bylini*）和塞尔维亚史诗的唱诵者，那些都是其各自传统中最好的艺术家。似乎完全可以这样说，在整个17和18世纪，很多作者可能认为自己与那些艺术家们相距并不太远。在《思想录》（*Pensées*）中，帕斯卡（Pascal）在一篇关于文体的文章中说到，"在一场网球比赛中，两个选手打的是同一个球，但其中一个回球回得更好"。②在我们的时代，杜兰（Charles Dullin）曾将古典剧作家与表演者或制作人——即如他自己一般的阐释者——做过比较。"莫里哀和高乃依毕生之所为除了改编还有什么呢"？③

　　此外，值得回顾的是，民俗学者，特别是俄国学派，站在自己的立场上，开始强调民俗中个体艺术家的特殊才能和风格。④的确，

---

① 1828年12月16日。最近，资产阶级自由主义的侵蚀已经引发了好几次试图摆脱资产阶级的著作版权观的努力。在1920年，马雅可夫斯基作了一篇自传式的小品，名为《我自己》（*I myself*），他提到："完成了第150,000,000号作品。没有署名便出版了。希望有人愿意继续改善"。

② 布伦士维格（Brunschvicg）编，《思想录》（*Pensées*），注释22。

③ 引自维因斯坦（André Veinstein）著，《舞台剧与审美条件》（*La Mise en scene théâtrale et sa condition esthétique*, Paris, 1955），页297。

④ 早在1873年，希法亭（Hilferding）就已经开始按照作者或唱诵者而不是根据属类标准来划分俄国民俗材料，但是，被许多民俗学者引为典范的却是阿扎多夫斯基（Mark Azadowski）对维诺库洛娃（Vinokurova）——伟大的塞尔维亚史诗唱诵者——的研究（*Eine sibirische Märchenerzählerin*. Helsinki, 1926, Folklore Fellows Communications, 68）。

在大多数口头文化中,曾以不同的方式叙述过同一个故事的有才华的艺术家们,都会否认曾更改过标准范本中的字词或诗行。①但是,他们否认只是因为他们认为,离开他们对作品的独特表述,作品就无法存在。对于他们来说,忠实,意味着在一个给定的框架中创作,保存作品的框架和主题,而不是一字不变地复述某一作品。"一字不变"的观念显然与文字文本密切相关,但似乎对于他们来说毫无意义。很有可能,只是在与各种各样的历史情境的逐步结合中,才建立起作品与被生动记录下的个体表述之间的一一对应关系,并最终出现文学创作是绝对原创产品的理念,这一原创产品源于且以某种方式表征着一个独特、本质、自主的自我。

总之,看来口头创作诗人和书面创作诗人的文学实践的确存在差异。但是,口头诗人生活的社会的传统和价值观,以及口头创作本身的性质,使得他们察觉不到自己对传统所做的任何贡献。

---

① 参页 195 注释提到的洛德的文献;索科洛夫(Iurii Sokolov)著,《俄国民谣》(*Russian Folklore*, New York, 1950),;德拉吉(J. H. Delargy)著,《凯尔特的故事讲述者》("The Gaelic Story-Teller"),载于《英国学院院刊》(*Proceedings of the British Academy* 31, 1945),页 177-221;德格(Linda Degh)著,《故事,讲故事,和讲故事的人们》(*Märchen, Erzähler und Erzählgemeinschaft*, Berlin, 1962);芬尼根(Ruth Finnegan)著,《利姆伯的故事和故事讲述》(*Limba Stories and Story-Telling*, Oxford, 1967);也可参见夏普(Cecil Sharp)著,《南阿巴拉契亚山区人的英语民谣引论》(Introduction to *English Folk Songs- from the Southern Appalachians*, 1917);本尼迪克特(Ruth Benedict)著,《祖尼族神话》(*Zuni Mythology*, New York, 1934);卡兰莫-格里奥勒(Geneviève Calame-Griaule)著,《关于非洲口述文献的少数民族语言研究》("Pour une étude ethnolinguistique des litteratures orales africaines"),载于《语言》(*Langages* 18, 1970),页 22-47。然而,据一些观察者说,在某些文化中,相对于固定形式的典范,似乎的确更可能做到绝对忠实于传统;对比埃德尔(Mary M. Edel)著,《蒂拉穆克民谣中的恒定性》("Stability in Tillamook Folk-lore"),载于《美国民间文学杂志》(*Journal of American Folklore* 57, 1944),页 116-27;查德威克(Nora K. Chadwick)与扎尔姆恩斯基(Viktor Zhirmunsky)著,《中亚的口述史诗》(*Oral Epics of Central Asia*, Cambridge, 1969),页 224-25 有关亚洲中部的土库曼人的论述。然而,查德威克夫妇认为,极其精确的记忆就应被视为超常现象(H. Munro Chadwick 与 Nora K. Chadwick 著,《文学的成长》[*The Growth of Literature*, vol. III, Cambridge, 1940],页 867-69)。

相反,书面创作,特别是出现了印刷产品的社会具有不同的习俗、价值观和存在方式,这一切促使书面创作诗人——至少在某一历史时段——否认在自己的作品中存在任何不是自己的东西。他认为自己并不是传承和实现社群传统的载体,而是孤立的个体,想要具体地表现一种个体的话语。他试图通过确立那些诗歌为他的"私产"(property),再次独享他认为已经在他的话语中所体现出来的那一部分。也正是由于那一部分,他体验到一种强烈的个体认同感和因那种认同感而带来的不安的疏离感。

书面作品有固定不变的特性,这一特性常常被拿来与易变的口头传统作比较。但我们也不能简单地将这一特性视为理所当然。我们已经提及过"文本"的材料不固定性,一篇"文本"可能有各种抄本或印刷版本。但是,文本本身——永存的形象的印记——并不等同于作品。我们来设想一篇现存的文本,一篇显然是残碎的或是不知何故未完成的文本(帕斯卡的《思想》或许可以作为那种残篇的一个例子)。把它的不完整归因于某种机械损毁或意外的结果,还是归因于作者的故意设计,会极大地影响我们对该文本能否代表作品的看法。因此,为了对作品有一个整体概念,我们必须超越文本本身去审视作品的创作背景——例如,我们对作者的创作意图的了解,或是对那一时期审美观的了解。

总之,书面和印刷文本所具有的材料方面的相对稳定性也同时伴随着一个极其易变的因素。这一易变因素对于文学作品的实现来说,和文字载体本身一样必不可少。所有文学作品,不管是书面的还是口头的,只要我们认为可以称之为文学作品,就与单纯的复述不同,都有一个共同特征,即希望——或者让我们觉得它们值得——获得更多的声名和读者。①对同一文本连续多次的阅读(或

---

① 这一点在刘易斯(C. S. Lewis)所著的《评论的一次实验》(*An Experiment in Criticism*, Cambridge, 1962)的第 2 页中有生动叙述。

表演),正如对同一口头剧目的连续多次表演一样,(与之前的)不尽相同。对于口头作品的表演,这种情况易于接受,但其实对于书面和印刷文本也一样。事实上,众所周知,与同一性背景相对应——例如,同一张乐谱由不同的演奏者在不同的情况下演奏——差异性能更加显著地被感知到。戏剧文本在剧场演出的情况也能证实这一原理。皮斯卡托(Erwin Piscator)曾两次担当席勒的《强盗》(*Die Räuber*)的导演,他对这两次导演经历曾做过有趣的评论。第一个执导的版本于 1926 年在柏林上演,第二个于1957 年在曼海姆上演。在 1926 年,他说,政治格局是革命的,所以他就把席勒的作品呈现为对继续革命活动的号召。因此,剧目的戏剧化成分在早期的制作中被置于显著的前景,而弗朗茨愤世嫉俗的反省独白却被撤回到不突出的背景地位。1957 年的作品却是在完全不同的政治和社会形势下制作的,皮斯卡托称其为一次成功的复辟。显而易见,当时的社会环境中无疑已经没有隐含的革命因素,因此皮斯卡托突出强调了那些独白。①如洛特曼所说,增加两种"阅读"中的同一性成分,直至文本各部分完全一致,就凸现了那些不一致的成分。②

　　人们或许会想象,如果去除掉活生生的阐释者或表演者这一因素,就可以完全消除变异,例如在造型艺术、电影、录音或磁带音乐等作品中,我们不得不只依靠自己安静地阅读这些文学艺术产品,进而那些困难就迎刃而解,也就获得了完全的同一性。然而,这一点却值得怀疑。艺术作品并非全部体现于文本之中(音乐作品的配乐、造型作品中的材料部分),除开文本还更有——再次引用洛特曼的话——"与文本系统和文本系统以外或由上下文背景

① 《世界剧院》(*World Theatre* 17,1968),页 337-345。对比巴蒂(Gaston Baty)在《戏剧》(*Théâtre*,Paris,1945)一书中对《奇想病夫》(*Le Malade imaginaire*)中一个场景的三个版本的描述。

② 洛特曼,《结构主义诗学讲座》,前揭,页 84。

所决定的系统"。①如果不考虑文本的背景情况,人们甚至无法判断文本中有意义的主动结构成分是或曾经是哪些。例如,某一文本恰好是另一给定的文本所缺失的,那么这一缺失的文本就构成了其上下文背景,是传统的一部分,且可能作为一种复杂的引用、暗喻和仿效的系统融入其中,这一复杂系统总体上是或曾是人们感知到的信念和期望框架。作者自己或许会表明他的作品所依赖的背景。洛特曼观察到,马雅可夫斯基(Mayakovski)即便破坏了俄国诗歌中旧的韵律系统,也会小心翼翼地让读者在意识中保持它。②但我们可能最终会忘记作者的背景,而文学历史最重要的任务之一或许就是重建这一背景。比如,我们须得把华兹华斯写诗的模式放到18世纪的诗歌背景中去理解,否则就无法了解它对同时代的人深刻的艺术震撼。而且,华兹华斯写诗的方法也反过来开始构成读者的期望背景和审美标准,新一代的读者以截然不同于他同时代的读者的眼光来理解他的诗歌。能欣赏两种不同体系的诗歌,也许并非完全是幻想。同样,背景系统的变换可能改变一部作品中各种语言功能(表现的、交际的或指称的、诗歌的、意动的等)之间的关系。因此,比如一部历史作品、一部自传或是一本政治宣传册,其交际的或指称的功能曾经很显著,但随着时间的推移,其作为诗歌的功能可能变得比其他功能更突出。

总之,背景系统的改变会带来各个组成部分的结构活跃程度的改变,正是这些组成部分构成了作品总体的复杂效果。那些背景系统既会在历史的进程中不断变化,也会在个体意识的正常生

---

① 洛特曼,《结构主义诗学讲座》,前揭,页85。这个观点并不陌生。例如,路易斯(曾暗示过这个看法,他说自由诗体远不比格律诗简单,只有在格律诗方面受过非常好的训练的人才懂得欣赏它(前揭,页103)。路易斯就此顺理成章地为文学史辩护,称其有助于文学鉴赏(页12)。

② 洛特曼,《结构主义诗学讲座》,前揭,页113。对比维姆萨特,前揭:"(18世纪诗歌——L.G.)脱离范式是自由,是表达,是乐事,只要范式的呈现是作为实现新的意义的参照……"

活中不断变化。作品所呈现的东西会向每个读者揭示,但并非在其生活中的某一刻一次性地全部揭示。因此,书写文本的自我同一性只是一个抽象概念,只有切断作品与背景系统之间的联系才能获得。但缺乏背景系统,作品可能毫无意义。艾略特在他著名的文章《传统与个人才能》(*Tradition and Individual Talent*)中坦率地表达了这个观点:

> 没有任何一种诗人或艺术家能单独拥有完整的意义。他的重要性以及我们对他的鉴赏,就是鉴赏他和已故的诗人以及艺术家的之间的关系。你不能单独地评价他,你得把他放到前人中去对照,去比较。我的意思是,这不仅是一种历史批判原则,也是一种审美原则……当一件新的艺术品被创造出来,一切早于它的艺术品同时都受到了某种影响。现存的所有经典作品共同构成了一个内部的理想法则,由于引入了新的(真正新的)作品,这个法则就被修改了。

这并不荒谬,艾略特总结到,"现在会改变过去,正如过去指导着现在"。

因此,尽管文本只具有相对的材料稳定性,但文学的书面作品——用萨特的话说,"那一奇怪的旋转陀螺,只能存在于运动之中"①——对某种表现方式的依赖,并不比口头作品低。它总是随着对其的阐释方法的变化而变化,随着它在展示出来时所倚赖的背景的变换而变化。我手中的这本 1970 年版的《费德尔》(*Phedre*)与它的第一批读者所理解的作品就完全不同,甚至不同于作者自己的理解。我也不能期望能根据当时人们对文本的理解

---

① 《什么是文学?》("Qu'est-ce que la litterature?"),载于文集《思路》(*Idées*, Paris, 1948),页 52。也可参见弗莱的相关言论,《批评之路》("The Critical Path"),载于《戴达罗斯》(*Daedalus* 99 [1970]),页 268—342,页 322—325。

来精确地复原拉辛(Racine)时代的背景结构。要复原那一背景，
需要首先了解拉辛及其同时代的人所理解的全部内容(作为一个
文学历史学家，我可能也必须不断靠近这个目标，虽然我永远达不
到这个目标)，还不仅仅如此，我还需要清空已经进入我们自己时
代理解背景中的很多东西，因为对那些东西拉辛必然不予理会。
总而言之，文学文本的使用者对文本本身具有一种反馈效应，这种
效应导致了文本与很多东西相关——这被柏拉图责为不确定
性——也保证它的持久性，保证它能够在客体结构所规定的范围
内，在不同的时间给不同的使用者、在不同的时间给同一些使用者
或是在同一时间给不同的使用者不同的信息。总之，文本有点像
某种勋章，如《论箴言》(Discours sur les Maximes)一文(增附入拉
罗什福科(Rochefoucauld)1665 年作品集中)的作者所说，那些勋
章"在同一张脸上以同样的标记既代表着一个圣人的形象，也代
表着一个魔鬼的形象。只有那些看着这一勋章的人们所处的不同
的位置能改变他们所看到的对象。一个看到的是圣人，另一个则
看到的是魔鬼"。①洛特曼的表述则更直白，他观察到，"在艺术
中……识别其意义的符号或成分在不同的情况承载着不同的意
义，经过设计，能够对应许多不同的背景"。② 在《审美教育书简》
(*Letters on the Aesthetic Education of Man*)中，席勒说，艺术作品将
自由与法则或限制结合在一起，其不确定性并非空白的无穷
(leere Unendlichkeit)，而更应是一种充盈的无穷性(erfüllte Un-

---

① 巴黎修订版，1714，页 18–19。

② 洛特曼，前揭，页 42。对比沃迪卡(Felix Vodicka)的文章《文学作品反响史》("The
History of the Echo of Literary Works")，载于 Paul Garvin 编，《布拉格学派美学、文学
结构与风格读本》(*A Prague School Reader in Esthetics*, *Literary Structure and Style*,
Washington D. C., 1964)，页 71–78："一旦深入到另一种语境(事件已改变的语言
状态、另种文学要求、已改变的时代结构和新的精神和实践价值观体系)中，以整
全的基础来理解作品，就可以发现作品中的那些具有之前并没有理解到的审美效
果的性质。因此，积极的评价可能基于一些完全相反的原因。"(第 79 页)

endlichkeit）。席勒试图描述的,可能正是艺术作品的这一特点。

因此,表演似乎对于书面文学和口头文学都必不可少。只是,方式不同。在书面文学中,不同表演的数量显然无穷尽,但是变化的范围却相当有限。当然,所有的个体的确都在变化,只要他们的年纪在增长。例如,我们可以想象一首征兵主题的俄国歌曲,有儿子或丈夫被征召入伍的妇女和一个没有直接体验过这种悲剧的妇女,这首歌对她们的意义可能就不一样(在沙俄时期,兵役好像长达二十年!)。同样,在整个一生中,人们对许多仪式和礼拜艺术作品的意义的体验,也会变化或更新。然而,由于获得经验的范围有限,即使是个人的发展范围,也可能受到口头文化的限制。人可能从事的活动和经验若是范围相对狭窄,就会产生一种同质性,而且,看似有超常才华的口头社群成员,他们彼此之间强烈的相互认同感会强化这种同质性。最重要的是,口头文学在很大程度上是即时的,如同口语本身一样。①整个传统是即时呈现的,也仅仅是即时呈现的。从记忆中溜走的东西,就无法再恢复;因此,根据当下的经验就几乎可以理解传统中所有的组成部分。几乎不可能有无法解释的问题,因为存储的过程同时就是解释的过程。另一方面,书面文学却是非即时的,因为来自不同时期的文本、文学传统上不同时刻的结晶被形象地保存下来,后代的读者和作者,甚至完全不属于本土的各类群体都可以阅读它们。符号和表演分离,阐释成为了中心问题。宗教的历史无疑是从即时性向非即时性的过渡的一个生动例证。我将用一个更简单的例子来说明。

----

① 斯坦科维茨(Edward Stankiewicz)比较了他认为是非共时性的诗歌和共时性的语言。"我们常常返回诗歌的传统。非诗歌的、寻常的语言却从不用返回;它随着时间而渐进地发展。"(Sebeok,《语言的风格》,前揭,页430)如波加泰诃夫和雅各布森所断言,口头文学就如同这个意义上的语言。关于口头文化的一般共时性特点,参见古迪(Jack Goody)和瓦特(Ian Watt)著,《有读写能力的后果》("The Consequences of Literacy"),载于 J. Goody 编,《变迁社会中的读写能力》(Literacy in Transitional Societies, Cambridge, 1968),页 27-68,特别参见页 30-31。

谐语在口头传统中很有活力的时候,人们对谐语的意义都很确定,虽然使用的场合不同其意义会有所改变。例如,"滴水成河,粒米成箩"(Every Mickle Make A Muckle)既可以用作积极的鼓励的话语,也可以用作消极的警告,提醒人注意轻微小错的累加效应。但是,谐语的使用者和倾听者都绝不会对其正确的意义有任何怀疑,也不会区分语句的形式和它的意思。两种用法其实并不矛盾。正是谐语收集者意识到,结构与意义分离时会产生不同的意思。因此,在英格兰和法国"滚石不生苔"(rolling stones gather no moss;pierres qui roulent n'amassent pas mousse)一般指的是:如果常常换工作以至于永远不能在任何一个地方安定下来,就无法建立一个舒适而持久的家。然而,当我还是个小孩并居住在苏格兰的加尔文教徒区时,我和我的同学或是老师都经常使用这句话,但没有任何人质疑过它的意思其实是上述意思的反面:如果不一直流动着、奋斗着,就不能成才。要使用谐语的人明确地解释某一句谐语的意思,也许很困难,但是他几乎一定能够区别恰当与不恰当的用法。相反,不使用谐语的人——我怀疑从上个世纪开始使用谐语的人就一直在逐渐减少——任何一句谐语都具有不确定性。我曾经在约翰霍普金斯大学问过我的几个学生,问他们如何理解"滚石不生苔"这句话,很多人都很踌躇,继而认为我提供的两种意义都可以接受。我确信他们的踌躇并非是因为不能解释这句话,而是因为缺乏应用这句话的实际经验。简单地说,对他们来说,这句话已经变成了一份文本,就像从圣经或是莎士比亚作品中截下来的一段一样。相反,我怀疑某些在某种意义上已经进入大众文化的文本——(直至最近)例如《天路历程》(Pilgrim's Pro-gress)或雨果的《悲惨世界》(Les Misérables)在法国——已不被人们理解为一个文本,而是与口头材料一样,已经完全被赋予了某一种从属于某种特定传统的解释。

书面文学的非即时性的特点彻底地改变了艺术家与公众之间

可能具有的关系的范围,也改变了这二者与传统之间可能具有的
关系的范围。无疑,口头文学无需统一。它可能由无数特定地方
的、专业的甚至家庭的传统所构成,但重点是,所有置身于这些传
统之中的人都非常熟悉这一口头文学,而之外的人却对它一无所
知。它甚至根本就不向外部的人呈现。反之,书面传统原则上却
是开放的、普遍的。(各种普世的宗教当然都是有经文的宗教,这
一点绝非偶然。)①然而,正是这个特点使其具有不确定性。因为,
原则上,文本普世可得,但是能够阐释文本的方法却非如此。长期
以来,阅读文字符号的能力都是少数人的特权。写作,绝不是一种
凝聚力量,而是一种分裂力量。在一个复杂的文化社会中,传统可
能变得像一个巨大的博物馆,充满了过去散乱的或关系难解的遗
骸和纪念碑。各种各样不同的社会阶层和群体分析、解释这些过
往之物的方法各不相同。

　　对于一个作者,那样的文化环境也许意味着,他在创作自己的
作品时,可以利用的材料范围极大地拓宽;同时,他选择材料和安
排材料的能力以及个人责任也得以增强。波加泰诃夫和雅各布森
在其文章中指出,在个人民间文化传统中,对应于不同审美范式或
目的的风格变化是很少的,甚至几乎没有。变化完全由不同的民
俗 genres[类型](传说、传奇、轶事、歌曲、谜语、符咒等等)所决
定。相反,书面文学则可能在某一段时期内囊括大量来自不同流
派、风格独立甚至对立的作者。同样,书面文学的复苏、复兴的典
型特点,在口头文学当中闻所未闻。复苏与复兴既是出于物理保
存或恢复过往材料的需要,也是审美理解背景变更的需要。

　　对于读者来说,从口头到书面文化的过渡可能意味着文学范
围的巨大扩展。艺术家也是读者,因为为了创作出自己的作品,他
也必须阅读其他人的作品。无数个人的文学行为在文学文化进程

――――――――――

① 　参见古迪,《变迁社会中的读写能力》,前揭,页 2-3 及各处。

中的不同时刻完成,并被生动地保存为文本。这些文本可以不时被用来适应于范围广泛的不同背景,也许无需把其中的任何一个背景看作唯一合适的。我们之前曾略微提到,使用者对作品的反馈可能解放了文本,让其不被束缚于任何一个特殊的背景。而这种可能性的出现有两个原因。一是历史地重建连续不断的文本的各种背景,正是这些背景使得作品栩栩如生。二是总体上各种背景的猛增,其中,我们就可以根据现代意识和现代学科——社会学、心理学、哲学等——的方式来理解文本,这既提升了文本的影响力,也提升了我们对其创造性反应的视野。因为,每一种背景都会把文本中不同的部分展现为具有重要结构性意义的部分,因而就以不同的方式激活了文本的各种可能性。剧院中为人所熟知的技巧是把一个文本从一种历史背景的设定挪到另一种(用维多利亚时期的背景布置和服饰来表演莎士比亚的作品,等等),我们在头脑中所想的效果与在剧院中所获得的效果也一样。因此,作为书面文学作品特征的历史性,就是读者所代表的积极的、有创造性的关系的条件。其实,书面文本似乎完全没有限定或控制作品及其含义,反而容许它们被解放、被创造出来。巴特观察到,“写作,就是将你的言语(parole)讲给他人听,以使他们可以完成它。”①书面文本脱离它的原始来源和上下文背景,漂浮在历史的长河中,它让自己向各种各样富有成效的邂逅敞开了怀抱,正如瓦莱里(Valery)笔下的苏格拉底在海滩上所发现的那“所能够想象的最

---

① 巴特,前揭,页17。同见布列(Pierre Boulez)著,《当今音乐思考》(*Pensez la musique d'aujourd"hui*, 1963),转引自 H. Osborne,《美学与艺术理论》(*Aesthetics and Art Theory*, London, 1967),页188:“在我看来,对于保护一部艺术杰作中可能存在的未知潜能,它仍然很有必要。我确信,不管作者如何有洞察力,他也无法想象他所写的作品能够带来的即时的或遥远的影响力。”所有这些论点让人想起英伽登(Roman Ingarden)关于艺术作品的确定特质和不确定领域的讨论。英伽登的观点是,一件艺术作品可能的或合法的客观化对象在消极的意义上得到决定,但绝不会完全确定(《文学艺术作品》[*Das literarische Kunstwerk*, Halle, 1931])。

模棱两可的物体"①一样。反之,口头作品在表演之中经历变化时,在任何给定的情境中,却总是保持着其专一且完全当下性的特点。

　　然而,读者的自由迫使他有责任选择一个放置文本的背景,并找出解释文本的方法。如我所说,在口头文化中,口头社群中所有的成员已经将那一传统内化;可以说,他们所有的人共同分享着同样的知识和文化,只在细节上做必要的修改。因此,很容易明白为何一个口语社群中所有的成员以几乎同样的方式理解一部作品,并且总的来说,即使他们的灵敏性各不相同,正如在任何文化中人们的灵敏性都不同一样,也全都能够理解作品。如拉丹(Paul Radin)所说,总结许多民俗研究者和人类学家的观点,"一个原始部落中的观众对他们的文学中那些含义的理解,比我们对我们自己的文学的理解,准备得充分得多。那里的每一个人——非洲和波利尼西亚-密克罗尼西亚的某些部分除外——对他的文化都有全面的了解,并且参与其文化中的各个方面;每个人都完全了解他所讲的语言。在那里,没有'文盲'或无知的人"。②而在读写文化中,传统并不同质或并非即时呈现。这一方面拓展了一篇文本可能对应的各种背景的范围,因而也扩大了其可能的意义范围;另一方面,准备不足的读者或者受教育程度不够的读者,可能对背景产生疑问,进而文本对于他们来说就难以理解,难以产生共鸣,甚至毫无意义。用萨特的话说,"只有在读者的理解水平范围内,作品才存在"。③

　　在书写传统中,当作品中含有大量对其他文本的隐含或明确

① 参见《建筑师欧帕利诺斯》("Eupalinos ou l'architecte"),载于《作品》(*Oeuvres 1*, Paris, 1931),页133-142。

② 《原始人的文学》("The Literature of Primitive People"),载于《第欧根尼》(*Diogenes* 12[1955]),页1-28,此处引自页3。

③ 《什么是文学》("*Quest-ce que la litèrature?*"),前揭,页59。

的引用时,或是大量地参考了其他文本,甚至对受过良好教育的读者都有相当高的要求时,这种情况就更加容易出现。换句话说,文本不仅可能很难从互文指涉(intertextual reference)的复杂模式中分离出来,甚至脱离了那个模式就几乎难以理解。在那些由各种各样的群体和阶层构成的社会、文化发展严重不均衡、不连贯的地方,在那些没有统一语言的地方,在文学因此已经变成了一种与某一个不对外的、排外的阶层语言相关的高度专业化的活动的地方,书写传统能够给予读者与文学作品之间自由的关系,却因而同时也使得大多数人感到困惑并产生隔阂。

在历史上,可能文字最初只把社群分为了两个部分:一部分人接触过文字文化,另一部分人仍旧限制在即时的口头文化中。然而,两种文化最先可能一直相对同质。虽然在文艺复兴时期,古典文学的复兴暗示着可能会有更进一步的各种复兴,但古典传统却在很长一段时间中仍然是现代书面作者创作的唯一模式;古典文学的规则和标准在某种意义上被感知为具有当下性,又因为是非时间性的(a-temporal),进而具有永恒的真理性。另一方面,民众也保持着相对同质,能即刻意识到作者在作品中所指的范本以及与作者所反对的范本(通常是在民间文化中)。即便在 17 和 18世纪,各种修辞风格的相互交融——西塞罗式的雄辩和"酷派(coupè)风格",古人的风格和现代的风格——都出现在一个单一的、普遍认可的传统内。人们认为,这些风格构成了各种审美选项的不变的集合体,当受过教育的作者想要修饰、包装他的思想的时候,总是首先想到它们。复苏和复兴的理念,可能与一个固定的集合体的某些类似理念相关。即使是《古今之争》(*Querelle des Anciens et des Modernes*)也有某种罗马时期的模式,那些在 17 世纪晚期和 18 世纪初期再次开始战斗的人,可能认为自己在重新制定一个永恒的方案。毕竟,早期的启蒙者和"哲学"的拥护者就如此给自己定位。从文艺复兴一直到 18 世纪,普遍性的幻象和历史感

(以我们对该词的理解方式)的缺乏,既反映了这一时期文化的相对同质性,也反映出客观社会的变化相对缓慢。为了理解或具体化一篇文本所能预设的背景范围有限,文坛(the Republic of Letters)的所有成员对它们都相当熟悉。

然而,从18世纪晚期到19世纪初期这段时间,似乎出现了一种新的审美环境,无疑这是历史形势改变的结果。

旧政权中受过教育的资产阶级占据着权力和影响力方面的支配地位。但是,即使没有书面证明,出身也仍然是有形的资产。在一个完全不同且相当自主的社会群体中,旧的民间文化全然幸存下来。在19世纪,资产阶级的文化作为其经济和政治权利的象征性对应,几乎驱逐了其他所有的价值观念。在一个宣称自己"唯才是举"的社会中,接受这种文化、识字特权及教育,似乎成为通向权力和名望之路的各个阶段。同时,贸易、工业和急速的城镇化打破并改造了乡村群落。这些群落以前的成员如果有雄心,会努力尝试既满足他们自己的文化需求,同时又通过接受主流阶层的文化以改善自己的命运。最后,资产阶级推行自己的规则和价值观的成功,正是那个建立已久的、相对稳定的社会划分土崩瓦解的原因,或者至少是其中一个因素。现在,社会被分成了两个部分。一部分是以传统的民间方法养育大的没受过教育的人们,另一部分是受过教育的上流阶层,接受过古典和当代的语言和文学训练,习惯了阅读文本,那些文本是这个阶层的作者恒常的参考点。极度不均衡的文化背景造就了公众的多样性,最终,这些因素逐渐削弱了欧洲古老的大资产阶级的政治霸权,在某种意义上,也破坏了其文化霸权。那个古老的大资产阶级,用阿诺德(Matthew Arnold)的话说,

　　　　那个伟大的联盟,其成员为了有体面的装备,都具有古希

腊、古罗马和古代东方的知识,对彼此之间也相互了解。①

作者和艺术家从与一个集体的直接联系中解放出来,拥有在以前或许是闻所未闻的更大的自由。这种自由,和随之而至的各种各样的传统和风格,把文学语言从任何一种"天然的"背景中释放出来,将其特殊的文学本质凸现出来。日常语言和文学语言之间有了巨大的鸿沟,对多数人来说,文学语言肯定看似是某种独特的、自我陶醉的、神秘的东西。这样,当读写文化成为一种普世皆欲的商品之时,获得它既是对真正文化需求的唯一可行的应对措施,也成为社会中权力和地位的象征;但对绝大多数人来说,获取它的可能性似乎前所未有地渺茫、遥不可及。相对于口头文化中大量的听众,仅有一小部分有非常充分准备的读者,可以享有与文学作品更加自由,却更狭隘、专业的联系;而绝大多数人却发现自己被整个文学文化排除在外,完全不能充分理解文学作品。②瑞恰慈(I. A. Richard)在《实用批评》(*Practical Criticism*)一书中的考证表明,仅限于学校的文学教育根本无法治愈这一疾患。

从文艺复兴时期到现在,失落的封闭群体的惯用语句令人侧目地幸存下来。或许,我们应当把这归于现代开放社会中生活的

---

① 《完整作品中的批判功能》(*The Function of Criticism in Complete Works*, Ann Arbor, 1962),卷三,页284。

② 米勒(George Mille)在"印第安那大学文体讨论会"上巧妙地提出了这一问题。他提出了可预测性/不可预测性、期待/惊奇、范式/变化等主题,这些主题贯穿了许多次讨论。他把概率的关系比作桥牌中的一次奇袭,以阐明其重要性,因为"奇袭"的这个概念在牌局这个背景中有重要价值。并且,他继续追问文学游戏的规则是什么。他说,也许是那些伟大的作家们改变了规则,那么评论家的工作就是去发现这些新的规则。无论如何,他认为熟手们都了解这些规则,在某种程度上,也能够习得这些规则(Sebeok,《语言的风格》,前揭,页394-395)。问题恰恰是:a)大多数人已不再能够直观地了解这些规则,b)在我们的时期,这些规则被不断地改变或搅乱,c)大多数人都没有被教予这些规则。

艰辛和不公正。在文学史和文学批评中,这些惯用语句的出现,表达了对一个遗失的口语文化的怀念。①在很多层面上,对口头社群的念旧之情可以理解,正如对"有机的社会共同体"的怀念一样,但是,应该意识到这种怀念所蕴含的意义。如威廉斯(Raymond Williams)所证实,它时常含糊不清地既表示出对文化不平等并最终造成的社会不平等的反对,因为这些不平等区隔开了特权群体自身的才能和活动,使得大批人类的生活变得贫瘠;而且同时也显示出对文化和社会、选择等现实问题的回避,遁入幻想之地、满足

---

① 同样,在某种程度上,许多批评家和诗歌业余爱好者坚持不愿承认,没有说出的或者只能通过眼睛感知的事物也并无不妥。诚然,即使没有物理地朗诵出诗歌,对大多读者来说,诗歌的声音仍然是以背景的形式呈现,与印刷文本被感知的方式相对。但是,后者可能有它自己的习俗。霍兰德尔(John Hollander)写道,"任何对诗歌结构以及结构与诗歌创作语言之间关系的完全形式化分析,必须把书面语言本身作为一种系统来处理,正如处理口语一样"(《跑调的天空》[The Untuning of the Sky, Princeton, 1961],页7)。从语言学家的角度,麦金托什(Angus McIntosh)指出,书面符号承载着两种信息——言内意义,即对符码的直接提及;语音意义,即关于要达到目的应该如何讲出要旨的知识(《"笔迹学"与意义》["Graphology" and Meaning],载于 A. McIntosh 和 M. A. K. Halliday 著,《语言的样式》[Patterns of Language, Bloomington, 1967],页98-110)。显然,这二者可以独自起作用,而它们的交互作用会提升诗歌的潜在价值。因此,在最近的一些写作中,排版和布局也的确起到了这样的作用,二者也可以被用于传达它们能够负载的信息;然而,在一首诗歌中与在一幅画中不同,这些可视信息总是密切联系语言信息的视觉和口语方面。

对文字文本的怀疑可能要追溯到对语言总体的怀疑。有一种观点认为,"纯粹的"文字背叛了鲜活的思想,思想是影像,而书写的文字,就是影像的影像,更不值得信任。这种观点一直存在并且在西方文化的所谓民俗语言学中很流行(对比 H. M. Hoenigswald 著,《给民俗语言学研究的建议》["A Proposal for the Study of Folk-Linguistics"],载于 W. Bright 编,《社会语言学》[Sociolinguistics, The Hague, 1966],页16-21)。古迪(《变迁社会中的读写能力》,前揭,引论)告诉我们,偏见绝不仅限于在西方。此外,在一场重要的语言学争论中有利于口语的偏见得到应验。一些语言学家(Hjelmslev, Uldall, McIntosh 等等)坚决地主张,语言系统独立于表达语言的实体(气流或墨流[译按:即口头语言或书面语言]),因此口语的特权毫无依据;一些相关的引述,参 B. Siertsema 著,《语符学研究》(A Study of Glossematics, The Hague, 1965),页111-113;也可参麦金托什著,《"笔迹学"与意义》,前揭,页99。

于主观上感到满意的解决方法。①最终,对一个已经遗失的社群的渴望就成为一种空虚、倒退且辛酸犹存的沉沦;只要我们还在继续存储我们的文化产品,就很难明白,除了教育,还有什么其他的方法可以解决这一疏离的问题。很可能,如萨特所说,知识的作品就像香蕉一样,应该被当场马上吃掉;然而,萨特不可能让我们放弃我们所有的储存——尽管,这一方案无疑有人曾经提出过。我们大多数人不是天生就知道该如何吃掉它们;我们不得不学习。不管是获取还是使用文学传统,都无法被视为自动、自发。

但是,支持文学教育,并不一定得支持文学教育现在的实施方法和价值观念。现在的情况是,文学教育看似标志着对教授代码的重要性的一种认可,通过那些代码,才能够解释艺术作品;但是,它其实只是保持、并且在某种程度上致力于实现文化的不平等,这种不平等在我们的社会中就相当于社会分化和社会不平等。毫无疑问,如果个人的家乡、家庭以及整个社会环境不曾给他提供过文化教育的早期基础,在大多数情况下,学校最多只能产出胆怯的、常规化文化中的个体。然而,我们当前文化的最高理想却是自由——且恰恰是独立于学校起源和学校模式的自由。这一自由的文化其实也不是不可得,但多半只有那些在学校之外受过广博的

---

① 威廉斯(Raymond Williams)著,《文化与社会,1780-1950》(*Culture and Society, 1780-1950*, London, 1958)。也可参阿尔蒂克(Richard Altick)著,《英语日常读者》(*The English Common Reader*, Chicago, 1957),以及洛文塔尔(Leo Lowenthal)与不一样的同侪所著的多篇文章:与 Marjorie Fiske Lowenthal 合著的《18世纪英格兰关于艺术和流行文化的争论》("The Debate over Art and Popular Culture in Eighteenth Century England"),载于《文学,大众文化与社会》(*Literature, Popular Culture and Society*, Englewood Cliffs, 1961);与 Ina Lawson 合著的《19世纪英格兰关于文化标准的争论》("The Debate on Cultural Standards in Nineteenth Century England"),载于《社会研究》(*Social Research* 30 [1963]),页417-433;以及《人类的对话》("Der menschliche Dialog",洛文塔尔独立撰写的对大众媒体的评论),载于《科尔纳社会学与社会心理学期刊》(*Kolner Zeitschrift für Soziologie und Sozialpsychologie* 21[1969]),页463-473。

文化形态的熏陶的人才可以得到。因此,大众文学教育所做的,是制造一种文化差别,这种差别有赖于社会的不平等,看上去是自然而然的,根植于自然秉性不平等和价值的不平等。

　　　　通过象征性地把特权群体和其他阶层分离开的本质的东西———从经济领域转移到文化领域,或是通过增附明确的经济差别,也就是分出单单拥有物质财富所建立的差别和因为拥有象征性财富(例如艺术品等)而建立起来的差别,或是以运用那些财富(经济的或象征性的)的方式去追求象征性差别等等所创造的差别,……中产阶级社会的特权成员们用两种本性之间的本质差别———自然的教化本性(a naturally cultivated nature)和自然的天然本性(a naturally natural nature)———替代了两种文化、两种社会条件的历史产物之间的差别。①

　　上文所引的布迪厄(Pierre Bourdieu)的作品几乎整篇都是在试图表明文学和艺术"教育"如何将社会等级神圣化:它让受过教育的人们相信有原始落后存在,也让原始落后的人们相信自己的原始落后。总之,仅仅只有公共博物馆、廉价书籍、学校和教师,并不能保证文学教育就一定民主。

　　也有可能,一个彻底民主的社会既可以改变当前对文学文化的强调,也可以改变文学相对于其他文化表达方式的现有地位。如威廉斯曾指出,至少在英语世界中,从资产阶级内部关心文化的

①　布迪厄(Pierre Bourdieu)著,《艺术鉴赏社会学理论概要》("Outline of a Sociological Theory of Art Perception"),载于《国际社会科学期刊》(*International Social Science Journal* 20[1968]),页589-612,引文位于页609-611。也可参见比策(J. A. Bizet)著,《文化活动与艺术产品》("L'Action culturelle et les produits artistiques"),载于《思想》(*La Pensée* March-April, 1970),页84-92。

改革者和公共教育者数代以来的特征都是,企图在不做更大更根本的改变的前提下,影响并改善社会文化。其目的几乎一直都是以某种方式把教育交付给知识分子。可能这与一种天才接受者或读者的浪漫理念相关,与天才作者的理念相对应——正如天才作者与大众有明显的区别一样,非常自然地,人们也不会相信大众有能力成为好的读者。相应地,在现存社会中,传统上应该教授和传承的一直都是"文化"。既然获得这一文化就可以作为特权者享有特权的理由,那这一文化本身就没有争论的余地。文学经典作品不仅仅可以得到所有人的永久鉴赏,从类别和特有用途(或者鉴赏)方面来说,也被视为独一无二。它们不是供人批评的,而是供人学习的。读者的任务,是探索经典中文本的普遍有效性,或者,在更近的时代,是使这些文本"现代化"、让它们"发挥作用"。不管是有意还是无意,几乎没有人企图去揭示这些文本所根植于中的那种历史使命,那种如今的读者可能想要指责或反对的历史使命。至于文学教育,就和很多现代文学本身一样,拒绝为现在的社会环境服务。我不确定它能否满足于一种历史批评和创造性批评的组合——汉契尔(Michael Hancher)称之为 the science of interpretation[阐释科学](按照作品自己的背景来解释以前的作品,试图恢复它们的"本质")和 the art of interpretation[阐释艺术],根据我们现在的文化去恢复和解释以前的作品,比方说,通过选择性地重新激活其中某些成分而使其有用)的综合。①从我现在的观点来看,我对那种随意的组合感到担忧,不仅因为它把文学作品本质这一哲学问题故意忽略掉不去解决,而且因为它对现存的文化没有提出任何挑战:事实上,现存文化的特征就是其适应能力。如艾柯(Umberto Eco)曾指出的那样,在文艺复兴时期,重新发现和振

---

① 汉契尔(Michael Hancher)著,《阐释的科学和阐释的艺术》(The Science of Interpre-tation and the Art of Interpretation),载于《现代语言评述》(MLN 85, 1970),页791–802。

兴以往文化产品的动力伴随着修辞学和意识形态得到了总体上的
重新构建;而现在,那动力只是撼动了文化的表层,其根基却相对
巍然不动。①

　　照目前的状况,还不清楚文学教育如何能停止为那股保守的
意识形态力量服务。第一步也许是采取一个激进地进行批评和疏
远的立场,由此,才可以开始探究并解释意识形态和修辞学之间的
密切关系,这样,文学传统中的任何东西就不再像看上去的那么清
白无辜。在《写作的零度》结尾处的一段中,巴特生动地总结了现
代文学所面临的困境,关于文学清醒地意识到其自身的文学性的
困境。他说,

> 文学写作同时也承负着历史的疏离和历史的梦想:作为
> 一种必需品(a Necessity),它证实了语言的分化与阶层的分
> 化密不可分;作为自由(Freedom),它是对这一分化的觉悟和
> 企图克服这一分化所做的努力。

　　也许,表明一切写作都根植于某种语言环境并最终根植于某
种社会阶层关系,应该成为文学教育的一部分。但是,我认为,幻
想启蒙技巧自身就能为民主文化和民主的文学教育创造条件,这
是愚蠢的。这些技巧也许很容易就会沦为又一件文学商品,被一
部分人占有和使用,成为特权的标志和物证。推测文学文化在一
个可能的民主社会中可能采取的形式,推测那样的一个社会将如
何容纳文学遗产(如我们在自己的社会中展望它一样),都是徒
劳。作为现时代的文学教师,我们无法对文学在社会系统中的地
位产生太多的影响,在这个社会系统中,我们自己常常不知不觉就

---

① 艾柯(Umberto Eco)著,《形式与沟通》,(Formes et communication),载于《哲学国际
　评论》(Revue Internationale de Philosophie 21, 1967),页 231-51。

变成了它的工具。其实，当其他具有象征意义的价值夺取了文学的支配地位时，那一地位可能已经在发生着改变。从这个意义上说，也许可以肯定，我们的地位也在发生着变化。然而，作为公民，我们也许期望致力于建立这样一个社会——文学或其他任何文化产品都不再是社会的和政治的排外与支配手段。

古代的密文书写

徐　斯(W. Süß)　著

丰卫平　雷立柏　译　崔甂　校

假如无人熟知加密和解密的掩盖之术,却需为他们私秘信件往来设计一套密码,那么,或许常会即刻想到字母互换,这种方法因凯撒而被人们称为凯撒密码。他们用另外的字母替换原文——所谓的明码文本——中的字母,例如据说可用字母 X 代替字母 U。此外,他们用暗号或数字替换,在外行看来,这似乎比字母更安全。或许,这些暗号的发明者使交替的两种字母之间存在精妙的数学关系,并认为这样更好;或许,他们放弃使用精心设计的系统,以防被人破解,纯属碰运气地打乱两种字母顺序,随意在打字机上敲打字母,以此书写加密文件。实际上,他们借此只是增加了自己工作的难度,却一点也没有让多事的解密者感到增加了破译的难度。那么,密码中恒定不变的、可测度的因素是什么? 不管这种因素多么完美,不管其出自各种各样的偶然,也能被人从大得惊人的、无法想象的替换可能性中找出来。

爱伦·坡(Edgar Allan Poe)的中篇小说,名为《金龟子》,读来令人恐惧紧张,文中详述了加密术的初步知识和凯撒解密法。从小说中我们得知,一个失去财产的人怎样变成一个害怕见人的怪物,他又怎样由于自己的离奇经历偶然得到了一份羊皮纸手稿。这份手稿碰巧在火边遇热而显现了一种密码。解密这种用凯撒密码书写的文本使那个真正的泰门(Timon)——其中不乏新鲜刺激——获取了一笔巨大的财富。不过,早在爱伦·坡之前,凯撒密码就不再是秘密。正如16世纪中期的一本密码书所说:

> 如果观察符号的功能,即那些经常出现的符号的功能,所有的人都会发现,就算频繁替换符号或整个单词,也不能提高文献的隐秘度。①

换言之,无论是用字母、暗号或数字替换明文中的字母,借助统一的组合技巧,单个字母成比例出现的频率(包括字母的联合[Bigramme 和 Trigramme])使解密凯撒密码成为可能,如同猜迷时所必需的那样。在德语中,e 在几乎所有字母中出现的频率是五分之一,n 超过十分之一,而二合字母中,en 的组合又明显居于首位。随后,单个字母 i,r,s,t 以一定的比例出现,接着是二合字母 er,ch 和 de。因此,所有现代语言有关单个字母的存在条件都有精确的统计观测和记录。在拉丁式拼写中,旧的统计尽管有所不同,若仍切合实际的话,那么除俄语之外的所有现代语言中,字母 i 出现的频率与字母 e 不相上下,随后是 s,u,a,n,o,r。

所以,凯撒这个令人崇敬的名字就处在密码圣地的开端。无论谁用何种方式研究密码,都得从这个名字开始。这种情况是绝对典型的:密码跨越古典期,辉煌期,即文艺复兴时期,与古代相连,令人称奇而又具有虔敬品质。但是,文艺复兴时期的成就,定然不会如人们有可能猜测的那样,与熟练的密码实践相关联。那

---

① Joannes Baptista Porta aus Neapel,《论隐秘的文字符号》(de furtivis litterarum notis 1563)I cap. 14。

时,德国根本没有此类成功的密码实践,①密码的使用更多是在上意大利的城邦共和国和威尼斯的都根宫殿之中,以及所有的罗马教皇驻地。在这些地方,密码是极小范围内的人小心保守的秘密,这些人常常属特定的家庭。理论和实践之间的联系少得惊人。在文艺复兴时期,密码文更多是秘密科学的组成部分,发明或破译密码证明某人掌握了生命的神秘力量。那时,这给予密码研究奇特的内在动力,在此之前和之后都未曾有过。

1609 年,古代最重要的文献之一,战术家埃涅阿斯(Aeneas)之书的第 31 章,涉及 22 种密码书写方式,以珀律比俄斯(Polybius)的卡索邦(Casaubonus)初版而出名,人们也许将之视作是一极其倒霉的事。在此 100 年以前,其时密码仍在形成中,这篇论文或许产生过巨大作用。无论如何,对战术家埃涅阿斯而言,他发明的、钟爱的这一线形密码,似乎正好是以他的名字命名,并以此闻名于世,他因此欣慰不已。而且自那以后,此密码即便有了改善,但在实践和理论上均无意义,不过它仍在有关密码技巧的教科书中占据了一章节。埃涅阿斯认为这方法最好,有三种方式:在一块木板、薄片或脊椎骨(ἀστράγαλος)上的四面钻 24 个孔代表字母。然后,按顺序用一条线穿过代表字母的孔。假如一个字母双写,那么在将线再次穿过同一个孔之前绕木板一圈或者借用某个无用的孔。埃涅阿斯为薄片预设了一个奇特的预防措施,以迷惑没有资格获悉密码的人,使之不起疑心(ὑποψίας ἕνεκεν[出于怀疑、由于怀疑],比较ἀνύποπτος[不被怀疑的]),即在薄片上设定几个无关紧要的孔。我们早就有无意义的(der litterae otiosae, non importantes)虚假信号,每一种密码都有相当多的虚假信号;在凯撒

密码中,这些虚假信号就适当地增加了发现密码比例的难度。埃涅阿斯的线形密码在传播之后,①在有关密码的描述中,直到现在都有自己的一席之地,并常常与凯撒密码联系起来。大致如下:在划分成正方形一面的 25 格正方形中写上打乱的字母表,在每行上画上一清晰的线条,耕形书写([译按]βουστροφηδόν指希腊文各行从左到右又从右到左轮流书写,如牛耕田似的来回转行),每一行一个线条,而且画在所希望的字母下。密文接收者在他完全契合的表上画线。

埃涅阿斯密码的秘密主要在于,字母完全转换为另外的介质,因为线团不会使人立即想到是密码。因此,我们在此将两种不同的密码沟通方法连接在一起,其中字母完全转换成另一种不同于文字效果的媒介,首先是 loquela perdigitos[用手交谈]。在文艺复兴时期,人们积极地探讨这一问题,即不使用语言而仅用手势交谈。在拉伯雷(Rabelais)的作品里,我们找到了对此的相关描述。我想起了那一出色的场面——有名的陶玛斯托斯(Thaumastos)从英国远道而来,目的在于用这种方式与庞大古埃(Pantagruel)讨论。庞大古埃整夜翻阅相关文献,比如,蓓达(Beda Venerabilis;约700 年)的相关主题的作品、阿纳克萨哥拉(Anaxagoras)的《论符号》(περὶ σημείων)、希波纳克斯(Hipponax)的《论不可言传》(περὶ ἀνεκφωνήτων)、菲尼斯蒂翁(Philistion)的著作(显然是抄件,赖希[Hermann Reich]的努力才使其出版,并成为世界文学的伟大作品)以及其他同类书籍。最终,潘鲁格(Panurg)代替他承担了

---

① [译按]σκυτάλη:指斯巴达官员的木棍(木棍上螺旋般缠着皮带,在一圈圈缠好的皮带上,由上至下纵向写上公文。写好后,把皮带解开,因为每个字母都错了位,所以无法认识。在外地的斯巴达官员有一根同样粗细的棍子,他们把皮带缠上去,于是可以对准每个字母的位置,认读每个词。这是古代传递密信的方法。σκυτάλη由此转义为"斯巴达公文"。参罗念生、水建馥编,《古希腊语汉语词典》,北京商务版,2004,页 799。)

任务,在庄重的讨论中用他粗野的、没规矩的手势回击了英国人的姿势,直到他敬畏地脱帽,用语言承认失败:Ecce plus quam Salomon hic[我承认,这里有比我更伟大的人]。类似的场面参见拉伯雷之书(III 20)。蓓达有关 de computo[计算]或 de loquela per digitos[手指语言]的论文,事实上是文艺复兴"指语术"研究的基础。拉伯雷的其他篇章自然令人难以置信。文艺复兴时期,人们完全理所当然地认为,蓓达的指语发源于古典时期。斯提尔(Sittl)尤其赞赏蓓达(页 252 及以下),与他有关希腊人和罗马人手势的著作类似,那时围绕蓓达形成了讨论古典章节的氛围,部分通过蓓达得以阐释,部分适用于解释他自己。

博学的法学家阿克库尔修斯(Accursius,约 13 世纪)曾为《论法的起源》(De origine iuris)的摘要第 1,2 条书写注释,且借原作者之名而广为流传;在注释中,他认可了文中的那些奇特的机谋;由于涉及到十二铜表法的希腊影响这一问题,他的论文完全按拉伯雷的风格虚构了一个故事,并将之移植到了拉阿雷生活的时间。① 蓓达的指语以某种运算为基础,相关论据无可置疑地表明,这一运算是古代的。用右手指计算自己的年龄(Vetula, die suos iam dextra computat annos Juvenal X 249)才变得可理解:人们用左

---

① 希腊人派一个有智慧的人到罗马去探究罗马是否因法律而享有尊严。这个人来罗马时,罗马人猜测有可能发生的事情,所以他们安排一个白痴和那个希腊人谈话;如果这个白痴输了,希腊人也不会过分嘲笑罗马人。这个有智慧的人开始用手语和白痴对话,并举一个手指,这样指神,白痴猜想他要用一个手指挖出他的眼睛,于是就举两个手指,另外还举母指,自然就是这样,似乎要挖出希腊人的两个眼睛。希腊人却认为他指三位一体的神。此后希腊人显示手掌,表示对神一切东西都是明白的和透明的。但白痴以为他会挨打,就举起拳头,好像要反击;希腊人认为这个人要说"神包括一切东西",这样他回去,深信罗马人因他们的法律而很有尊严。Vgl. Noch über Daktylologie insbesondere Tritheims praefatio zu seiner poly graphia mit dem Kommentar des Ad, v. Glauburg, ferner Porta,《论隐秘的文字》卷一,章 7 和 11。Schott, schola steganographica,页 316 及以下;Selenus,《秘密文字体系》,1624,页 426 及以下。Noch Klüber,页 230 及以下。

手数个位和十位,用右手数百位,从小手指开始,如同普林尼《自然史》和马可罗比之书(Plin. *NH*. 34, 33 和 Macrob. 1, 9, 10)提到以 365 指称两面神雅鲁斯那样。在有关他妻子(apol. 89)年龄的争辩过程中,阿普莱乌斯(Apulejus)断言,如果你用手指表示 30 年,很容易出错,因为你必须打开手,这样才可以计算,但如果你表示 40 年,则很容易,只需要打开手掌,还可以加 20,你不会因手指的记号犯错误。在此,蓓达也作了评论。基于古代运算,他建立自己的指语,方法是用手指暗示数字,或按拉丁语顺序(Caute = 3, 1, 20, 19, 5),或按希腊数字系统。用此种方法,卡佩拉(Martianus Capella)的算术将朱庇特视作单子,das principium rerum[万物原则],按此方法(VII 729),以字母数值暗示字母 ἡ ἀρχή[开端、统治]:她用手指表达 707 这个数字,并以此向宙斯问好,看来是以加法的概述形式,如同庞培的涂鸦:φιλῶ ἧς ἀριϑμὸς φμέ (4839, 4861, 12* 页 460)或者类似的写法。那么,在古代就有了此类 loquella per digits[手语]。古代理论也了解 Notae digitorum[手语标记]。圣伊西多尔(S. Isidorus)论及全部标记技术的论文值得珍视(I,页 21 及以下),据苏尔顿(Sueton)所述,标记技术便是文章的核心内容,并且希费施德特(Reifferscheidt)也明确认同此说法,但文中仅安排少量文段论及手语标记。不过,我们并不知道,何种体系为《纳维乌斯的塔伦提勒》(Tarentilla des Naevius)中卖弄风情的女人提供如此的基础(75):Aliis dat digito litteras[用手给他人信息],与奥维德作品内容相近(Am. II, 5, 18):nec in digitis littera nulla fuit[她的手指上没有什么文字]。Digiti, per quos arcana loquaris[通过手指可以说出秘密;Ars I, 137],许多其它与奥维德作品相类似的地方,都根据 Excipe furtivas et refer ipsa notas[接受隐秘的符号并加以纪录]的方式写作,未有更清楚的说明。相反,人们看到,如《爱经》(Amores I, 4, 16 及以下)所述,字母转换成指语不是按照计算,也不是根据首起字母变为相关的身体部位(耳、胡须和牙等等),而是按照密码学的方法详细约定的一种任意符号规定。

倘若修道院院长特里忒米乌斯(Trithemius)经历了指语术秘密科学衰退成哑语的过程,他会吓得蒙住头,面对诸如电报之类全然不同的事物,也会让他头晕。不过,他仍在那本被后人谈论得很多的《致波斯提乌斯书》(*Epistula ad Bostium*)里说了一些令人难解的预言:

> 通过火,我可以表达和传递内心的想法,到任何距离100里或更远的地方,不用言语、文字、符号,如果报信员被捉住,审问或拷打,他也不能揭露什么,因为他也不知道这些信息,无论发生什么事,我的报信员都不知道这些,而全世界的人不能查出我的技巧,而如果我要,我就不需要任何报信员。

特里忒米乌斯所构想出的东西,成为我们及其注解者都想要弄清的内容。即使他的言辞在此并不恰切,但也许多少适合珀律比俄斯的烽火密写。里普尔(Riepl)对此曾有论述,他所著有关古代通讯的书,内容详实,颇富教益(页91及下文)。在此,将字母翻译成烽火语言,与翻译成简单的烽火并不一样(Polyb. X, c. 45及以下)。其中,字母共有五排,每排五个。在站 A 和站 B 通过共同的烽火信号建立联系后,就开始发出信号。从左边的场地发出信号,同样的也从右边,左方标明排(两个举高的火把,就是第二排,就是ζ-x),右方标明一排内的位置(五个火把就是 X)。一只插上幻想翅膀的笔向我们描绘了一幅图画,在罗马界的墙上,按照珀律比俄斯体系有诸多证据指出密传信息的存在,瞭望塔的背后,从巴伐利亚,到威特劳(Wetterau)和陶努斯山(Taunus),一直到下莱茵,均是如此。① 但是,在"柱子"上可能是按照最简陋的办法发信号。里普尔显然不知道文艺复兴魔法式烽火反射镜交流,他在17世纪中叶时还提出类似建议,并考虑到了珀律比俄斯的影响(页112)。但是,在这个时候,没人再需要从珀律比俄斯那里获取已转换的密写字母表知识,为里普尔提供消息的人使用的是带干草束的木棍,而不是火把。而事实上,珀律比俄斯似乎站在现代密写通讯史的首位,他的建议要早一百年。据"珀律比俄斯在书中所述",玻尔塔(Johannes Baptista Porta)不仅在他的魔法中(XVI §13),而且在他常提及的密码书(I cap.10)中详细地描述了此事。早在珀律比俄斯出版该部分论述之前,②人们按照著名的厄庇那(Urbina)的方式在一卷节选的古抄件中就发现了这种秘文,这是那个时代留给人的东西,并非什么奇迹,但却使人们感兴趣。因为人们看重的是此种功能,而非完全用作交流工具。③

　　但是,线形密码、指语和烽火语言都是细节内容,按文艺复兴及近代的传统技艺来看,所处理的问题显得有些奇怪,这些问题是按三种不同的方式抽签决定。若问古代为文艺复兴时期在这一领域传下了何种根基,那么首先应提及有关秘密通信的诸多样式的奇闻轶事材料,文艺复兴时期所有的论文对其兴趣十足,乐于补充、评注和研究它们。奥索尼厄斯(Ausonius)给保利努斯(Paulinus,XXVIII Perper,XXIII)写了一封信,信中以例证详述了相关内容:"我可以告诉你无数的隐瞒方式和无数的破解秘语的技艺",这并非是文学性的夸张。

---

① Reuleaux, *Aus Kunst und Welt*,1901,页169及下文。

② I–V: 1530;另参1609版合集,包含 Aeneas Tacticus von Casaubonus(及1582年,Ursinus版节选)。von(Ursinus1582年的节选)。

③ 参 Hieronymus Cardanus《论微妙》(de subtilitate lib. 17),刊于《烽火电报通讯》(die Fackeltelegraphie),但是与珀利比俄斯相比有重要的改动:5个火把,举起或放下或者向右或向左倾,表明5×4的可能性或者字母。其他论述,参 Selenus 431ff. Schott 237 ff. Heidel 347 ff.。

　　人们很容易再从拉伯雷(II 24)那里获悉,究竟这些奇闻轶事在文艺复兴时期起何种作用。庞大古埃从巴黎的一位女士那里得到一封信,但信中只有一张空白纸和一个戒指。很快人们用尽一切"隐秘方式"(celandi formae)来猜测:是否如普林尼所传授的,该信是用大戟属植物(tithymallus)书写的? 信使没有和信一起得到一根 σκυτάλη[小木棍]? 该信是否使用"原史"(Histiaeus;Herodot V, 35, Gellius XVII, 9)的手段? 关于此文艺复兴时期有相当多的文献在研究。① 或者这封信在他看来是颠三倒四写的? 拉伯雷再次醉心于他虚构幻想色彩题目的欲望,比如巴索斯《论不可阅读的文字》(Calpurnius Bassus, de litteris illegilibus;这个名字出自权威普林尼)。不过,撇开极大的兴趣不谈,也不说文艺复兴时期的秘密科学家拥有的极丰富的材料,这些事情已然对我们具有独特的魅力。那些轶闻也不仅是中学生的小游戏,可以惊奇地看到,置身世界大战的各族人又重提秘术,他们并不知道希罗多德和其他古代历史学家,对战争作家的策略也知之甚少,也不清楚古代的色情作家。因为在此也叫做 militat omnis amans[情人都是士兵]。比如,奥维德的作品里充满了有关秘密爱情信息的暗示。人们采取各种办法将密信放在鞋子里,缝在鞋垫(ἔμβλημα)和皮革中间,如机械师斐洛(Philo)所述,他关于机械学之中(saec. III. a. Chr.)的第五卷中谈到此类事情,并允诺写一篇有关密信的专门论文,但这篇论文不管怎样都未找到(V 102, 39....47Schoene)。有关斐洛的一些信息在文艺复兴后期因卡索邦(Casaubonus)而为人知晓,后者见过他的手稿,还用来为战术家埃涅阿斯(Aeneas Tacticus)作注。此外,人们也在靴子里放入密信并传递,过程更为复杂,埃涅阿斯曾有提及(a. a. O. 4),后来奥维德(a. a. III 624)

---

① 全面论述参 Hercules de Sunde Steganologia Buch 4 extr.;另参 Porta de furtivis notis I c. 14 II c. 21, Magia XVII 5 Kircher polygr. App. Schott 247 ff.。

也提到过。将兔皮作为信封,如希罗多德(V35)所述,在世界大战中几乎没再出现过,不过,玻吕克里特(Naxierin Polykrit;Parthen. Erot. 9, Plut. De mulierum virtute 17 Aristot. Fr. 518, Polyaen VIII 36)被抓捕之后,将密信放在点心里传到她的兄弟们那里,这种古老的办法似乎在囚犯的信件往来中又被经常使用。埃涅阿斯(35)讲述了这样一种情况,有人将密信放在手指间的皮肤里,引起了看门人的特别注意。在战争中,只要听到所有边境都要实行戒严,对过境男女老少严厉搜身,那么密文出现的条件,就最大程度地得到满足。当然,在此,人们必须估计到政治和军事方面各种各样的情况(consciae)。女间谍在背上写字,以传送信息(Pro charta conscia tergum praebeat inque suo corpore verba ferat;a. a. III 625)。他们倒没有在动物的背上写密文,但至少听说过,有的人在过驿站的时候,把一些皮卷中的信件塞入牛或马的肛门里(Frontin strateg. III 13, 3)。古代和现在一样,没有什么地方不适合于传递密文,从女士的紧身胸衣(Turpilius 196 R, Ov Her XXI 26, a. a. III 621, Tib. II 6, 45)到私人的棺材(Dio Cassius LXV 18)。①

除此类丰富多彩的密信故事之外,古代传承给近代的还有所谓的速记法这样的宝贵财富,它与我们在此所讨论的题目相关,有一个非常奇特的情况。速记法的历史和密码文的历史同样是一详

---

① 在此所列举的只是大量的不同材料的一少部分。有关服装,参埃涅阿斯引文,第23。在文艺复兴时期的文献中一再出现泰奥弗拉斯托斯(Theophrast)的方法,即切开一棵树,挖空它,将信放在里面,树皮又重新长好,与 Hist. plant. V. 2.的内容相似。普林尼《自然史》IXVI 199讲到有关野橄榄树(*χότινος*)的轶闻,树中突然生出武器,也包括其他的情况。在 des Porta 的密码书中对古代的材料作了最详尽的列举和讨论,其 Magia Naturalis lib. XVI 同样应考虑到。另参 *Cardanus de rerum varietate XII. De subtilitate XVII.* Schwengter (de Sunde) steganologia et steganographia lib. IV, Selenus p. 415 ff., Schott 286 ff., Heidel 324 ff., Riepl, Nachrichtenwesen 303 及下页。

细和便于涉猎的题材——除几个个别的差异外。①糟糕之处在于：
Messis multa, operarii pauci[庄稼多,工人少]。我们从有关于此的
描述——如约翰尼(Johnen,《速记法史》(*Geschichte der Stenograph-
ie*),I 280)和梅兹(Mentz;《罗马速记法的影响》(*Das Fortwirken
der römischen Stenographie*),Ilbergs NJ 1916 [XIX],页 493 及下
页)——中获得如下印象:建立在"蒂罗式(tironisch)"速记基础
上的速记体系在中世纪产生了各种各样的影响,自 1000 年起其作
用越来越式微,最后完全被忘记。可以说,是我们熟悉的特里忒米
乌斯(Johannes Trithemius)又重新发现了 notae[符号],正确地识
别了在斯特拉斯堡以这种符号书写的,并编目为"亚美尼亚"的诗
篇。不过,为了正确起见,这种描述需要掺入些微差异:据我所知,
斯帕海姆(Spanheim)的修道院院长在他的作品里从未对速记法
表现出哪怕一丁点兴趣。他对"西塞罗式"注疏的兴趣更多是建
立在一个罕见的错误上:他就认为这是一种密码,完全不同于凯撒
密码,其描述了一种移位的形式方法,为成千上万的词语和句子成
分规定了任意的密码符号,比如今天四位数的密码符号 3982 意思
是"部长",或者三个字母的密码 qez 意思是"到达"。为此,特里
忒米乌斯在他有关复制技术的前言里兴奋地称赞西塞罗。

> 他用一些记号或符号代替常用的词……而这种技巧的规
> 律赋予了秘密记号很奇妙的灵活性,所以它们的使用,步骤稳
> 定,令人称奇,而非执守细节和时间的变化,却完全在每一个
> 步骤中更好地为这项技术报务。

① 在此我指的是 Wagner, *Nürnbergische Geheimschrift*(《纽伦堡密码》),参 Archiv.
  Zeitschrift 1884(9) 14,有关密码学的研究,参 1886(11),页 156 及下页,Meister,
  Anfänge der mod. diplom. Geh(《现代外交密码的开端》),1902,另参《罗马教皇使用
  的密码》,Kurie 1906。

　　这完全是时代精神的言论:密码的发明者复活了神秘的力量,他的密文如同侏儒一样为其效劳。① 在此,最近如此滥用的那个词"浮士德式的"肯定合适。特里忒米乌斯没有如其他有些人那样遵循这一世情。他认为(Pol. 599 及下页),这种方法要求密码员和破译员有超强的记忆力,因此他满足于告知大家尝试使用 notae[符号]以作为密码发挥作用。特里忒米乌斯没有进一步赋予密码一种形式,以便其能按字母顺序排列。不过,他在很大程度上决定了对蒂罗式速记法的解释,大约一直到利普修斯(Lipsius)。利普修斯在他的《悼词》(*Epistula ad Lessium*)据古典传统认识到了蒂罗式速记的正确意义,还加以描述(1597),尽管他本人没有见过这种 notae[符号]。这一被误解的历史非常奇特,大约在 19 世纪,人们才在实践中充分利用了特里忒米乌斯以此为基础的思想。②

　　但是,事实上,密码文和速记法在概念上并未相差如此遥远。理论必然常常是共同论述这两者,早在伊西多(Isidor)之前,普罗布斯(Probus)就写了一篇有关凯撒密码的评论,而且也竭力研究以确定词的起始字母为基础的符号(Keil, Gr L IV, 271 及下文)。但是,速记法在实践中也常常遮蔽了所记录的内容。人们尤其认

---

① 在 Klüber 的密码文(1809;当时的全集版,页 422)中,在一句罕见的句子里还有这种旧的观点。

② Porta(I cap. 13 14)同样将 notae 理解为密码,并认为运用起来太费劲了。Selenus(370 及下页)从利普修斯学到了这些。塞尔维斯特的《新著作》(Das opus novumdes Silvester)在特里忒米乌斯去世之后十年,于 1526 年在罗马出版,其中发展了一个体系,已接近密码的方法。文书约定了一本小词典,其中规定了页和行之间的每个词。通过其他约定的符号,动词的时态和人称、名词的格及类似的情况在对单词本身有启发意义的符号之后表达出来(Facio = VI, 10, faciunt VI 10 n [Indikativ] s [praesens] θ θ [3. plur.])。著作也是规模较小的或内容丰富的术语汇编,主要包含了专有名词,已将意大利城邦和罗马教廷的外交与按一篇正常文章改进的凯撒密码或类似的方法联系起来。似乎,莱辛也认为蒂罗式速记法是密码文(Kopp, pal. Crit. I, 12; XII 54 not 3 Lachmann)。

为这是希腊语和拉丁语文件末尾的速记按语,其显然只用于内部文书处理。① 一个更加明显的例子是基督一性论教主教尤斯塔修斯(Eustathius)在 453 年用速记法签署了与他观点不符的文件,不过想法上有所保留,"我是迫于压力才写的,没有真正表示赞同"(由米蒂利尼的撒迦利亚[Zacharias of Mytilene]在 520 年写成的教会史文中翻译而来,参 Lands Anecd. Syr. III,123,14. Nöldeke, Archiv für Stenogr. 53 [1901] 25)。在此,我们也可以想起那纪念德国最古老的速记员(saec. 3)——科隆的男孩克桑提亚斯(Xanthias)——的挽歌,文风朴实,语言亲切,远比玛提雅尔(Martial)和奥索尼乌斯(Ausonius)那些贴近素材、精细修辞的诗歌更美,其中也证实了早亡者负有使命记下其主人的秘密(arcana;参关于速记员的文献,55[1903]51,55,104)。阐释者常常在密码文和速记法之间犹豫不定,比如西塞罗的声名狼藉的一封信的某处(ad Att. XIII32),西塞罗在此承认,在一封写得较早的信中 διὰ σημείων[用过符号]。② 不过,苏尔顿(Aug. 64)让我想到密文。国王教他的孙子文字和符号 (litteras et notare)——利普修斯认可此看法,既因可据上下文推测得出结论,也因有 82 处已证实文字,且文字的限定条件十分清楚,较少清洗,品质杰出(lavandi raritas),还有某

---

① 对莎草纸文件中的埃及速记法的论述参见莎草纸文件研究档案三,1906 年,页 422。在 Wessely 处有很多例子,参 Stud. Zur Palaeogr. Und Pap. III Gardthausen Gr. Pal. II², 283 305。莫洛温和卡洛林文书,也有同样的方法,参 Johnen I 182 Mentz 498。

② 后者,如参 Preisigke,《速记档案》,1905 年版,页 56,305 及以下。Gardthause II² 之书,页 276,Wattenbach 的《希腊古生物学》(griech. Pal.)页 53;前者可参 Johnen 之书,页 130,Fuchs,《古典语文学周刊》1905 (22),页 798。第三次"暗示"翻译,采用了准秘文(Tyrrell-Purser 版,刊于 Weingerg 的《柏林语文学周刊》,27 (1907) 126,Morgenstern 文献,第 56(1905) 5,其中便有速记缩写),但没有得到相关内容的支持,究其实质,不涉及"清楚与模糊(Clair-obseur)"的问题。使用密码文的理由自然不取决于 Aemterlaufbahn des Tuditanus 之名,更多取决于那封信(XIII 30)中所论述的 negotium Faberianum[交谈的内容]。

些其他较简易的内容,而且他从未这样提到此类事物,以至仅可模仿其手稿即可(aliaque rudimenta ac nihil aeque elaboravit quam ut imitarentur chirographum suum)。我们在伊西多尔(I,25)处可看到奥古斯都写给儿子们(Augustus ad filium)的一封信,据此可见到易学的奥古斯都密码,是约好在家庭内部使用的,本文仍会谈到此密码。在本章中也会找到已定下意义的 notare[符号]。后辈们可能如庞培墙上的涂鸦者一样写过字母表,随后字母的替换很容易使人联想到手迹的模仿(另参 Fr. Maier,《德累斯顿国王速记法通讯报》,Instituts 1902,260,Archiv 54,301)。

作为一般性的启发,除了轶闻和被误解的蒂罗式速记法外,呈现在文艺复兴时期的秘密科学家面前的最后第三种是西塞罗的信件。西塞罗给自己和几位人士①所起用的笔名就是密码法的起步,正如奥维德在另一方面用指语所表明的那样。战术家埃涅阿斯的通迅设施,深得珀律比俄斯认同,也是建立在此原则基础上的,当时的常见必备的典型军情,需刻在箭头上,箭头在两个完全相同的水钟上均匀地下垂。烽火信号表明军事行动的开始和结束(Pol. X 44)。不过,西塞罗对这些实践兴趣并不大,这是人们大概错误地διὰ σμείων[通过符号]看到的。他通过转而使用希腊语,将谈话遮蔽在明暗对照法里,②ἐν αἰνιγμοῖς[用秘语]讲μυστικώτερον[秘文],一切ἀλληγορίαις[隐喻]隐藏着σκοτίζει[隐秘]。一些文艺复兴时期的理论家从这种"委婉地说某事"推导出一种理论,其中有系统的指导,使用隐喻、提喻及其他方法使意义难解。与从神话中借用几个约定的假名相联系,这种方法发展成为一种完全的幻

---

① 即 Atticus(ad Att. II 20.5),Poempeius(Sampsiceramus),L. Marcius Philippus(Amyntae filius),Milo(Κροτωνιάτης τυραννοκτόνος 155)等等。参 bes. ad. Att. VI,4.3. Riepl 318。

② 在此参见 Dio 40,9。在中世纪,希腊字母用于一定范围的密文,Gardthausen,Gr. Pal. II 300。

想(Gallimathias),将其理清自然也要求接受者具有洞察力。这理论在 Porta 处(比如密码书里的 I5,II 17),同古典修辞学紧密相联,得到详细说明。人们就如此理解奥维德的诗行(a. a. I 489),

Neve aliquis verbis odiosas offerat auris,

Quam potes ambiguis callidus abde notis

为了避免给那些怀着敌意的耳朵提供一些单词,

你应该尽可能巧妙地用双关语隐藏原来的意思。

这是特里忒米乌斯式自然风格,所写拉丁语执拗难解,或出自"西亚人"之手。实际上,这类尝试未能取得巨大成绩,理由显而易见。不过,无论如何,在此种情况下提到被瓦格纳(Wagner, Archiv. Zeitschr. 9, 14ff.)谈及的纽伦堡密码很有趣。一直到 15 世纪末和 16 世纪初,人们都在使用这种密码,其中有密钥和文献,当然只在原则上相对应,密钥出自更早些时候。"乌鸦被钉死了"在此意思是"美因茨的大主教被收买了"。一个信息以此种形式出现:"从乌鸦那里传来声音,我听见动听的歌唱⋯⋯有人用黄色的马刺⋯⋯倾向不好"。类似的表达早在一百年前就出现在罗马教皇的文书里(Meister 5)。

我们将如此详细地划分密码的材料:首先谈论的材料,其秘密建立在一种机械方式上,而明码文本未曾移植。在此考虑的第一种材料是隐显墨水,自文艺复兴以来,人们在这个领域兴味盎然。① 在古代,所有使用墨水的此类密码方案中,最好、最安全的是一种在 15 世纪(Meister,《罗马教廷使用的密码 21》)罗马教皇机关的指示里一再出现的书写材料,而且自文艺复兴以来,一直到

---

① Porta, Magia nat. XVI § 1, de furt. Not. I. Cap. 15, Selenus 407 ff, Schwenter Buch VII, Schott 300 ff; Klüber § 247 ff.

近代文献里都被人们所使用:五倍子汁。① 当用一种吸满胆矾溶液（χαλκοῦ ἄνϑος[铜酸]）的海绵涂在上面的时候,字迹又显现了。相反,这种方法也可反过来使用。在机械师斐洛(102,1 及下页,Schoene)那里第一次提到了这一方法。不过,有趣的是,人们使用的方法是让接受者自己制作墨水,而不是将墨水装在蒸馏瓶里准备好,像宗教式戏法那样。关于此,希波吕托斯(Hippolytus)在《驳异端》(refutatio haereseon IV 28 及以下)中的论述富有启发性(相关评注,参 Ganschinietz,《论早期基督教的文本和研究》,39,2)。术士(Magier)让前来问询的人用五倍子汁在纸上书写,表面看并无文字。在ἄδυτον[神殿]中,用胆矾又使文字显现。答案借παῖς[小孩]为媒介,给口头答案,或用一张看起来似乎是空白的纸,浸在硫酸盐溶液里可让密文显现。希波吕托(Hippolyt)也提到,骗子可用胆矾书写,再用粉末状的五倍子熏,以使文字重现。还有其他的实验方法,不怎么适宜推荐人们使用:人们用动物奶汁、植物汁书写,比如狼奶汁、亚麻汁、无花果树汁、尿液、鱼子酱(指的是从庞培传出而闻名的 garum[鱼汤])以及其他类似的东西,收件者通过撒煤灰、细纸灰及类似的东西使密文变得可以阅读(Hippolyt 所引 Plin. NH. XXVI 62,奥维德 a. a. III 627 及下文)。第三种方法是,用油使迄今不可见的文字显现,在一小块木牌上,比如还愿牌,用耐久性的墨水书写,然后将其刷白或者用明亮的颜色涂盖(参埃涅阿斯相关内容,页 14 及以下,另参 Schoene,Anzeiger zum Jahrb. Des arch. Inst. XII［1892］121)。在此,我也说说埃涅阿斯(页 10 及以下)和斐洛(102,40)提供的方法:用强胶质的墨水在吹得鼓鼓的气泡上书写,然后将气放掉,将气泡插进同

---

① 卡佩拉(Martianus Capella III)的"苹果和树汁掺和之法"(Gallarum gummeosque commixtio),仅为老人家用偏方,服用以净化血脉和心脏(cuius adhibitione arterias pectusque purgabat)。另参 Graux,Revue de philologie 1880,82。

样大的 λήκυϑος[瓶子]里,然后装满油。Διαφανές τε οὖν τὸ ἔλαιον
ἔσται ἐν τῇ ληκύϑῳ καὶ οὐδὲν ἄλλο φανεῖται ἐνόν[因此,在瓶子里看来
只有油,没有任何其他东西]。

　　据格利乌斯和普鲁塔克(Gellius NA XVII9 和 Plutarch Lys.
19)的手册和评注所述,属于那第一类的还有著名的 σκυτάλη[小木
棍],但意义不同。在此,加密和解密的答案以一定粗的木棒为基
础,在木棒上缠绕着带子,同样也可如同比例尺那样叫做 σκυτάλη
[小木棍]。值得庆幸的是,自文艺复兴以来,一直到最近的手册
里,σκυτάλη[小木棍]都一直占据了一个值得尊敬的位置。① 普鲁
塔克和格利乌斯的描述,呈现了一幅从总体上看统一而又清楚的
图像。带子的缠绕是紧密相连接的(没有裂缝,这样绳子与皮带
丝丝如扣)。Versibus a summo ad imum proficiscentibus[从上到下,
以诗行]写成,肯定还有好些 versus[诗行],虽在单独一行中完整
的语句被分开,但在解开的带子上是以正确的顺序出现。众所周

---

① 我(作为修辞尝试)给出特里忒米乌斯的描述,特里忒米乌斯将这一发明归功于阿
　基米德(Archimedes; *Polygr. Praef.*),说阿基米德训练了一只白色的鸟,头部和脚
　部没有羽毛,将它固定在一个切成四角形的木棍上,这样使鸟围上这木架子,并以
　适当的比例让这个设施飞起来,那只白鸟的形象像只喜鹊。此后他让那鸟,飞到
　其他的鸟那里,但马上在其同类的鸟中引出乱子,因为原来到处飞的鸟的形象如
　今已被歪曲,如同隐修士一样,无法认出其原来的样子,直到工匠解开了这个四角
　形,飞鸟们的吵闹声才停了下来。*Skeptisch Porta I*, 14 对其价值持怀疑态度,而谈
　到 nugalia Laconica[斯巴达琐事]的 Hieronymus Cardanus(exot. Exercit. 327),J. C.
　Scaliger(exot. Exercit. 327)也如此为。虽然我没有绳子,但测量这个事情仍然很
　快,我有以前的经验可借鉴。也可参见此前老 Scaliger 论普遍立场时的态度:简写
　方式是欺骗与幻想。1918 年战争期间,Langie 出版《论隐秘术》(*De la
　cryptopraphie*;页 30 以下),颇为有趣,其中提到无资格者解密 σκυτάλη[小木棍]密文
　的关键,不过,Langie 仅基于一封信件,此信一次关注所有纸莎草上的每一项变化
　(une lettre à la fois sur chaque revolution de la bande papyrus),而据 Gellius 所述,解
　开带子之时,字母被就被扯断了。埃伦坡(E. A. Poe)在有关机要书写技巧的论文里
　研究了 σκυτάλη[小木棍]的破译。Klüber(VII 和 § 75)认为,σκυτάλη[小木棍]的保
　密方法最有价值! 语文学家对 σκυτάλη[小木棍]的价值,更加怀疑。当然,著名的
　闵达诺斯(Mindaros)的密文,不能被当作无资格获取密文者破译密文的范例
　(Riepl 315),因为,拥有什么样的权利,则可使用此密码? 另参 Schneickert, 65。

知,比尔特(Birt)从密码棒以来就尝试阐释马尔库斯-图拉真之柱,寻找对君士坦丁堡的神秘弯曲圆柱的解释。① 不过,关于密码棒的 opinio vulgata[俗见]指的是一系列对密码棒的意义评价不高的说法,在一些偏僻的地方,这些俗见似乎导致了密码棒被忽视。②我认为应当对这一相当难以解决的问题采取如下立场:1.普鲁塔克和格利乌斯的报告源出罗德岛的亚历山大城图书管理员阿波罗尼乌斯(Apollonius)的论文,他们以阿尔基洛库斯(Archilochus)所写论文中的 ἀχνυμένη σκυτάλη[小片木棍]为依据,阿尔基洛库斯就此目标所写论文十分详尽,有据可查,普鲁塔克的诠释也依赖于此。普洛布斯(Probus)在他有关凯撒密码的评注中,似乎是根据格利乌斯(XVII 9)的记录对各式各样的名人轶事进行更深入的探讨,也是亚历山大语文学的成果。2.如同我们迄今所假定的那样,我们从亚历山大之前的时期中,尤其从其诗歌和散文作品中,根本没有发现使用密码棒手册的任何清楚的或仅是可信的证据。情况甚至是这样的,相互关联中的使用越是清楚,表达之中包含的普遍性越少,那么格利乌斯(Gellius)密码棒的所有前提条件就越不合适。若要谈及对修昔底德(1.131)的笺释,现代的解释者并不差,如同逃亡者泡塞尼阿斯(Pausanias)一样,拥有 σκυτάλη[木棍],以能阅读带子上的信息。以此作答,仅为蹩脚的权宜之计:他最后一次携带密文信息,以年轻国王监护人的身份得到的。如同色诺芬《希腊志》(Xen. *Hellen.* 5.2.37)所推测的那样,当所有的人都能看懂 σκυτάλη[木棍]的语言惯用法时,可能在万不得已时采纳与同盟国用密文互通的办法。但是,与臣服的敌人采

---

①   Marcus-Trajanssaule;附录中的书目里含批评和注释,255 *Rh. Mus.* LXIII 51,书目第274 及其下。

②   达兹扎柯(Dziatzko)的两篇论文,涉及古代书籍业,作为手抄本为 Ihering 而付印。另参利奥波德,*Mnemosyne* 28 (1900) 365 Solari Atene e Roma 4 (1901) 411 及下页;及 Martin (Daremberg-Saglio s. v.)。

用密文交往,这点无论如何都不可信。不过,这或许至少是色诺芬《希腊志》(5.2.34)首先想到的阐释。① 在《吕西阿斯》(*Lys.* 991)中,旧式阿提卡谐剧演员为显示生殖力,其中写道,

τί δ' ἐστί σοι τοδί
κῆρυξ: σκυτάλα Λακωνικά
"你这里有什么?"
使者:"斯巴达的木棍"。

为这笑话能取悦于人,就让信使如此与敌人说话,但若这木棍,即笑话中的 nervus rigidus[粗制木棍]能单独传递信息,那么信息就完全不必如此。那么,这个笑话从何而来? 在其他地方(最好的汇编见利奥波德[Leopold])不可能看出,作家想到了保密方法。看起来,似乎更可能指的只是一种常规撰写的城邦文件。毫无疑问,在此,我们必须完全不考虑普鲁塔克密码棒(Plutarchs-kytale)。3.若人们尤其认同利奥波德,将σκυτάλη[木棍]的使用追溯到亚历山大里亚的解释或语源学上的错误,尽管如此,这样的对立也过于夸张。对此我们对此的论断并不合法,除了拥有对亚历山大里亚图书馆语文学家的信任以外,他们手中大量的材料以证实使用的情况,还可以证实σκυτάλη[木棍]这个词被用到完全不同的"棍子"上,而亚历山大里亚的语文学家也只是出于特别有趣的好奇。即便手握密码棒(Skytale),核对σκυτάλη[木棍]一词出现之处,以及相互之间的联系,也的确并无意义。密码棒即符木,蒂克(Dike, 公正女神)和涅墨西斯(Nemesis, 复仇女神)在上面刻着人的罪行:Liber scriptus proferetur![带来书吧]。② 不过,密码棒

---

① ἀλλ' ἀρκέσει ὑμῖν μικρὰ σκυτάλη, ὥςτε ἐκεῖθεν πάντα ὑπηρετεῖσθαι.

② Hesych s. v., Callim. Hym. in Cererem 57, Ruhl. De mortuorum iudicio 101 [Relig. Vers. u. Vorarbeiten II 2].

也叫做折断的棍子,其折断的两半包含了现金交易之类的事务通告,两部份的组合可象征确证有效①(据福提乌斯[Photius]所述,在斯巴达城邦,狄斯库里德斯[Dioskurides]的情况可兹参考)。亚里士多德提到伊塔卡(Ithakesier)城邦之时,讲到了密码棒的另一种用法(参 Phot 的相关内容),我们不清楚是何种用法。此外,密码棒是一种在钱袋里标明钱的款项和数目的一种凭证(Diod. XIII 106)。密码棒(Skytalis)也用作(记有士兵姓名、军号、血型等的)身份证明牌,相当于镶嵌块(tessera),在阵亡时可确认士兵的身份(Diod. VIII 27, Justin. III 5)。密码棒(Skytalis)也用作巡查卫兵的监控牌,向指挥员表明,每个人都在岗位上(Aen. Tact. XXII 27)。在所有这些用途中,有一个共同点是明确的:这是一根以确切方式进行监控和鉴定的棍子。4. 尽管数量众多,用法多样,我们也不得不承认亚历山大里亚的密码棒。在斯巴达人那里,很有可能也有此种用法。在其他情况下,这是最古老和最无危险的形式,城邦权威信息就写在棍子上,写在信使的旅行杖上,有时也写在帽子上或帽子里(斐洛的相关内容),或者写在他的鞋里。齐亚茨科(Dziatzko)早就如此猜测。当然,直接写在棍子上的做法还没有得到足够证实。《阿维斯注疏》的内容(Schol. Aves 1283 a. E.)未见于后面的文字中(R und V. Corn. Nepos Paus. 3),其中有文 cum clava, in qua more illorum erat scriptum[带着木棍,上面按照他们的习惯写字],但文本无法确切考定。

　　文艺复兴时期,密码棒常与墨水密文,网格文和点阵文相比

---

① 当普鲁塔克(Plut)在描述城邦密码棒(skytale)时说, ἀπισώσαντες, ὥς τε ταῖς τομαῖς ἐφαρμόζειν πρὸς ἄλληλα[调整了这些,使木块彼此相符],那么利奥波德的怀疑——普鲁塔克将现金密码棒与此混杂在一起了——是相当有说服力的。Lys. 991 的注疏提到了断裂的密码棒。Pind. ol. VI 154 的古老注疏中提到了某种奇特的构造。把密文写在断裂处,断裂处可以重新接合起来,就如同树干一样。同时在木材和皮带上书写,这样组合一起才能推断出完整的文本,由不同的信使传送两部分。

较,当时已有多种形式可见,难讲不受其影响。① 两封信,有同样
的打孔纸板,孔洞处写字。空白处填满了无效的信息,需用高明的
写法和灵巧的文体掩人耳目。由于可多次 90 度转动,此方法大大
改进,此外人们在孔里记入字母而非完整的词语来改进这一方法。
在近段时间以来,在外交中,可能只有那些没有掌握高超密码技巧
的团体使用这种方法。但是,在犯罪团伙中,在侦探小说中,在电
影里,这种方法很受喜爱。至少,点阵密文以其最简单的形式呈现
一种类型,即密文的增多。

在第二种我们将单独列举的密文方案中,虽然明文没有改变,
但是在扩展中被隐藏起来,只有通过一种约定好的手法才能从整
体中选出。埃涅阿斯(3)推荐了一种方法,后在世界大战中被战
俘用作相互间的通信,但很少获得成功:写一封无关紧要的长信,
然后在信中的几个字母处打点,将这几个字母连接起来,就可得出
秘密的含义。埃涅阿斯的第二个方法要好得多(2)。在收到的包
裹里附带一本书,在书中的字母处打点。后来,约定某书为密匙
(Porta II 17, Selenus 377 ff.),方法各不相同,但颇具成效。最安
全的方法同时也是最简单的:116, 7, 15——指 116 页,7 行,第 15
个字母以及其他等等。② 在文艺复兴时期,打点方法极受重视,部
分用显隐墨水,另一部分是打点是数字,以表明后一个字母与前一
个字母相距有多少个字母。数字借约定的算盘数词,表达字母之
意。这种密码术,各式各样,多处可见,尤见于教会密文副本
(Kirchers polygraphia) 和舱壁密文评注(Schotts schola stegano-

---

① 详述参 Porta d. f. n. II 18,Cardanus de subtilitate lib. XVII, Adolph von Glauburg 在
《诸论文》的序言中对(praefatio der polygraphia)特里忒米乌斯的评注,以及 Klüber
183 ff., Schneickert 32 ff.,Langie 71 ff.。

② Breithaupt 的《密码破译术》(ars decifratoria) praef. 20, Klüber 341 ff., Schneickert
57, Langie 62。

graphica)中。①

第三种密码形式——简略密码,是以相反的方法为基础。人们只写出明文的一部分,只有辅音或者只有第一批字母(参Klüber,页330及以下)。此种方法的不足之处是很明显的:许多密文对所有人,包括有资格与无资格获悉密文的人同样困难,或者,若人们愿意又很容易破译。埃涅阿斯(30及下页)推荐了一种方法,只写辅音,用点代替元音,数字表明所涉及元音的顺序($a = ·$, $\eta = ··$, $o = ···$)。埃涅阿斯也知道其他方法的元音替换。尽管有其缺陷——比如说,每一个希伯来语言文化学者,乃至于其他语言的行家,就算是 matres lectionis[覆盖着的保护神],如此宝贵,他们也能不费多大功夫,从纸上解读文本的意义——这种密文恰好在中世纪广泛使用。这也表明,在埃涅阿斯后,这种方法在古代也有,只是于我们而言无法证明。

马鲁斯(Hrabanus Maurus)从他的前辈波尼法兹(Bonifaz)——他从盎格鲁萨克森人那里带来了这种密文——传承了这种通过点代替元音的密码。但是,这种流传应该相当古老了:这并不是从他开始的,我们知道古人已经创造了这种方式(opera Köln 1626 VI 334)。不过,马鲁斯带点的数字及字母的顺序与埃涅阿斯不一样。迈斯特(Meister)非常准确地描述了这种密码在中世纪是如何传播的,②其中常常是元音被下一个字母替换,方法如此:f, p 等等字母有双重意义,或者具有交互性i=k,k=i。意大利城市共和国和罗马教廷密码的开端于此开始。再晚些时候,单独处理元音的方法最常见。中世纪的希腊语文书也证明

---

① 也可在 Selenus 294ff. 处发现这类密码的很多方法,还可参见 Leo Baptista Alberti p 135 的密码论文(Meister, *päpstl. Geh.*《罗马教皇密码》)。

② *Anfänge der modernen dipl. Geh*(《现代外交密码的开端》),7 页及下页和 16 页及下页。*Geheimschrift im Dienste der päpstl. Kurie*(《罗马教廷文书中密码的使用》),13 页及下页。

掌握了这种方法。有时,干脆甚至删掉了除元音之外更多的东西,或者甚至只写词语的第一个字母(Gardthausen II 303)。

此外,尽管相对而言用处不广,在古代还存在一种反向密码类型(Klüber 128 及以下)。Quidam etiam versis verbis scribunt(意即词句是从后往前),伊西多尔(Isidorus)在他有关密码的篇章(I 25)中如是说,没有任何附加内容。在此,也可以想到善意欺骗中反写体的作用。统帅在手上用此法写吉祥话,还有在内脏展示时如此安排,将字迹安排显现在重要部位,比如即肝瓣(λοβός)就非常适合(Frontin. strat. I 11,Polyaen. IV 20)。希腊中世纪的文书密码文也有类似的暗号,但与反写体一样改动了语词字母顺序(Gardthausen II 302. 304)。

接着谈的是第五种方法,曾在开始提到过,独具特色凯撒法,即字母交换法。不过,这并不意味着凯撒是这种方法的发明者。此种方法出现的时间要早很多,而且不必推测其影响,在许多地方都明显出现过。在梵语中,特别的是,与这里盛行的色情文学相联系——我们想到了奥维德,他脑袋里充满了此类灵感——保存了各种各样有关密码方法的材料。编年史中记录了公元前 300 年的一个情况(用开始的 17 个辅音调换最后 17 个辅音,反之亦然,调换长短元音),另一情况是耶稣诞生的时间。[1]在旧约圣经的《耶利米哀歌》(Jeremia)中有时也使用一种犹太人的密码,其中第一个字母替换最后一个,倒数第二个替换第二个,反之亦然。这种方法称作阿特巴斯(Athbasch)——这是希罗尼穆斯(Hieronymus)在有关《耶利米哀歌》处已解释的方法(V 27, p. 311 Reiter)——主要是用特殊方法,借用完全不同的词语掩盖名字。

我们从第一个到最后的字母读希腊语的 ABC,即从 α、β

到 ω, 而在教小孩子时我们颠倒秩序或读 α, ω, β 和 ψ, 即读一个前面的, 再读一个后面的。希伯莱语的 ABC 是从 aleph 开始的, 而第 22 个字母是 thou, 倒数第二个字母是 sin, 而在中部有 lumed 和 chaph, 所以 Babel 也可以读成 S(ch) es(ch) ach, 但根据希伯来语的习惯, 这里没有写元音, 只有辅音。

另外一种出现在犹太人护身符上的密码是字母被紧接着的字母替换。① (奥古斯都密码)。

希腊没有向我们证明类似的情况, 这绝非偶然, 尤其是埃涅阿斯也没有谈到密码棒所有的使用形式, 无任何迹象表明, 是什么用何种方式与凯撒方法相联系的。不过据苏尔顿(Sueton, Caes. 56) 和狄奥(Dio. XL 9) 所述, 这种方法是用第四个字母替代了第一个字母, 诸如此类。② 假如这就是凯撒密文的全部内容, 那么人们几乎没有理解普洛布斯(Probus) 对凯撒密文的评注。普洛布斯仅描述了事实, 讲述了一次试验, 此外他仅能借此研究轶事和密码棒相互之间共呈螺旋形的宽松联系。但是, 格利乌斯(Gellius) 在评介普洛布斯著作的奇特之处时(XVII9), 从根本上更加全面地介绍真实情况:

> 凯撒曾向奥庇乌斯(C. Oppius) 和科尼利厄斯(Balbus Cornelius) 写了一些信, 而他们在凯撒不在的时候管理他的事。在这些信中有一些独立的字母, 它们不构成音节, 所以你会想这是一些错别字母, 因为这些字母不形成任何单词。写信者和读者之间有一个秘密的规定, 涉及替换字母位置, 所以

---

① v. d. Hardt, aenigm. Jud. relig. Helmstädt 1708 p. 49 bei Breithaupt, ars decifratoria 21.。

② 写给致西塞罗的信, 和写给家人谈及相关事务的信(所以不是官方的秘密文字)……通过符号……D 代替 A, 其他也一样; 第四个, 每次代替第一个。

在文献中部分字母和另一些字母替换,但在读的时候每一个
字母恢复原来的地方和意义。但哪一个字要代替哪一个字,
是如上所述,由那些发明这种秘密文献的人事先规定的,另有
文学家普洛布斯的一篇奇妙的著作,谈及凯撒书信中的密文
内涵。

所以,密码根据约定更换,我们可以将普洛布斯的论文想象得
相当吸引人。他是否对每一个字母都进行了统计和观察?是否有
早于文艺复兴(decifratores)和爱伦·坡时期的前辈给出了破译凯
撒密码的指示?不管怎样,人们认识到,尽管历史性的凯撒密码相
对而言使用形式受限,[1]但是本质上和原则上是与人们现在所理
解的"凯撒密码"相符合的(参 Schneickert,页 14 及以下)。

奥古斯都密码满足于使用各自随后的字母。最后一个字母
(据苏尔顿,X 为最后,以旧字母以此为基础;根据伊西多尔,Z 为
最后,在奥古斯都时代推近的字母 Y 和 Z,增加于 X 之后)他写作
双 A。[2] 即使在此我们并未涉及国家密码,而是一种家用密码,前
文提及的皇帝给孙子教授奇特的 notare 也许正好适当(Suet. Aug.
64)。

凯撒密码经常出现在中世纪的文字中,奥古斯都密码
(Gardthausen II 302)也如此,相互使用字母替换,且仅限于部分字
母(参上,303),使用特制的秘密字母表替换通用字母表,[3]使用希
腊数字以表达相关字母的数码($\iota\varepsilon$ = 15 = p; ζ = 7 = g)。或者,用 9-

---

[1]　不过不能肯定地推断,在更换时总是依据正常的字母顺序。

[2]　Suet. Aug. 88. Isidor I 25;当奥古斯都为帝时,他向儿子说:"很多事情发生,必须要
　　彼此通知对方,但又要保持秘密,所以我们之间应该有这样的约定:如果要写什
　　么,每一个字母就写后面的字母,以 B 代替 A,以 C 代替 B 等,而一直到最后,以
　　AA 代替 Z。"

[3]　参 Ruelle, La cryptographie grecque in den Melanges Picot 1913。

1 的数字替换a-ϑ, 90–20 für ι-π, 900–200 für ϱ-ω(更多证据,参Gardthausen 311)。

可证明的还有一种双位数字密码系统($\varkappa\varkappa = 2\times20 = 40 = \mu$, $\lambda\mu = 30+40 = o$)。可参嘉德陶森之书(Gardthausen),页 315 及下。由尼西亚(Nicaea)高级神职人员会议确定的 litterae formatae[正式文体],形式特殊,是神职人员介绍信,起护照式功用,大量数字相加,以确定字母,以此为基础,其中也有

以第一个字母写信,以第二个字母写信,或接受第三个,发出信的城市的第四个字母等等。

就我们所了解,文艺复兴时期外交上使用的密码在所有领域均以凯撒密码为基础,或多或少地扩充更多术语,又大量采用 litterae nil importantes[无意字,即无效信息]及以下诸法加以修改,包括复本符号,常见连接和音节,及常见字母的多倍重复——尤其是元音重复。至少,简单的凯撒密码已为越来越多的人破译。[1] 尽管这种密码受所有人的喜爱,但仍引致批评,只是批评方式显得友好,如西尔维斯特(Jakob Silvester)的《新作》(opus novum; 1526)。在苏尔顿之后,西尔维斯特论述了凯撒密码棒和字母替换,随后描写了一种正方形线条密码,应与格利乌斯所描述的凯撒密码相符。通常批评原因是他的密码过于简单,这有损他的才气。事实上,西尔维斯特的正方形线条密码与凯撒密码毫无关系。借此可发现密码棒的奇特的设置。一张放在下面的正方形线条衬纸将书写页分成正方形,然后按照约定的顺序(比如 4,6,8,2 等)将词语的单个字母写在纸上。再用 litterae otiosae[无效信

---

[1] 参 Porta 之前的与 Sforza 相联系的 Sicco Simonetta 译解论文(1474) Meister Anfänge 61 ff.,此外还有 Alberti(死于 1472 年)的论文,Meister p. Geh. 125。

息]填满空着的空间。接收者必须有一张同样的正方形线条衬纸,并掌握标明了顺序的密码,以便能读出用不寻常方式拆分的词语。①凯撒密码有了真实的替代品,一个独特的人文主义者、修道院院长特里忒米乌斯(1462-1516)之名,开启了密码技巧的新时代。在一首美好的颂歌里,凯尔特(Konrad Celtes)风趣而又充满敬畏地赞美了这位特里忒米乌斯(od. III 28)。今天,在密码术中称作特里忒米乌斯加密法(Tritheim)的内容,与施蓬海默(Sponheim)修道院院长的真正发明之间当然存在一个较大的区别,如同历史上的凯撒和密码传统中的凯撒之间存在差别一样。

也许,以下例子能说明创新的原则:为了简单起见,我们选择奥古斯都密码,移动通常字母表的顺序中的每个字母一个位置。不过,为了避免出现重复规律,我们不使用 a-z 这样的字母顺序,而是只用 25 个字母,从 b,o,y 等开始,在 z 之后连接上从 a 开始的所缺字母。我们写下必须的通告明文,再按约定的文本,用字母对字母,如

Conticuere omnes intentique ora tenebant

Inde toro pater Aeneas sic orsus ab alto

所有人努力保持沉默,

而埃涅阿斯从高处走来。

只有 a 居其上的字母向前移动一个位置。假如 c 居其上,我们选择 c 字母顺序,那么在我们实行程序之前就前移两个位置。假如我们有两个同心圆盘,其中有一个如滚轮旋转,用在同样的扇形面写上 25 个字母,那么这个方法就非常简单了。比如,我们立即就知道,哪一个字母适合 t,即 o 字母表中第 19 个,我们随后还

---

① 参 Selenus 30f.。参 Klüber 164ff.。

应将其往前再移动一个位置。就此可以看到,使用这一方法时出现在密码文中的重复规律根本不是字母的重复规律。E 基本上可以替换 25 个不同的字母,而且是以 25 种不同的方式表示出来,换言之:每一个字母可以通过每另一字母表达。字母出现的或大或小的重复规律并非明文字母的或大或小的重复规律,而是两个字母组合的重复规律,两个字母中的一个出自明文,另一个在我们所列举的例子中出自埃涅阿斯的第二卷。计算要困难得多。

在此,如已提及的,特里忒米乌斯的名称有各种各样的限制。早在特里忒米乌斯之前的阿尔贝蒂(Leo Baptista Alberti),与罗马教廷关系最亲密,1472 年在罗马去世,他曾发明了两个圆盘,其中一个可转动。他建议,在几句话之后改变设置,借此改变凯撒密码的呆板。此外,阿尔贝蒂让固定圆盘上的字母以任意的顺序前后连接。特里忒米乌斯当然对这一用于罗马教廷的方法一无所知,有一篇论文论述了此种方法。现在,这篇论文由迈斯特发现并予以发表(参《教皇密文》,页 125 及以下)。特里忒米乌斯与阿尔贝蒂的圆盘密码没有丝毫关系。[①] 不过,至少人们认识到了,还存在一些灵活地运用凯撒密码的方法。按照密码教科书的描述,人们可以认为,这种努力正是特里忒米乌斯密码技巧的中心所在。情况正好相反。他的复制和速记法中写满了秘密指示,现在几乎完全被人遗忘了。后世的人是如何将他算作第一批密码学者中成员,这对他本人而言一点都不重要。整个事件表明了施蓬海默修道院院长的风格特征,同时也表明了所有有关特里忒米乌斯密码学成就的论断的不明确性。现在,在密码文中,"特里忒米乌斯加密法"被当作一种方法,这种方法约定一个暗语,如"海军",根据变换的字母表移动字幕。破译这种"特里忒米乌斯加密法",有一

---

① 迈斯特的改变(页 28 和 38)是不清楚、不正确的。据我所知,Collange 这个特里忒米乌斯的法文翻译者(1561,巴黎)除一些补充之外,将圆盘改成了特里忒米乌斯加密法表(tabulae Tritheims)。

个相对简单的方法。人们摘录下所有相同的字母组合,如 sl 或 xi 等等,将其间距(如在一次组合的计算中有 30)分解成因素(5× 6)。置于这种密码字母之下,某些常见的字母组合会多次以相同方式出现。最常见的因素,如 6,标明了选词字母的数字。此刻,我们将其隔开,便得到了单个的凯撒密码。不过,这种形式没有出现在任何地方,也没有出现在特里忒米乌斯加密法的暗示里。①此外,人们也认识到,所列举的解密形式只有在某一隔开的密码句中才可能,在无限制的文本中是不可能的,正如埃涅阿斯的第二卷所描述的那样。不过,与真正的特里忒米乌斯加密法相比,这种解密方法不起作用,特里忒米乌斯加密法比它现代的代表更好。要给出一幅符合真实事实的正确的图像并非易事。在速记法中根本就不存在我们在此所寻求的明确的提示。常常谈及的 22 个不同字母(缺 v, w, y),被描述成受特殊魔力保护,而其运作过程本身已标明了祛除魔力之法。但是,为了用这种神秘行话交谈,某篇文本,乃至同一篇文本,会有不同魔力,影响也会变化,但并非学究式,其实完全是另一种技术的程序,也与凯撒密码拥有共同之处。

──────────

① Klüber(页 147)指出几个地方,其中没能发现任何类似的东西。我不能注明,那个错误的名称"特里忒米乌斯加密法"何时、怎样产生的。密码出自 Kircher (Polygraphia syntagma III)和他忠实的学生 Schott(schola steganogr.,页 77 及以下)。替换特里忒米乌斯的字母牌(乘法表,正如现在大多数情况下根据外表的相似所称呼的)是 Kircher 的算盘数词或者一个表格,其中除特里忒米乌斯加密法的字母外是任意顺序的数字,在每一个正方形中有一个字母和一个数字。Kircher 和 Schott 在此基础上推荐了大量的方法,没有现在的特里忒米乌斯加密法。也许,对他而言最接近的是 Schott 顺便推荐的方法(参相关内容,页 110)。所产生的全部纠缠不清有相当一部分原因是所有理论家把他们的发明当作是实现了所谓的诺言,这一诺言是大师特里忒米乌斯在著名的 Epistula ad Bostium 中警句式暗示的。因此,Heidel, Kircher 和 Schott 很清楚地认识到,提议一个所谓的由特里忒米乌斯加密法所指的方法(stegan. Illustr. 388ff.);两个集中的圆盘(非 trithemisch)和一个密码(非 trithemisch)是前提条件。我将 littera secreta(=明文)的第一个字母放在 clavis(=密码)的第一个字母之下。那么,第一个密码字母就是代表了明文字母的圆盘上的那个字母,它符合密码圆盘上的 a 等等。比如,作为密码选择:gloria sit patri et filio et Spiritui sancto,比现在大多数密码要长一些。

整个复制术,就我们目的而言,仅有第五卷在考虑之列。在此,特里忒米乌斯绘制了一个大字母表。他的字母表有 24 个字母(从 a 到 z,w 在 z 之后,缺 v)。这一字母表第一行是水平的,而第一栏是垂直的。字母表的 24 行如此填满,其余的 23 个字母放在每行的起始字母,在 w 之后从 a 开始,直到所缺字母,每一行看起来与另一行不一样,第十二行从 m 到 l,最后一行从 w 到 z 等等。而第二个表以相反的顺序写出字母:第一行从 w 到 a,第二行从 z 到 w,第三行从 y 到 z,最后一行从 a 到 b。另外的奥克玛塔(Orchemata)表格,其中字母表 a−w 的字母替换,更加大胆,不再用通常向前或向后的顺序,而采用删掉、跳过和增补的方法。采用此类方法的文本非常奇特。长篇地论及幼稚的事情,除为道歉外,还有神秘的暗示,似乎知情者懂得从中得到更多的东西。字母表的差别仅借此加以明确说明,即人们能为 50 个不同的通信者给出不同的密码。所有这一切都保留在"凯撒"的范围内,尽管有漂亮的"乘法表",仍然丝毫看不出"特里忒米乌斯加密法"的痕迹,这一乘法表没有按现代意义使用,我们查找的密码字母位于一个点上,在明文字母之中,第一条向右的水平线中,一条垂直线向下,与水平线相交,后一水平线在第一列中向右,其中包含着密码字母。倘若特里忒米乌斯在自己发表的《多样密匙》(clavis polygraphiae)一书中没有撩起更多的面纱,那么我们也只能估计到完全模糊不清的暗示和可能性,如同在特里忒米乌斯加密法处常见的那样。在此,他为第五卷(论及多样密匙版本,参斯特拉斯堡,1613 年,页69)给出了提示:

Est autem modus iste scribendi, ut in primo alphabeto … capias occultae sententiae literam unam, de secundo aliam, de tertio tertiam et sicconsequenter usque ad finem.

写法是这样的:在第一个字母你要用第一个符号,第二个体系用第二个符号,第三个体系用第三个符号等,直到最后。

作者在第五卷密码学结束时认为,精确地研究这一表格能破译每一以字母替换为基础的密码。当然,他没有对此作说明,不过他在事前保证,不了解表格,没人能探究出这种方法的秘密。即便是特里忒米乌斯最终对泄露这种方法的机密也犹豫不决,这种方法没有受限密码,且根本就没有密码文本。他的字母表顺序的多样性使通信者具有了很大的灵活性,不管怎样都比现在的特里忒米乌斯加密法具有更大灵活性。假如将现在的特里忒米乌斯加密法与非同寻常的大量其他加密法的可能性相对比,如特里忒米乌斯追随者、波尔塔(Porta)、维吉利亚(Vigenere;1586)、西勒诺斯(Selenus,页178及以下)、克尔彻(Kircher)、肖特(Schott)、海德尔(Heidel)和其他人的加密法,那么其仅留下了某种少得可怜的印象。也许,这些暗示足以说明此种论断,即紧随凯撒之后和在凯撒方法的改进中产生了文艺复兴时期的密码技巧,这些密码技巧后来直到现在都最具有生命力。

我们还听说了古代好些有关密码的事情,而没有一个暗示让我们得知替换的方法。有关布鲁图斯(Brutus),伊西多尔有如下报道:

> 他们共同规定了一些彼此之间用的符号,这样可以通过文字互相传递消息,布鲁图斯是一个证据,他用这样的文字讲他将要作的事,而其他人不知道这些文字是什么意思。

人们首先想到凯撒的谋杀者和阿提卡主义者,其动荡不安的生活可能需要这般实践(虚构的密码字母?)。不过,他那个时期被围困在穆蒂纳(Mutina)的布鲁图斯也通过秘密渠道与外界交往。游泳者和潜水员利用斯库藤那(Scultenna)河,在压得薄薄的铅片上将消息给他带到城里,此外,还有鸽邮,使用鸽邮是因为通过烽火信号传递消息失败了。① 西塞罗在特定的推荐信中所使用的密码符号的方式和意义(ad fam. 13, 6, 2),我们不知道更详细的信息。

通过另一种密码来保障一种密码的安全性,即多种方法组合使用,这在古代也并非是不为人所知的。密码文本身被放进一个新的圆形密码中,且一篇按密码方式写成的密码文必定随之产生一种新的、不同的程序,这样肯定会大大地增加密文的保密性。某篇数字文本,用通信者熟知的、交换的特定数字,与其原文数字相加或相减,以重新更改,而字母文本则按凯撒或特里忒米乌斯加密法,加以改变,面目全非。② 我们从马赛林那斯(Ammianus Marcellinus;18, 6, 17 及下文)那里听说的密码密写,已被三重加密。密文被写在修女的阴道里(vaginae internis),而书写方式则为混合式书写,不会进一步标明已使用密文,文字风格属西塞罗和纽伦堡式,混合着唯有知情者明白的密文,再加上假名,比喻式改写和刻意为之的神秘文字。他的设置非常复杂,而暗指极为含混(nimia perplexitas consulto obscurius indicans),但内容我们还能复查,当然也使有资格获悉密文者要花费最大的力气去解密,因为根本就没有现成的解密方法。

在谈论古代材料时,我们故意没有考虑那些在我们所涉题目边缘的东西,比如谜语、离合诗、用于魔法和咒语的暗号文字和暗

---

① 参 Frontin strateg. III 13. 7 f. Dio 46, 36. Plin. N. H. X, 37, 53.。只是一种密码的存在,没有有关其特点的详细的说明 Polyb. VIII 页 17 及以下中的 συνθηματικὰ γράμματα [复合文字],也可参 Suidas s. v. συνθηματικῶς [复合词]由凯撒寄给 Q. Cicero 的 epistula Graecis litteris scripta(bell. Gall. V. 48),Jakob(Dict, des ant. D. Sgl. Epistolae secretae)解释为一种有希腊语字母的拉丁语书信。这至少在 Polyaen II 29, 6 和 Dio 40, 9 的论述中均视为希腊语书信。

② 参 Karl Ammon 有趣的论述《如何使密码更加安全?》,《周刊》1919,页 1237。

语方式、外来的字母表,如星占师(Chaldaeer)和埃及人的字母表等等,①尽管所有这些在文艺复兴时期都具有非常重要的意义;恰是这些事物,继续存世,饶有趣味。我们只看见所有可能的存在形式。直接接受,接续开端深入发展,还有伊米什(O. Immisch)常提及的现象(如古代的续存,第16),这些事物摆脱了最初的形式,在新条件下具有了新的生命力(历史的凯撒和现代密码学的凯撒!)。但是,毕竟我们时常看到,错误不仅比事实更令人高兴,而且也更加有益。现代密码交流最受喜爱和最有成效的形式是——古代的假名、改写的委婉表达以及诸如此类之法,仅作外在表征——基于对蒂罗式速记法的完全误判而形成的想法和可能性,被纳入密码学的讨论之列。利希腾贝格(Lichtenberg)认为,雕刻的圣人比那些真实的人创造了更多的奇迹。

① 参 Lucan. Phars III 224。这些东西构成了文艺复兴时期密码文的固定组成部分。参其中的 Tritheims Polygraphie 第六卷和他许多任意的发明(Wagner, 档案杂志 XI1886 167 及下页),Porta d. f. n. I, 2; 9, Silvester 在他的 opus novum 结束的时候,Schwenter 第五卷,Selenus 281, 383ff., Breithaupt 4ff. Klüber 278ff.。

图书在版编目(CIP)数据

古希腊修辞学与民主政制／刘小枫编；冯庆等译.
--上海：华东师范大学出版社，2015.4
ISBN 978-7-5675-2890-1

(经济与解释·古典学丛编)

Ⅰ.①古… Ⅱ.①刘…②冯… Ⅲ.①修辞学–古希腊–文集②民主–政治制度史–古希
腊–文集 Ⅳ.①H05-53②D754.59-53

中国版本图书馆 CIP 数据核字(2014)第 307383 号

华东师范大学出版社六点分社

企划人 倪为国

本书著作权、版式和装帧设计受世界版权公约和中华人民共和国著作权法保护

古典学丛编

古希腊修辞学与民主政制

编　　者	刘小枫
译　　者	冯　庆　朱　琦　等
特约编辑	李　涛
责任编辑	彭文曼
封面设计	吴元瑛
出版发行	华东师范大学出版社
社　　址	上海市中山北路 3663 号　邮编　200062
网　　址	www.ecnupress.com.cn
电　　话	021-60821666　　行政传真　021-62572105
客服电话	021-62865537　　门市(邮购)电话　021-62869887
地　　址	上海市中山北路 3663 号华东师范大学校内先锋路口
网　　店	http://hdsdcbs.tmall.com
印　刷　者	上海景条印刷有限公司
开　　本	890×1240　1/32
插　　页	2
印　　张	8.75
字　　数	200 千字
版　　次	2015 年 4 月第 1 版
印　　次	2015 年 4 月第 1 次
书　　号	ISBN 978-7-5675-2890-1/B.903
定　　价	45.00 元
出　版　人	王　焰

(如发现本版图书有印订质量问题,请寄回本社客服中心调换或电话 021-62865537 联系)